JN143164

Wij waren allemaal goden : de tour van 1948

俺たちはみんな神さまだった

ベンヨ・マソ
安家達也訳

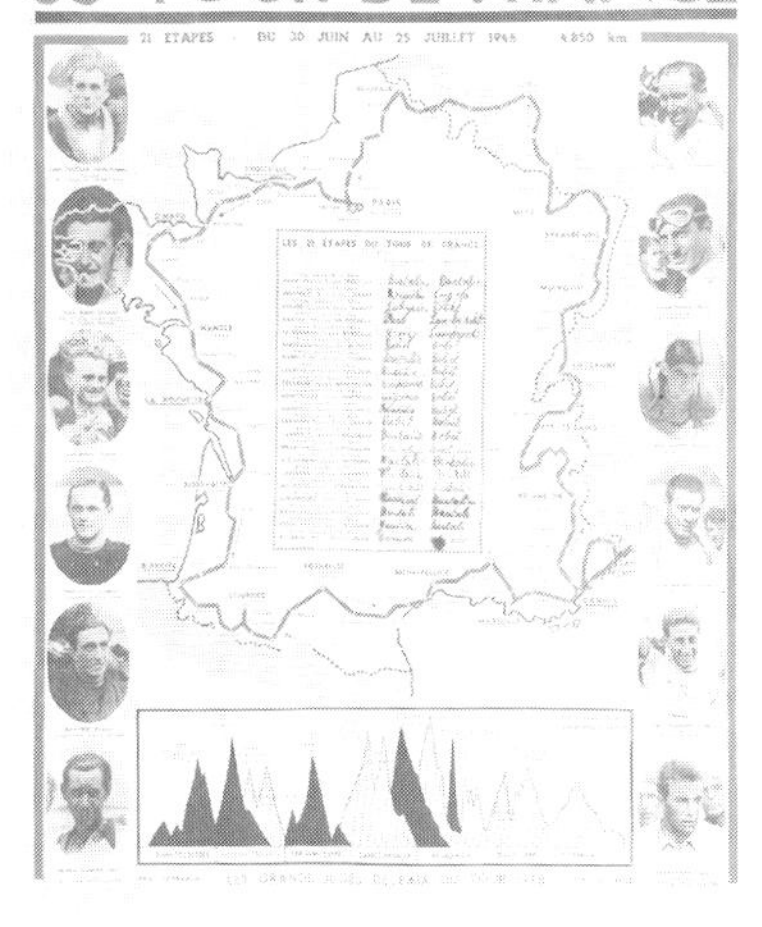

未知谷
Publisher Michitani

序

一九九〇年にわたしは自転車競技一二〇年の歴史を概観した『神々の汗』を書いた。そこでは主にこの競技のおおざっぱな発展の流れを扱い、細部にはあまり触れなかった。だが、その時すでに、いつか二冊目の本はある年、ある一シーズン、あるいは一つのレースだけに限定して書いてみたいと思っていた。

とくに書きたかったのは一九四八年のツール・ド・フランスだった。レース展開がスペクタクルに満ちていたからだけではなく、このときのフランス一周レースが、さまざまな点で自転車競技の歴史的な時代と近代との分岐点になっているからだ。このツールでは、最後のステージだけとはいえ、この競技を決定的に変えることになるテレビ放送が行われた。だが一方では、一九四八年七月の選手たちは相変わらずさまざまなことを自分一人で行わなければならなかった。パンクに見舞われれば通常はすべての修理を自分で行ったし、今日ではレース展開に重要な影響を及ぼす、チームによるシステマチックなアシスト戦略というものはまだなかった。それ以外にもいくつかの重要なステージは、最悪の気象状況の下で行われ、選手たちに強い緊張を要求した。それは今日の目から見れば非人間的とすら言えるようなものだった。

しかし、一九四八年のツール・ド・フランスについて本を書くという考えは、映像作家のエリック・ファン・エンペルと出会ったときにはほとんど忘れていた。彼は自転車競技の太古の映像のドラマチックさに魅了されていて、以前から、いつかその時代を扱った映画を撮りたいと考えていた。彼は二〇年代のレースを考えていた。そして当時の選手たちをカメラの前に連れてきて、彼らの体験を語ってもらうことを考えていた。そこで彼には、もう少し後の時代に目を向けてもらわなければならなかった。

すぐにわたしたちは、一九四八年のツール・ド・フランスは理想的なものだった、と意見が一致した。彼が主導して、わたしたちは一緒に当時の新聞や雑誌、写真やフィルムを探し始めた。同時にこのレースを見た、できるだけたくさんの人たちに話を聞こうとした。このツールに参加していた選手だけでなく、ジャーナリストや主催者や観客にもインタビューした。こうした探索によって非常にたくさんのデータが明らかになり、そこからドキュメンタリー映画と本が出来上がった。それはお互いに重なり合うというより、補い合うというべきものになった。

エリック・ファン・エンペルがいなければこの本は絶対に書けなかった。そのことだけでも、わたしは彼に感謝しなければならない。さらにこの本のためにさまざまな形で関わってくれたすべての方々にも感謝したい。名前を挙げれば、ルイジ・バルタリ、ペーテル・ハルムセン、サラ・インパニス、オリヴィア・キリアス、ヴァウト・コステル、セルジオ・セルヴァヂオ、ヨー・スミーツ、リック・ファンヴァレヘンのみなさんである。これ以外にもレキップ紙のセルジュ・ラジェとフィリップ・ル・マン、ローマのスポーツ記録館のマウリッツィオ・ブルーニ、元ジャーナリストのロベルト・デメ、そして何よりかつてのツールのディレクター、ジャック・ゴデにも感謝したい。ゴデはわたしたちのインタビューのすぐ後に亡くなったが、とても有益な話を聞くことができた。

だが、わたしの最も大きな感謝の気持ちは、むろん以下に名前を挙げるかつての選手たちに捧げたい。アンドレ・ブリューレ、ジョヴァンニ・コッリエーリ、ジョルダーノ・コットゥール、マルセル・デュポン、ベルナール・ゴーティエ、レイモン・インパニス、ジャン・キルヒェン、ギイ・ラペビー、アルフレド・マコリック、イェフケ・ヤンセン、アルド・ロンコーニ、ヴィットリオ・セゲッツィ、リュシアン・テセール並びに、二〇〇二年に亡くなったラウル・レミイと二〇〇四年に亡くなったブリック・スホッテである。彼らに、そしてその他の一九四八年の英雄たちに、わたしはこの本を深い敬意と共に捧げる。

ベンヨ・マソ

―主要登場人物―

ジャック・ゴデ　総合ディレクター（11頁）

イタリアナショナルチーム

ジノ・バルタリ　10年前の38年ツールで圧勝した伝説的選手（13頁）
ジョヴァンニ・コッリエーリ　バルタリの忠実なアシスト（36頁）
アルフレド・ビンダ　監督　戦前は最強と言われた名選手（55頁）

フランスナショナルチーム

ルイゾン・ボベ　このツールで一躍人気者になる若手選手（46頁）
ジャン・ロビック　47年の総合優勝者　大言壮語で人気を得る（18頁）
ルネ・ヴィエット　戦前から悲劇の英雄として大人気選手（15頁）
アポ・ラザリデス　ヴィエットの忠実なアシスト（17頁）
リュシアン・テセール　大柄なクライマー（19頁）
モーリス・アルシャンボー　監督　戦前の強豪選手（49頁）

パリチーム

アンドレ・ブリューレ　実力はあるが気まぐれなことで有名（51頁）

ベルギーナショナルチーム

ブリック・スホッテ　悪天候を得意とするクラシックライダー（29頁）
レイモン・インパニス　ＴＴに強いベルギーの若きエース（20頁）
スタン・オケルス　小柄なオールラウンダー（30頁）
カレル・ファン・ヴェイネンダーレ　監督（28頁）

インターナショナルチーム

ロヒェル・ランブレヒト　フランス在住の長身ベルギー人選手（34頁）
フェルモ・カメッリーニ　小柄なイタリア人クライマー（33頁）

イタリアBチーム

アルド・ロンコーニ　47年の総合4位（14頁）

南西部、中部チーム

ギイ・ラペビー　本来はトラック選手（52頁）

＊頁数は選手戦歴等の記載頁数を示す。

俺たちはみんな神さまだった

目次

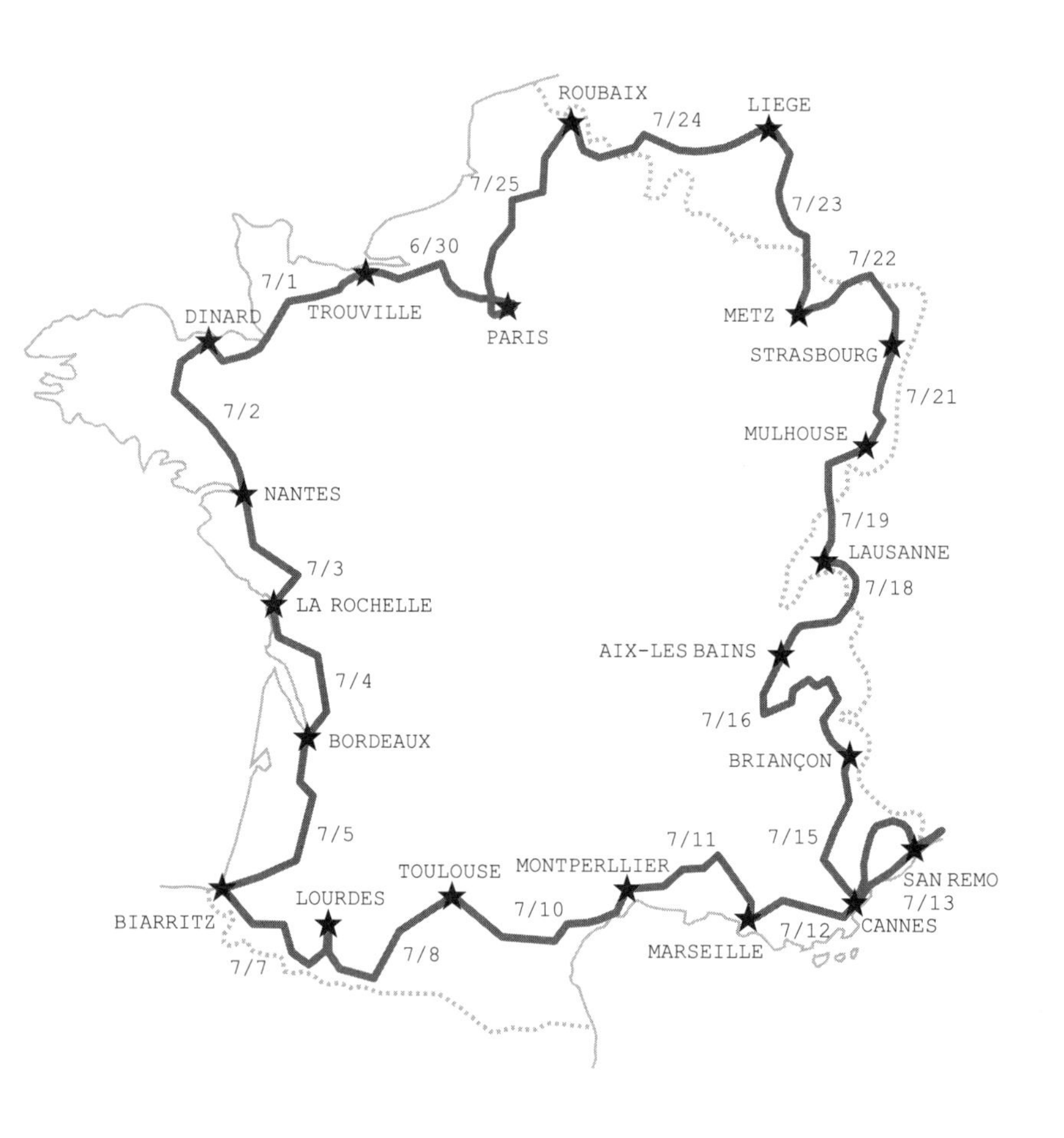

1948年　ツール・ド・フランス　コースマップ
全21ステージ、総 4,922km（平均 234.3km）

俺たちはみんな神さまだった

戦争が終わって最初の何年かは、ほとんどのフランス人にとっては灰色の時代だった。解放されたときの希望は大きかったが、その希望はほとんど叶えられなかった。アメリカの援助にもかかわらず、あらゆるものが不足していた。フランはどんどんと貨幣価値を失い、物の価格は給与のほぼ倍のスピードで上昇していた。一九四七年夏の毎日のパンの量は一人二〇〇グラムで、一九四〇年以来最低だった。ほとんどの人々の関心は、どうやって生き残りを図るかという問題で占められていた。余暇や休養のための金がある者など、ほとんどいなかった。テレビはまだできたばかりで普及していなかったし、ラジオですら持っている世帯は半数もなかった。だから八年ぶりにふたたびツール・ド・フランス*が開催されるというのは、人々にとってワクワクするような気分転換になるのは間違いなかった。

＊　ツール・ド・フランスは一九四〇～四六年、第二次世界大戦のために中止された。

レキップ紙はパリジャン・リベレ紙（一九四四年創刊の日刊紙。現ル・パリジャン）と共同でツールを主催することになったが、編集長でツールの総合ディレクター、ジャック・ゴデ*は、すでに一九四六年にフランス一周レースを主催することに全力を挙げていた。しかし、彼の努力は報われなかった。ほとんどすべての物品がまだ配給制だったのである。行政は、選手たちや関係者に必要な、途方もない量の食料品や燃料の配給に尻込みしたのである。その量はガソリン二万リットル、肉一〇〇〇kg、鶏九五〇羽、卵一五〇ダース、七〇〇kgの砂糖、チーズ一六〇kg、プラム三五〇kg、バナナ八〇〇〇本、オレンジと桃一万八千個、パン一万二千個、ケーキ一万六千切れ、米三〇〇kg、マーマレード三〇kg、そして、忘れてならないのはワイン三千リットル。

＊ 1905～2000　ツールの創設者アンリ・デグランジュの後を継いで、一九三六年から八六年まで五一年間総合ディレクターを務めたジャーナリスト。

当初、行政は一九四七年になっても許可しそうになかった。だが圧力は感じた。配給を担当する省庁がゴデの要求する配給権の申請を許可しなかったとき、港湾労働者組合はストライキを臭わせて脅したと言われる。しかし、仮にそのような脅しがなくても、今回はツール・ド・フランスは開催されただろう。というのは、政府は五月に戦後六度目の内閣の危機を乗り越えたところで、こうしたイベントが国内のうちつづく政治的・経済的不安を沈めるだろうと思っていたからである。パンが十分にないなら、民衆には彼らが強く望んでいる娯楽（スポーツ）を与えておけ、というわけである。

ゴデが直面した問題はツール関係者の食糧だけではなかった。参加選手の人選も同様にやっかいな問題だった。フランス国内の選手を選ぶだけではなかった。ゴデはフランス人選手用に六〇人の出場枠を設けたが、そこに一五〇人の申し込みがあった。しかし十分な注目度と、スポーツ大会として価値を与えるためには、もちろん海外からの強豪チームの参加も不可欠だった。大会組織委員会はなによりイタリアチームの参加を重視していた。イタリアには戦後の自転車競技界においてあらゆるライバルたちを蹴散らすとてつもない選手が二人いたからである。ファウスト・コッピ（1919～60（1938-60）一二三四勝、ツール二勝、ジロ五勝、世界選一勝、伊選手権四勝）とジノ・バルタリ（1914～2000（1935-54）一三六勝、ツール二勝、ジロ三勝、伊選手権四勝）である。

＊　注の最初数字は生没年、次の（）内の数字は現役期間を表す。勝利数はプロ選手としてのもので、トラックやシクロクロスも含むが、世界選手権および各国選手権はロードに限った。

この二人のスーパースターがツール・ド・フランスを舞台に、ジロ・ディ・イタリアで見せたような叙事的な戦いを繰り広げてくれるのだったら、ゴデは何でもしただろう。しかし、二人のカンピオニッシモを参加させることは非常にむずかしいことはわかっていた。フランスとイタリアはすでにこの年の初めに講和条約を結んではいたが、まだ批准されてはいなかった。つまり、公式にはこの両国はまだ戦争状態にあったわけである。このような状態で、イタリアの自転車連盟はツール参加に積極的にはなれなかった。

それ以外にも、コッピとバルタリを抱える二つの自転車メーカー、ビアンキとレニアーノも、ひと月もの間、自分たちのドル箱のエースをツールに提供する気はなかった。なにしろ、ツールでは参加選手はチーム名のない、黄色に塗装された無印の自転車で走らなければならなかったのだ。当然、優勝しても世間への広告効果は限られた。ゴデにはイタリアチームにはこの規則の例外的措置を講じる準備があったとも言われている。トップスター二人を参加させたいというゴデの願いは、それぐらい強かったのである。しかしそれは実現しなかった。結局コッピとバルタリは参加しないことがはっきりした。さらにイタリア車連は、公式のナショナルチームをフランスに送ることもやめた。

ゴデにとってイタリア車連の決断は苦い敗北を意味した。政治的理由から、ドイツチームとファシズム国家のスペインチームを呼ぶわけにはいかなかった。ゴデは不安を感じた。そうなると、ツールはフランス人とベルギー人だけの対決になってしまうのではないか（他は少数のスイス人とオランダ人がにぎやかし役になるだけだ）。そこで彼は、レキップ紙の特派員としても寄稿していたガゼッタ・デッロ・スポルト紙のある記者と連絡を取った。グィド・ジアルディーニである。ゴデは、非公式チームを編成するようイタリア人記者に頼んだ。ジアルディーニは知り合いに電話をかけまくり、あえてこの冒険に参加してもよいという選手たちを見つけてきた。最も有名なのは、一九三八年にすでにツール・ド・フランスを走ったことのあるジョルダーノ・コットゥール（1914～2006（1938-50）八勝、ジロで三回総合三位）と、一九四六年のイタリアチャンピオンのアルド・ロンコーニ（1918～2012（1940-52）八勝、伊選手権四勝）。その他にジアルディーニが集めた小チームに、数人の移民が加わった。イタリアで生まれたが、フランスに帰化した選手たちで、イタリアのメディアの側からすればナショナルチームとしての信頼度はきわめて低いチームだった。嘲り半分に、このチームは「外国人労働者の群れ」と揶揄された。

ツール・ド・フランスの主催者はイタリアのマスコミが自国の代表チームに冠したこの侮蔑的称号に取り合わなかった。むしろ戦後最初のフランス一周レースにスクアドラ（イタリアチーム）が参加してくれて、見かけだけでも国際的なレースになることで大いに満足した。これはフランスの自転車ファンにとっても同様で、彼らはツールの参加チームが少ないことはほとんど気にしなかった。

一九四七年という年は、フランスを一年中ストライキの波が襲った年だった。しかし、ツール・ド・フランスのキャラバン隊が国を巡った数週間は、奇妙なほどに穏やかだった。ツールがそれに貢献したのかどうか――それは考えられることではあるが。しかし、このレースが四週間にわたって、かつてなかったほどに人々を興奮させたことは確かである。レースの経過とともに、レースそのものが日常生活にも浸透し、ついにはド・ゴール将軍が「共産化の危険」を訴えるのに当たって、ロシア軍はフランス国境からたった五〇〇キロしか離れていないが、これは「ツール・ド・フランスでいえば二ステージ分の距離より短い」と言い放ったほどであった。

すでに戦争中にドイツ占領軍とヴィシー政権（ナチスドイツに降伏後のフランスで、ヴィシーを首都として成立した親ドイツ政権）は、何度かツール・ド・フランスを開催しようと企てた。しかしそれは実現しなかった。だがお蔭で、ツール・ド・フランス一九四七がフランス再建のシンボルとみなされることに役立ったのは間違いない。しかしこれだけが、フランス人がこのレースをあれほどに熱狂的に追いかけた理由ではない。少なくとも同じぐらい大きな役割を担ったのは、そのセンセーショナルなレース展開だった。スイスのフェルディナント・キューブラー（1919～2016（1940-57）一二四勝、一九五〇年ツール総合優勝、スイス選手権六勝）が勝った第一ステージは序幕に過ぎなかった。翌日、熱狂は既に最初の頂点に達した。なんと、フランスで最も有名なルネ・ヴィエット（1914～88（1931-53）三七勝、仏選手権一勝）がブリュッセルのゴールラインを先頭で通過するとともに、マイヨ・ジョーヌを獲得したのである。

ヴィエットはその名声を、大部分は一九三四年のツール・ド・フランスに負っている。当時彼はまだ弱冠二十歳の新人だったが、クライマーとしては他の追随を許さない能力を発揮した。山岳コースで四つのステージ優勝を挙げたが、平地区間でタイムを大きく失ったため、チームキャプテンのアントナン・マーニュ（1904～83（1926-41）四三勝、ツール二勝、世界選一勝。五〇年代には監督としても成功）のアシストに留まらざるを得なかったのである。だから、マイヨー・ジョーヌのマーニュがピレネーでパンクしたとき、ヴィエットが彼に前輪を提供したのは当たり前の事だった――最初はマスコミもこの事件にほとんど注目しなかった。しかし、その後ルネ・ヴィエットが前輪のない自転車の傍らで、泣きながら、坐ってサポートカーを待っている写真が発表された。ひとりぼっちで諦めきった選手という印象を強めるために、カメラマンは不運なヴィエットの左隣に写っていた観客たちを注意深く切り取ってトリミングしたのである。すると、この時代にラミ・ビニという筆名でレキップ紙の前身ロト紙を毎日記事で埋めていたジャック・ゴデは、このシーンから、躍進めざましい才能ある若者が、ベテランチャンピオンのために自分のチャンスを棒に振らなければならなかったという感動的な物語を紡ぎ出した。

この記事はとてもうけた。ほとんどすべてのフランスの新聞が、さまざまな形式でこの記事を借用した。そして、翌日にもう一度ヴィエットがマーニュに自分の自転車を提供しなければならなくなったときに、新たな神話誕生のすべての条件が整った。すべてのジャーナリストが、ヴィエットはその犠牲的行為がなければ一九三四年のツールにたぶん、否、間違いなく、勝ったに違いないと言いたてた。むろんこれはかなりナンセンスな話である。チームキャプテンのアシストで彼が失ったタイムは九分足らずだったのにたいして、総合タイムでは三〇分以上の差を付けられていたのだから。しかしその点はもう意味を持たなかった。「新たな伝説が生まれた。そしてそれに疑義を唱えようとする者は誰もいなかった」とジャーナリストのジョルジュ・ブリケ（1898～68　フランスのスポーツジャーナリスト、ラジオレポーターとして非常に有名だった）は書いている。

ブリケの言葉は預言的な面があった。神話は神話であり続けなければならないからだ――なによりも、みんなが期待したヴィエットの「運命に対するリベンジ」が失敗することによって。彼は最有力候補と

して翌一九三五年のツール・ド・フランスに望んだが、その山岳スペシャリストとしての能力は失われてしまったことがはっきりした。一九三六年と一九三七年には途中リタイア、一九三八年にはスタートラインにつくことすらできなかった。一九三九年は彼の復活の年になったように見えた。何日にもわたってマイヨ・ジョーヌを着続けた。しかし、かつて彼が得意にしていた山岳ステージで大きくタイムを失ってしまった。この壊滅的な敗北があっても人々の確信にダメージを与えることはなく、ヴィエットは第二次大戦がなければ少なくとも一回か二回はツール・ド・フランスで優勝したはずだ、とフランスでは信じられた。

一九四七年、ヴィエットは三十三歳になっていた。彼は膝の故障に苦しめられていた。だから、フランスのアイドルの総合優勝——何年も前から多くの人が、ヴィエットにはそれを要求する権利があると考えていた——を願っていたファンはあまりいなかった。そして恐れていた通り、「ルネ王（ヴィエットの愛称）」はアルプスでアルド・ロンコーニに太刀打ちできそうになかった。イタリア人は彼を総合トップの座から引きずり下ろした。ところが二日後にヴィエットは、アポ・ラザリデス（1925～98（1946-55）一四勝）のアシストでマイヨ・ジョーヌを取り返すことに成功する。この瞬間から、彼はあらゆるアタックを跳ね返すことができるようになった。もちろん彼はほとんど毎日のように、膝の痛みで棄権せざるをえないかもしれないと言い続け、サドルに坐り続けるために痛み止めの注射を打ったというニュースが繰り返された。しかし、ヴィエットは耐え

ロビック

続けていた。そして過酷なピレネーステージで、ブルターニュ出身のジャン・ロビック（1921～80（1943-61）三四勝、ツール一勝）が四つの峠すべてをトップで通過して、一〇分以上の差を付けてゴールへ飛び込んだ時も、トップの座を明け渡したかに見えたが、まだタイムロスをぎりぎりのところで留めていた。これにはなによりも、沿道の観客たちの声援が効果的だったと言わざるを得ない。

ともかくこの一九四七年、観客は考えられる限りの気まぐれなレース経過を体験することになった。優勝候補たちが不意にひどい不調に落ち込んだかと思うと、すでに圏外に落ちたと思われた選手が突然大幅にタイムを稼いだ。これに、あまりに面白すぎる逸話が次々と語られた。たとえば、「マノスクの羊飼い」と呼ばれたエデュアール・ファシュレトネール（1921～2008（1943-52）一二勝）は愛犬と話すために毎晩自宅に電話した。それ以外にも、彼がこのツールに勝つことができなかった理由は、第一ステージで半時間も木の下に坐って昼食を食べていたせいだと言われている。しかし実際にはファシュレトネールは熱さにやられて十分ほど休んでいたというのが真相である。しかしこれはもちろん本題とはほとんど関係がない。

他にも、すでに長年フランスに住んでいたイタリア人のピエール・ブランビッラ（1919～84（1939-52）一九勝）。「顎曲がり」の異名を持つ彼は、急に力が低下したときにボトルの水を捨てて、こんな弱い奴は水を飲む資格などない、と言ってみずからを罰した。そのうえブランビッラは、夜になると愛車と一緒にベッドに入ったという伝説もある。ベッドが狭い場合には自分が床で寝たと言われている。

それから先に挙げたアルド・ロンコーニ。コッピやバルタリには到底かなわないはずの彼が変身したように思われた。なによりも彼を有名にしたのは、彼の兄で神父のシルヴィオがピレネーのステージで僧服を脱いでメカニックのオーバーオールに着替え、選手の親族は誰もキャラバン隊に加わってはならないというルールをすり抜けたことである。そして最後に、全選手のなかで一番多彩な輝きを放った男がいた。小柄なクライマーのロビック愛称子ヤギ（ビケ）はナショナルチームに選ばれず、フランス西部地域チームの一員として出場した。彼はいつでもすぐに見つけることができた。集団のなかでカスクをかぶっているのは彼だけだったからである。しかも暑い日には外人部隊のように、カスクから後頭部を保護する布を垂らしていた。彼はツールが始まる数日前に結婚し、新妻に結婚式のプレゼントとしてマイヨ・ジョーヌを約束していた。遅れが二五分と広がったときですら、みずからの勝利を確信すると共に、自分は「絶対に負けない」と公言してみんなを喜ばせた。

こうしてツールに対する熱狂はレースが進むに従ってますます高まっていった——そしてジャーナリストたちの対抗心のおかげで、常に新たに派手な物語が生み出された。この時代、フランスの街道では、自家用車というものはまだわずか一万台程度しかなかったし、公的な人員輸送交通も比較的未発達だった。しかし、だからといってフランス人たちは諦めたりせず、必要とあれば自転車で一〇〇キロを走ってきて、ツール・ド・フランスのキャラバンを現場で見ようとした。選手たちは映画スターのように崇拝された。集団のずっと後方を走っていた参加選手たちですら、声を限りの声援を受けた。「俺たちはみんな神さまだった」と、ステージ二勝を挙げたリュシアン・テセール（1919～2007（1941-55）二六勝）は語った「俺たちは自分にどんなことが起こっているのか、まったく分からなかった」

ツールが終了する三日前まではヴィエットの勝利は確実視されていた。だが、ツール・ド・フランス史上最も長いタイムトライアルが待っていた。彼にとっては残念なことだが、この孤独な一三九キロが克服することのできない障害物となってしまった。時計との孤独な闘いで、ヴィエットは優勝したベルギーのレイモン・インパニス（1925～2010（1946-63）

テセール

六六勝）に対して一五分近く遅れた。プレスはこのステージ終了後に演じられたドラマチックなシーンを詳細に伝えた。つまり、ヴィエットはどのように涙を流し、即刻ツールを後にすると宣言したかを。また、チーム監督がそう簡単にリタイアしないでくれと懇願すると、ヴィエットが自分はリタイアするのではない、引退するのだ、と言い張ったことを。そして、みんなが――チームメイトやツールのディレクターのゴデやジャーナリストたちが――どうかもう一度その決断を考え直すように、と頼んだことを。さらに、彼が最後には考え直したことを。しかし、ヴィエットが考え直したところで、ロビックとヴィエットとファシュレトネールのフランス人ベストスリーは、総合順位でイタリア人のブランビッラとロンコーニにまだ後れを取っているという苦い事実は変えようもなかったのである。

よりにもよってイタリア人なのだ。というのも、一九四七年にはまだ、七年前のムッソリーニによる、敗北寸前のフランスへの侵攻とニースのイタリアへの併合要求*は、多くのフランス人たちの記憶に新しいものだった。このような背景があれば、観客たちがイタリア人選手たちに対して一度ならず、つばを吐きかけたり、石を投げたり、「ファシスト」とか「マカロニ野郎」と罵ったりすることがあったとしても、ある程度理解できるだろう。そんなかつての敵国のひとりが、フランスの復興の象徴であるべき

インパニス

この年のツール・ド・フランスに勝つかもしれないのだ。これは多くのフランス人にとって耐えがたく思われた。ただ、残念なことに、それはもはや変えようのないものに思われた。

＊　ナチスドイツに劣勢を余儀なくされたフランスは一九四〇年六月十日にパリを放棄して政府をボルドーに移した。その同じ日にイタリアはニースなどフランス南東部の領有を目指して英仏に宣戦布告し、その二週間足らず後にフランスは降伏する。しかし、ニースをイタリア領にしようとしたムッソリーニの野望は実現しなかった。

通常最終ステージは、すでにパリへ向かう凱旋パレードに過ぎなかった。だから奇跡を期待するようなフランス人はほとんどいなかった。それにもかかわらず奇蹟は起きた。スタート直後に一団の選手が逃げた。しかし逃げた選手たちはみんな、総合順位ではずっと後ろだったので、当初はイタリアチームにはそれに反応する理由がなかった。ルーアンを過ぎた直後のボンスクールへの登りで、ロビックが果敢なアタックを見せたとき、マイヨジョーヌは初めて危機に陥った。ロビックについて行けたのはファシュレトネールだけだった。集団に対する二人のリードはあっという間に広がった――フランスナショナルチームの一員だったテセールも、ロビックをサポートするために逃げ集団から下がってきた後はなおのことだった。

この間、ブランビッラは怪我に苦しんでいて、このアタックに反応できる状態にはほとんどなかった。ロンコーニは自分にできることはしたが、チームメイトのジョルダーノ・コットゥールのアシストしか受けられなかった。そしてコットゥールがパンクした時、レースは決まった。ロビックとファシュルネールは先頭集団には追いつけなかったが、イタリア人たちに対して大きなリードを保ってパリのパルク・デ・プランス競技場*に走り込んできた。ロビックは最終日にマイヨ・ジョーヌを奪い取り、ファシュルトネールも総合二位になった。観衆は悦びのあまり我を忘れた。ロビックと、悲劇のヒーローという神話にさらにもう一つの逸話を付け加えることになったヴィエット、この二人だけではなく、すべてのフランス人選手たちが数分間続くスタンディング・オベーションを受けた。まさに熱狂の嵐と言って良かった。

＊　この自転車競技場はツール・ド・フランスの最終ゴール地点として一九六七年まで使用された。

予期せぬハッピーエンドで、一九四七年のツールはフランス人にとって完璧なものになった。これに対して、イタリア人にとってこのレースは、非常に苦い後味の残るものになった。イタリア人が負けたからというだけなら、それほど苦いものではなかっただろうが、なによりもやり方が後味の苦さを倍増させたのである。フランス人が「ボンスクールの奇蹟」と見たものは、イタリア人にとっては自転車競技史上最大の汚点の一つだった。ロンコーニは今日に至るまで、もしレースがフェアに行われていたら、イタリア人がマイヨ・ジョーヌを守ったはずだと断言している。しかしフェアであることがまったく重視されなかった、と。イタリアのプレスも同意見だった。たとえば、ジアルディーニはガゼッタ・デッロ・スポルト紙に、ロビックとファシュレトネールのためにモーターバイクのドライバーが「馬上のインディアンのように」サドルから真っ直ぐに立ち上がって風よけになるのを実際に目にしたし、カメラマンたちも、二人のフランス人は何キロにもわたってサポートカーのスリップストリームの恩恵を受けたことを認めている、と書いたのである。しかしジアルディーニの抗議も効果はなかった。フランス人がツール・ド・フランスに勝つためなら、どんな手段も許されたのだ、と彼は嘆いた。

実際、一九四七年にはたくさんの違反行為があったことがわかっている――しかもそれは、なにも最終ステージだけのことではなかった。しかし、実際にイタリアのメディアが報じたように露骨に行われたかどうかは、もはや検証しようがない。それ以上に重要なのは、イタリアのジャーナリストたちの非難が、彼らの国の自転車競技ファンにとってどのような効果を持ったかである。もちろん怒りは大きかった。しかしそれにもかかわらず、一般の感情として満足感も感じられたのである。それは、アルド・ロンコーニは確かに素晴らしい選手ではあるが、コッピやバルタリと比べられるほどの選手ではないと、みんなが信じていたからである。それなのに急場しのぎでかき集められたチームで、あわやツール・ド・フランスに優勝しそうになったのだ。もし万全の選抜チームがアシストして、二人のカンピオニッシモが出場していたら何がなしえただろう？　一九四七年のツールはフランスに新たなヒーローたちをもたらしたが、ファンは彼らに十分満足できたわけではなかった。一方、イタリア人たちは、リベンジしなければならないし、そのための手札はそろっていると感じたのである。

一方第三の自転車大国ベルギーではなによりも失望が支配していた。戦争前にはベルギー人選手はツール・ド・フランスを席巻していた。今回はやっと最後のほうで、わずかに二つのステージに優勝を飾ったにすぎなかった。しかし、ジャーナリストたちは希望の端緒を見ていた。単純に計算すれば、二十一歳になったばかりのタイムトライアルの英雄インパニスは、もしブリュッセル～ルクセンブルク間のステージで失速しなければ、総合優勝争いに加われたはずなのだ。* もう少し経験を積めば、次のパリではマイヨ・ジョーヌを着ることだって可能だとベルギー人たちは信じた。

この三つの国の人々は、一九四八年のツール・ド・フランスを熱い思いで待ち望んでいたのである。

* インパニスはこの三一四キロの第三ステージ（このツール最長ステージ）で優勝したロンコーニに一八分以上遅れ、最終順位は優勝したロビックから一八分強遅れの六位だった。

さらば、パリよ、また会う日まで！

一九四八年のツール・ド・フランス（全21ステージ四、九二〇キロ）は前の年よりもさらに大成功するだろう――これはジャーナリストみんなが確信していた。というのも、この間に選手たちに対する敬意はいや増しに増していたからである。ジャーナリストたちの確信のとおり、六月三十日水曜日、曇り空にもかかわらずツールのスタート地点パレ＝ロワイヤル広場はものすごい数の人々が集まっていた。そして、ジャーナリストたちもそうした人々をかき分けて行かなければならなかった。主催者は一九四七年よりもずっと多い観衆が集まったことを満足げに確認した。参加選手たちが三々五々到着してくる間、世界的に有名なフランス憲兵隊の軍楽隊ギャルド・レピュブリケーヌが観衆を楽しませていた。

選手たちは、前日一日がかりで指示された手続きをこなしていた。まず、レキップ紙と共同でツール・ド・フランスを主催したパリジャン・リベレ紙のオフィスに出頭しなければならなかった。ここで選手たちは宿泊チケット、マイヨ、キャップ、ゴーグルを受け取った。そこからさらにパリの冬の競技場ヴェル・ディヴ（一九〇九年から一九五九年まで存在したパリの室内自転車競技場）へ行くと、予備タイヤとフレームにつけるゼッケンプレートが支給された。さらに、モンマルトルのフォブール通りにあるレキップ紙の事務所で健康診断を受け、自転車には競技規則に則って鉛の封印が押された。その際、優勝候補の選手たちは常にジャーナリストたちに取り囲まれ、次々とインタビューを受けなければならなかったのは言うまでもない。

以来半世紀以上が過ぎ、ツール・ド・フランスのプロトンの様相も本質的に様変わりした。一九四八年のツールのスタート写真を見ると、すぐに気が付くことがある。当時の選手たちは今日のように完璧にトレーニングを積んだ上でレースに臨んでいるわけではない。何人かの選手たちはかなりポッチャリしているし、例えばレイモン・インパニスなどは一六八センチの身長に体重七〇キロという堂々たる姿だった。一八〇センチ、六三キロのピエール・モリネリス（1920～2009（1942-53）三九勝）のような軽量級の選手は少数派だった。実際、彼は「やせっぽピエール」というあだ名を頂戴していた。

しかし、もっと違うのはAチームの選手たちには、マイヨの真ん中に国旗の色が付けられていたことである。よく知られているように、当時のツール・ド・フランスは企業チームではなく国別チームによって争われていた。これがナショナリズムや愛国主義をかきたてる要因になったことは言うまでもない。こうした感情は今日においてもしばしば、スポーツの勝負で人々を熱狂させる重要な原動力になっている。

同様に、当時は選手たちのマイヨにも自転車にも、ほとんど広告の文字が見られないことにも驚かされる。今日であれば、プロ選手のいでたちには優に三〇のさまざまな商標がついている。しかし一九四八年にはそれはただひとつだけだった――つまり各自の自転車メーカーの名前だけが、フレームとパンツ、それにマイヨにつけられた細いストライプの上に書かれているだけだった。総合ディレクターのゴデが自転車メーカーに許したのはこれだけだった。しかも、それだって強豪イタリアチームをなんとかツールに呼ぶために決められたことだった。しかし、この処置も心からの賛同を得たわけではなかった。国や地域を代表する選手たちが、同時に営利企業の宣伝をするなどということは不適切だ、と多くの人々が考えていた。だから、ナショナルカラーをつけた各国のナショナルチャンピオンのマイヨだけは広告名で汚されてはならないという規定だけは守られた。

もう一つ注意を引く点はすべての選手が予備タイヤを肩に巻き付けていたことだ。これは義務であると同時に、絶対に必要なことだった。レース中にパンクし、チームメイトの自転車に乗り換えることができない場合、自分で修理しなければならなかったのである。規則ではそれ以外にも二つ目の予備タイヤをサドルの後ろに括りつけておかなければならなかった。

簡素な広告が許可されたこと以上に注意すべきは、規則変更によってツール・ド・フランス史上初めて、前年の優勝者がスタートの時点ですでにマイヨ・ジョーヌを着用していなければならなくなった、ということである。それに加えて、マイヨ・ジョーヌの左の胸ポケットの下に――ちょうど心臓の真上である――「ＨＤ」という文字が刺繍されることになった。言うまでもなく、ツール・ド・フランスの創始者アンリ・デグランジュ（1865～1940）のイニシャルである。

最初の選手たちはすでに早朝の七時にロワイヤル広場に到着した。しかし、彼らがスタートできるまでにはまだ二時間はかかった。まず広告のキャラバン隊が出発し終わるまで待たなければならなかった。続いて順番に名前が呼ばれ、スタートリストにサインしなければならなかった。最初に紹介されるのはロビックだと誰でも思うだろう。前年度の優勝者がゼッケン一番をつけるのは、すでに伝統だったからである。ところがこの年は、主催者が通常のゼッケンの順番に従わなかった。それは一九四七年のツールでは、ロビックは地域チームに所属していたからだった。そこで、各国の代表であるナショナルチームに優先権を与えるために、今回はベルギーチームがセレモニーの先陣を切ることになった。

ツール・ド・フランスが初めてナショナルチーム同士の闘いになった一九三〇年以来、ベルギーチームは常に黒いマイヨでスタートラインについてきた。そのせいで、彼らは「黒い騎兵隊」とあだ名されていた。しかし一九四七年のような殺人的な暑さでは、黒い服は絶対的に不利になった。そこで一九四八年のベルギーチームは、監督のカレル・ファン・ヴェイネンダーレ*の要求により青いマイヨで出場した。むろんその胸に帯状にナショナルカラーが配されていた。

＊ 1882～1961　本名カレル・ステイアールト。ベルギーのスポーツジャーナリストで、ツール・デ・フランドルの創設者。このレースのコースとなるクヴァレモントに記念碑がある。

ベルギーチームの紹介に当たって、もっとも大きな注目を浴びたのはレイモン・インパニスだった。二十二歳の若者は前年度のタイムトライアルでの勝利のあと、地元のベルギー以外でも優勝候補の一人として扱われるようになった。だが、前年の一三九キロのタイムトライアルでの流れるような走法から、彼はその前の各ステージで本当は力を出し切って走ってなかったのではないか、という疑念も生じさせた。つまり、彼はそもそも全力を出し切って走ることができるのか疑問視されたのだ。これには一九四七年のツールのある出来事がきっかけになっている。灼熱のステージとなったブリュッセル～ルクセンブルク間で、インパニスはボトルに水を満たすために自転車を止めた。それから突然自転車を放り捨てると、もうやめると言い出したのである。監督カレル・ファン・ヴェイネンダーレは彼を宥めてレースを続行させるのに、少なくとも十分を費やした。

スホッテ

この出来事はすぐに伝説化された。例えばクロード・ティレ記者はレキップ紙に、インパニスに対して「リタイアしないようにと、みんなで跪いて何度も何度も頼んだ」と書いている。このときから、この若いベルギー人は「辛いことに耐えられない」選手だということになった。彼のチームメイトとのやりとりも批判の種にされた。一九四七年の彼は、フォーロイト紙*のロベルト・クネート記者の言葉を借りれば、あまりにひどい「自惚れ屋」だった。しかしこの点に関しては、多くのベルギーのジャーナリストたちはかなりマシになったと見ていた。すでにツール・ド・スイスの期間中、インパニスは以前よりずっと「人間的に」振る舞っていた。だからベルギーのマスコミの代表者たちはほとんど例外なく、彼がツールに勝つためには「克己心を発揮しさえすれば」いいと信じていた。

＊　一八八四年から一九九一年まで発行されていたベルギーのオランダ語による日刊新聞。

インパニスには欠けているとされた「辛いことに耐える」能力が、まさにその同国人のブリック・スホッテ（1919～2004（1940-59）六二勝、世界選二勝）の強みだった。とくに名高いクラシックレース、パリ～ツールの二勝や、この一九四八年の春のツール・デ・フランドル――これも二勝目だった――の勝利は、彼のそうした能力のたまものだった。だが、誰も彼を優勝候補に挙げなかった。登りの能力が見劣

オケルス

りしたからである。むしろヴァルト・ファン・ダイク（1918～77（1941-52）二三勝）と小柄なスタン・オケルス（1920～56（1941-56）六八勝、世界選一勝）のほうがずっとチャンスがありそうだった。そしてオケルスは、ときとして「ベルギーのロビック」と呼ばれることもある選手で、この年初めてツールに出場することになっていた。

ベルギーチームに次いで、オランダ・ルクセンブルクの混合チームが紹介された。チーム監督のヨリス・ファン・デン・ベルフ（1882～1953 本職はオランダのスポーツジャーナリストで作家）は、いつかオランダの単独チームでツールに参加することを夢見ていたが、一九四八年の時点ではそれはまだ不可能だった。オランダには才能あるロード選手が少なすぎた。それに加えて、国際的に有名なヘリット・スフルテ（1916～92（1937-60）一四一勝、蘭選手権四勝）と現役の世界チャンピオン、テオ・ミデルカンプ（1914～2004（1934-51）九〇勝、世界選一勝、蘭選手権三勝）の二人はツール・ド・フランスに参加する気はなかった。トラックレースやケルメス*に出ていれば、一九四七年にイェフケ・ヤンセン（1919～2014（1944-54）八勝、蘭選手権二勝）が四週間近い苦役の末に手にした四〇〇グルデンの数倍の金額が稼げるのだ。

＊ ベルギーやオランダの村祭り。移動遊園地などが出ると共に、自転車のクリテリウムレースも開かれることが多い。

確かにツール・ド・フランスの勝者は六〇万フランを獲得できる。それはオランダの通貨グルデンに

ジャン・キルヒェン

換算すれば七〇〇〇に相当した。これはこの時代にしてみれば相当な額だった。しかし、オランダの二人のスター選手には、そもそも総合優勝の可能性はまずなかった。彼らは出場したとしてもステージ優勝を狙うしかなかった。そしてその額はたったの二〇〇グルデンに過ぎなかった。結局イェフケ・ヤンセンを除けばオランダは、ツールを完走できればそれだけで十分満足だという新人選手だけが、この混成チームに加わることになった。

事実上は小国ルクセンブルクのほうがオランダよりもずっと強い選手たちが集まった。ジャン・キルヒェン（1919～2010（1942-53）一七勝、ルクセンブルク選手権二勝）はすでに一九四七年の特別なツールに出場していた。残念ながら、この大公国で最良の二人、ジャン・ゴルトシュミット（1924～94（1946-53）二三勝、ルクセンブルク選手権二勝、一九四九年にはツール総合八位）とビム・ディーデリヒ（1922～2012（1946-54）一〇勝、一九五一年にはマイヨ・ジョーヌを三日間着用）が怪我で出場していなかったので、キルヒェンはほとんど完全にアシストなしで走らなければならなかったのだが。

次に紹介されたチームの最初の二人はスイスのジョルジュ・エシュリマン（1920～2010（1941-52）三勝）とロジェ・エシュリマン（1923～2008（1948-53）〇勝）だった。その後に、本来ならこの国の選手八人が続かなければならなかったのだが、残念ながらそうはならなかった。ツールがスタートする一週間前にスイス自転車連盟の議長カール・ゼン（1939 -54のスイス車連議長）が、ツールに出場を希望する選手を集められなかったと発表したのである。ここでもお金の問題だった。一九四六年と一九四七年のツール・ド・スイスでは、ジノ・バルタリが圧勝した。しかし一九四八年は、フェルディ・キューブラーがこの地元のレースで輝かしい勝利を収めた。この優勝で自転車熱が高まり、キューブラーを中心にさまざまなトラックレースが開催され、このおかげで他のスイス人選手たちも金銭的に潤うことになったのである。

キューブラーが、ツール・ド・フランスという不確実な冒険のために、実入りのよい契約の申し出を断る気になれないのは当たり前の事だった。カール・ゼンは、ツール・ド・スイスの優勝者には、ツール・ド・フランスでその国の代表になるべき義務があると説得したが、その言葉が彼の心を打つことはなかった。連盟の役員たちが愛国心に訴えかけたが、一自転車プロにはそのような余裕はほとんどなかった。結局キューブラーはその決断を撤回する理由を見いださなかった。

これにより、スイス車連議長のゼン以上に困ったのはツール・ド・フランスの主催者たちだった。選手たちがツール・ド・フランスを冷たくあしらうようなことになれば、このレースのステータスに深刻な傷がつくかもしれないのだ。とくに痛手だったのはスイス西部レマン湖沿いの町ローザンヌだった。この町はツールを招聘するために約二百万フランを支払っていた。それが下手をすれば、プロトンの中に自国の選手がいないということになりかねない。だからローザンヌ出身のエシュリマン兄弟が参加を表明したとき、主催者たちは心から歓迎した。いざとなればフランスの地域チームを六つにしようと考えていたのだが、彼らのおかげでそうせずにすんだ。その代わりにインターナショナルチームを結成することが決まった。二人のスイス人以外に、フランス在住の八人の外国人からなるチームである。内訳は五人のイタリア人と二人のベルギー人、それにポーランド人が一人である。

ぎりぎりのところで結成されたインターナショナルチームだったが、結束力は期待できそうもなかった。しかし、個々には何人かの強い選手が入っていた。まず、第一に挙げるべきは前年度の悲劇の英雄ピエール・ブランビッラである。しかし残念なことに、彼は明らかに本調子ではなく、前年度のリベンジに燃えているようにも見えなかった。すでに彼みずからが、チームのスター選手たちを無条件でアシストすることを明言していたのである。それらスター選手のなかには、一九四七年にアルプスのステージで二勝を挙げ、総合で七位になったフェルモ・カメッリーニ（1914～2010（1937-51）四〇勝）がいた。そのクライマーとしての才能はよく知られており、イタリア車連もイタリアチームの中心的な役割を担わせたいと考えていた。カメッリーニもまたそれを熱望していたが、予期せぬ困難にぶつかった。このイタリア人はすでにもうフランス国籍取得の申請をしていたのである。これによって、ツールの期間中に法律上はフランス人になる可能性があったのである。

さらにそれ以上の問題があった。カメッリーニはサンプレックス（一九八五年まで存在したフランスの自転車パーツメーカー）の変速機を使っていたのに対して、イタリアナショナルAチームはカンパニョーロの変速機を使用していたのである。この二つのメーカーは異なるシステムを採用しており、それぞれ互換性がなかったから別の後輪を用意しなければならなかった。つまりカメッリーニはチームキャプテンがパンクした場合にサポートできないということを意味した。むろん逆にカメッリーニもチームメイトの助けを期待できないということでもあった。ツールの期間中だけ、彼の自転車にカンパニョーロの変速機を組み付けるという選択肢もなかった――彼のスポンサーである自転車メーカーがそれを拒否したからである。そういうわけで、カメッリーニは心残りではあったが、イタリア車連の提案を拒否せざるを

ランブレヒト

得なかった。当初彼はブランビッラと一緒に南東フランスチームに加わったが、最後の瞬間に新たに結成されたインターナショナルチームに移った。
このチームのもう一人の切り札は、西フランドル人のロヒェル・ランブレヒト（1916〜79（1945-54）一四勝）だった。彼は戦争中「大西洋の壁」[*1]を建設するための強制労働でブレストに連れて行かれ、そのままそこに留まったのだった。彼の実績――そこにはドゥフィネ・リベレ[*2]のようなレベルの高いレースでの四位という成績が含まれる――から考えればベルギーチームの一員になってもおかしくなかった。しかしもう故郷ベルギーを離れてしまった彼は、かの地の自転車界の後押しもなかった。それはベルギーでは、とくに彼のようなあまり有名ではない選手がツール・ド・フランスのチームに加わるためには、絶対に必要なものだった。

＊1　第二次大戦中にドイツが連合軍の侵攻に備えて構築したヨーロッパ西海岸の砲台等の防衛線の名称。
＊2　一九四七年に始まったツールの前哨戦と位置付けられている約一週間のステージレース。主に南東部のアルプス山脈を含むドゥフィネ地方を舞台に行われる。現在の名称はクリテリウム・デュ・ドゥフィネ。

インターナショナルチームの紹介の後、ゴデだけでなく観客も一番注目する選手の名前が呼ばれた。ゼッケンナンバー31のジノ・バルタリである。しかしガゼッタ・デッロ・スポルト紙によれば、そこで響いたのは大きな歓声というよりはむしろ畏敬の念を込めた囁き声だったという。多くの観客はおそらく自分が歴史的瞬間に居合わせているという感慨を抱いたことだろう。

一九三八年にバルタリはツール・ド・フランスで圧勝していた。その勝ちっぷりに、普段は国粋主義的なアンリ・デグランジュですら、彼を「史上最高の自転車選手」と呼んだのである。この評価をいくらか過大評価だと思う人でも、もっとも険しい登りをこのように軽々と登っていった選手はこれまで存在しない、という見解には同意せざるを得なかった。「普通の人がエレベーターを使うように、彼は登っていく」とクロード・ティレ記者は、その当時書いていた。同僚のジャーナリストたちと同様、彼も一九三八年には、今後はこれまでどの選手もなしえなかったような形でバルタリがツール・ド・フランスを支配するだろうと期待した。だがそうならなかった。一九三九年、イタリアチームは政治的な理由から参加せず、第二次大戦勃発後は、ツールは無期延期になってしまった。

十年後にバルタリが再びスタートラインにつく、などというのは奇蹟のように思われた。ニース近郊のいくつかのレースとノルマンディ地方のカトリックの巡礼地リジューへの巡礼を別にすれば、この間にフランスで彼の姿を見ることはかなわなかったから、一種の伝説の存在となっていたのである。彼についてはさまざまな逸話が伝わっていた。たいていは彼の信仰をめぐるものだった。彼は有名人としてはまれなほど、その信心深さを隠そうとしなかった。当然、教会もそれを利用した。たとえば教皇ピウス十二世（1876〜1958　第二次大戦中から戦後の世界的大混乱の時代にローマ教皇を務めた）は、一九四七年九月に立錐の余地もないほどの人で埋まったサン・ピエトロ広場を前にして、「みんなが願うマイヨを何度も勝ち得た」バルタリを、「聖パウロが語った真の競争」に加わろうとするカトリックの若者の輝かしい手本として語った。

さらには、バルタリは若い頃に僧侶だったという噂まで広まる始末だった。しかし、もちろんそんなことはなかった。十一世紀にできたカトリックの修道会カルトジオ会の第三修道会に属す修道士会員だったにすぎない。しかし、彼が宗教施設や慈善団体に寄進した膨大な額や、周辺からやって来た貧しい人々十数人と一緒に朝食を摂るというその習慣は誇張ではなかった。同様に、彼が自分のスペアバイクに、自分にゆかりのあるリジューの聖テレーズ[*1]の絵を取り付けていたのも事実だった。彼にゆかりがあるというのは、彼が一九三七年のツール・ド・フランスで初めて深刻な落車を経験した後[*2]、ホテルのベッドで痛さのあまり身を捩っていたときに見ていたのが、壁に掛けられた絵のなかでほほえみかけているこの聖女の姿だったからである。さらに、もう一台の自転車に聖母のメダルを取り付けられるように、彼はパリへの出発前日に特別にマドンナ・デル・ギサッロ[*3]の礼拝堂へ赴いていた。彼はあまりに長時間跪いて祈りを捧げていたので、友人でチームメイトのコッリエーリ（1920〜2017（1941-57）一五勝）は不安になって、ツール・ド・フランスのために膝をいたわるべきだと注意したほどだった。

＊1　1873〜97　カトリック教会の聖人。非常に人気のある聖人の一人で、一九八六年には映画にもなっている。
＊2　この年、ツールにデビューしたバルタリは総合トップを走りながら、アルプスの橋で小川に転落して、その後リタイアした。
＊3　ロンバルディア地方の教会。一九四九年には教皇ピウス十二世が、この教会に祀られている聖女を正式にサイクリストの守護聖人と認定する。

その評判にもかかわらず、バルタリはツール・ド・フランスの優勝候補筆頭とみなされていたわけではない。なにしろ彼はすでに三十四歳になっていた。この年齢では、普通なら自転車選手として最高の時は過ぎていた。なによりも、一九三八年に見せた圧倒的な強さは、すでに語られなくなって久しかった。その最大の原因は新たな怪物ファウスト・コッピの登場だった。この別格の二人の対決は、イタリアを越えて、今日に至るまで自転車競技の歴史のハイライトとされている。戦後の数年はバルタリとコッピは他の選手たちに対してけた外れの強さを見せつけただけではなく、その強さが互いに伯仲したものだったのである。

両者の間ではバルタリの方が年上だった。だから、いつかこの五歳若いライバルに太刀打ちできなくなる日が来るのは必定だった。一九四八年はそうなりつつあるように思われた。彼はミラノ～サン・レモでは全くぱっとせず、ジロ・ディ・イタリアではコッピの後塵を拝しただけではなく、他のイタリア人選手たちに対しても後れを取った。* 彼の長いキャリアのなかで初めてベストクライマーの称号を得ることができなかった。山岳ステージではコッピにほとんど対抗することができなかった。マリオ・カサルボーレ記者はガゼッタ・デッロ・スポルト紙で厳しい判定を下している「ドロミテ山塊の鷹、彼はまだ翼を畳んではいない。しかし、その翼が山の頂の高さまで飛ぶには、もう耐えられないのを感じている」

祈るバルタリとコッリエーリ

＊ この年のジロの総合優勝はフィオレンツォ・マーニで、バルタリは八位に終わっている。

ライバル二人を同じチームで参加させるのは最初から問題外だったので、イタリア車連は決断しなければならなかった。そして、バルタリの能力に疑問符がついた以上、コッピをツール・ド・フランスへ派遣するのが当然だと思われた。コッピ自身も当初は野心満々で、もし彼がジロ・ディ・イタリアで総合優勝していれば、最高の条件が整えられていたことだろう。だが事態はそうならなかった。ジロ・ディ・イタリアの序盤の二つのステージで、コッピとバルタリはほとんど他の選手を無視して互いに牽制しあい、その結果、二人のカンピオニッシモは総合で大きく遅れることになったのである。

バルタリはクライマーとしての能力が明らかに落ちていたから、この自滅的な作戦の最大の被害者はコッピだった。コッピは終盤のドロミテでの二つのステージで連勝したが、まだ総合で三位だった。しかし、トップのフィオレンツォ・マーニ*が、このジロ最大の難所ポルドイ峠でファンの助けを借りなければ、まだコッピに総合優勝のチャンスはあったかもしれない。この峠でファンたちがマリア・ローザを組織的に押したのである。たくさんの抗議にもかかわらず、審判は思い切った処置をとることに尻込みした。マーニは確かにペナルティタイムを科されたがそれはわずかなもので、彼はまだわずかなリードではあったが首位をキープしていた。

＊ 1920～2012（1938-56）八八勝、ジロ三勝、伊選手権三勝、コッピとバルタリの時代に第三の男と呼ばれた。ツール・ド・フランドルに三連覇したのは二〇一七年現在彼だけである。

これに抗議してコッピはビアンキチーム全体でジロをボイコットしたのである。イタリア車連は即座に反応して、「脱走兵」たちに一ヶ月の出場停止処分を下した。しかし、この処分は数日後に撤回された。バルタリが先頭に立って、他の選手たちとともにストライキをすると脅したからである。そしてまた、ファンもゴール地点のミラノで優勝パレードの周回をするマーニに対して、口笛で抗議するとともに座布団を投げつけたのだった。

しかし、差し迫ったツールを前に誰をカピターノ（キャプテン）にするべきか、決定を先送りにするわけにはいかなかった。このむずかしい決定を避けるために、役員たちはこの事件を有り難く利用させてもらうことにした。ジロ・ディ・イタリア終了直後に、車連の上層部はバルタリがイタリアAチームを率いると発表した。ビアンキチームはこの決定を受け入れるより他にしかたがなかった。この事件の騒ぎのせいで、ビアンキの監督のジョヴァンニ・トラゲッラ（1896～？ 自身二〇年代にプロ選手だったが、一九四六年から五五年までビアンキチームの監督を務めたことで名を残す）はコッピにひと月休養するように、と指示していたこともあったからである。コッピがいなくなったので、車連はアルド・ロンコーニをイタリアBチーム、いわゆる「若手（カデット）」のカピターノにすることにした。彼はすでに一九四七年にトップクラスの選手であることを証明していたから、これは妥当な決定だった。さらに、彼はビアンキチームの第二エースだったから、ファウスト・コッピの代理としてはもっともふさわしかった。

イタリアのスポーツジャーナリストたちは、フランスでコッピがいないことに対して、概してそれほど大きな失望を表さなかった。彼にものすごい能力があることは間違いなかったが、メンタル面で、ツール・ド・フランスのように長く辛いレースに対する抵抗力はないのではないかと思われていたのである。イル・テンポ紙でマルチェッロ・ゴリは書いている。コッピは確かに芸術家の繊細さを持っているが、残念ながらそれは、この「自転車界のトスカニーニ（アルトゥーロ・トスカニーニ 1867～1957、二十世紀前半を代表するイタリアの指揮者）」が「ガラスの選手」であるということでもあるのだ。

これに対してバルタリは心理面でも肉体的にも強靭だと考えられていた。彼は「鉄の男」とみなされていたのである。ただ、ほとんどのジャーナリストは彼のツール・ド・フランス再登場は一年遅すぎたと残念がっていた――とくにバルタリの調子が最高の状態とはとても言えないと思えたからである。彼はジロ・ディ・イタリアで落車してひどく膝を痛めていた。ツールが始まる一六日前に小さな手術を受けなければならないほどだったのである。

これ以外にも、彼をアシストするチームのパフォーマンスという点でも深刻な疑念が存在した。コットゥールとプリモ・ヴォルピ（1916～2006（1938-57）一五勝）はたしかに、一級のステージレーサーと認められていた。しかし二人ともジロ・ディ・イタリアで消耗していたし、ハードなツールに耐えられそうには思えなかった。一方トニ・ベヴィラッカ（1918～72（1940-55）三四勝、伊選手権一勝、パリ～ルーベ一勝）は良いルーラー*だったが、山岳でバルタリの本格的なアシストをするほどの登坂力はなかった。そして他の選手たちはといえば、パリまでたどり着ければ御の字というレベルだった。

＊ スプリントや長い登坂力には欠けるが、高速を維持して、集団の先頭を一定速度で引き続けることができる、スピードのある選手の総称。

しかし論者たちはこうした暗い予想を立てる際に一つの面を忘れていた。車連はチーム編成に当たってバルタリと詳細な申し合わせをしていたのである。すでにジロの間にバルタリは、自分がフランスへ行く場合には一緒に連れていきたい選手をリストアップしていた。そして彼が挙げた九人の候補のうち、実際に七人が選抜された。言うまでもなく、バルタリはチームメイトたちの弱点について、他の誰よりもよく知っていた。しかし、彼らを選んだ理由もはっきりわきまえていた。後に彼はこのときのことを

ベヴィラッカ

思い出して、長いキャリアの中でこのときほど忠実な友人たちによる、分かちがたい集団に囲まれたことはほとんどなかったと書いている。たしかに、それこそ彼が必要としていたものなのである。

イタリア国内の各チームでは、すでに四〇年代から明確な役割分担が決まった、比較的強い序列が出来上がっていた。しかし、さまざまなチームから集まった選手たちで構成されたツール・ド・フランス用のチームでは、そういうわけにはいかなかった。それゆえに個人的な結びつきが大きな意味を持った。これは、心の奥ではこうしたチームのシステムに反対していたバルタリにとっては一層重要なことだった。彼は自分のアシスト選手たちに何かを命じることは一切しなかったし、彼らを非難したこともなかった。彼はいつでもスロースターターだったので、アシストたちには最初の一、二時間、自分のそばにいてくれることだけを願った。そしてその後は、必要なときにそばにアシストがいるのはありがたいとわかっているのに、彼らを拘束するようなことはしなかった。だから彼が望んだのは、個人的に仲の良い選手たちをチームメイトにすることだけだった。

もちろんバルタリは自転車競技が無情なものであることは知っていた。そこで同時に、彼は別のやり方でチームメイトたちの忠誠心を確保した。彼らに、アシスト選手としては非常に有利な経済的取り決めを提案したのである。つまり、自分が勝ったとしても、賞金はすべてアシストに与えるというものである。[*1]彼にとってはこんなことは大したことではなかった。もし優勝できれば、その後に行われる稼ぎの良いクリテリウムシリーズで、[*2]ツールの優勝者として多額の出場料つきで招待されるのだ。それ以外にも、これらの気前の良いクリテリウムレースに、彼らのうちの何人かを一緒に連れていくことも約束した。

＊1　このシステムは自転車レースの歴史では、一九五三年のツールでルイゾン・ボベが提案した（「ベジエの契約」）ことで有名になった。
＊2　ツールが終わった後に各地で開かれ、ツールに参加した選手たちの一種の顔見世興行的なレース。

バルタリがイタリア選抜チームの他の選手たちと結んだこの約束は、すぐにマスコミにも知れ渡った。しかし、これによってチームが強化されると信じたメディアはほとんどなかった。マスコミがバルタリの勝利を信じていなかったことは、編集部からフランスに送り込まれたイタリア人レポーターたちの数の少なさにも表れていた。たったの一四人である。これに対してベルギーのマスコミ部隊は四〇人から五〇人にのぼった。フランスのレポーターの数が二〇〇人を下らなかったのは驚くには当たらない。もっともこれらの数の中にはたくさんの臨時ジャーナリストが混じっていた。美男選手として絶大な人気を誇ったアンドレ・ルデュック（1904～1980（1926-39）四一勝、ツール二勝、世界選一勝、仏選手権一勝）、マーニュ、あるいはジョルジュ・スペシエール（1907～78（1930-44）二七勝、一九三三年にツールと世界選に優勝）や様々な逸話によりフランスで誰一人知らないもののないほど人気を博したペリシエ兄弟[*]といったかつての選手たちが、このメディアの集団に加わっていたし、演劇や映画の世界からも、たとえば一九三〇年代から晩年に至るまでフランスを代表する美男俳優のジャン・マレー（1913～98）や一九五〇年前後のフランスを代表する美男俳優ジェラール・フィリップ（1922～59）、あるいはフランスを代表する喜劇俳優でシャンソン歌手のフェルナンデル（1903～71）といった有名スターたちがたくさん加わっていたからである。

＊ フランシス 1894～1959（1919-32）一七勝、シャルル 1903～59（1922-39）三二勝、うちツールのステージ一六勝。なお、長兄のアンリ 1889～1935（1911-28）は三九勝、一九一三年に総合優勝している。

イタリア車連上層部の選手たちに対する信頼も、イタリアのマスコミより大きなものではなかった。役員たちは、選手たちが最高のコンディションでフランスに到着できるように計らうという気遣いも持ち合わせなかった。オリエント急行に乗り込んだ選手たちは、一晩中坐っていなければならないことを知って驚いたのだった――しかも二等車のコンパートメントに八人もの選手が押し込められたのである。バルタリは即座に自費で寝台車を確保しようとしたが、すでにすべて予約済みだった。

イタリアのファンたちの期待も余り大きなものではなかったようで、イタリアチームが出発する六月二十七日日曜日の夕方も、ミラノ駅は驚くほど静かだった。見送りに来た有名人は、イタリアチームのメンバーのために聖母マリア像のついたメダルを持って来た、例の神父のシルヴィオ・ロンコーニ（一九頁参照）と一九二一年から六六年の長期にわたりレニアーノチームの監督を務めたエベラルド・パヴェージ（1883～1974（1904-19）一三勝）ぐらいだった。なお、このパヴェージは一九〇七年にツール・ド・フランスに初めて参戦したイタリア人選手たちの一人である。パヴェージも神父と同様にプレゼントを持って来ていた。旅行中に食べる大きなケーキと、そしてなにより、選手全員のための石けんだった。フランスでは石けんを手に入れるためには配給券が必要だと聞いたためだった。

左ラザリデス、右ヴィエット

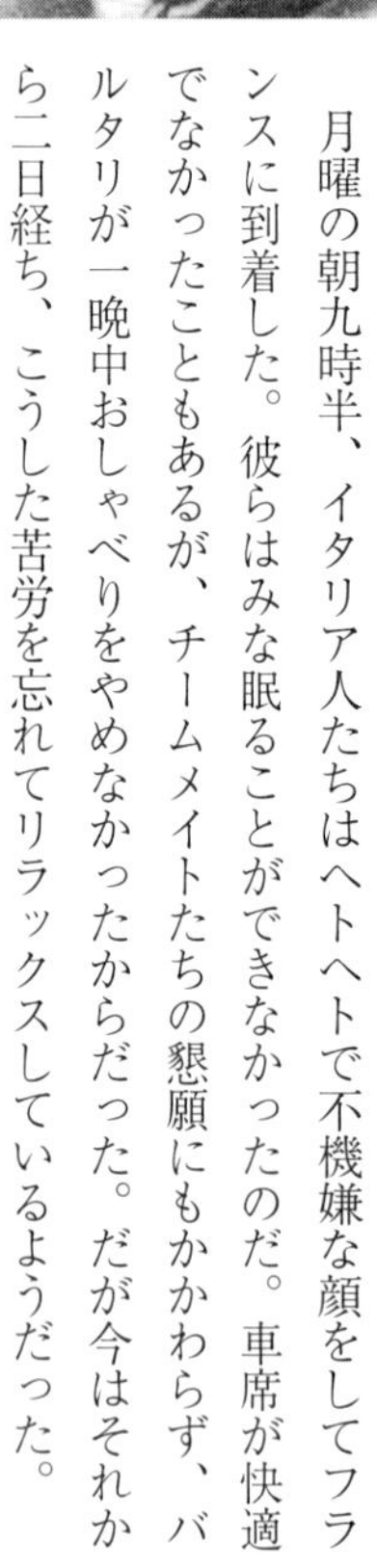

月曜の朝九時半、イタリア人たちはヘトヘトで不機嫌な顔をしてフランスに到着した。彼らはみな眠ることができなかったのだ。車席が快適でなかったこともあるが、チームメイトたちの懇願にもかかわらず、バルタリが一晩中おしゃべりをやめなかったからだった。だが今はそれから二日経ち、こうした苦労を忘れてリラックスしているようだった。

イタリアAチームが紹介された後、フランスナショナルチームの選手たちが並んで現れ、もちろん飛び抜けて大きな歓声を浴びた。予想されていたことだが、ほとんどの歓呼の声はジャン・ロビックとルネ・ヴィエットに向けられた。センチメンタルな理由から、多くのファンは「ルネ王」がついに総合優勝を果たしてくれることを願っていた。彼自身もすでに、このツールは「勝利か死」の問題だと発言していた。だが、彼に勝利のチャンスがあると本気で信じているものは少なかった。

これに対してロビックは優勝候補ナンバーワンだった。スタートの前日、記者たちがレキップ本社で行ったアンケートでは彼の優勝を押す声が一番多かった。バルタリは二番目だった。下馬評の多くが「子ヤギ（ビケ）」に集まったのはなにも前年度の優勝のせいだけではない。それ以上に、十日前に終わったツール・ド・スイスで彼が見せた好調ぶりにその原因があった。*

* このツール・ド・スイスは三二頁に書かれているように、総合優勝はフェルディ・キューブラーだったが、ロビックは全十ステージで二勝を挙げている。

テセール

ロビックはフランスナショナルチームで優勝の可能性が認められた唯一の選手ではなかった。エデュアール・ファシュレトネールはロビックやバルタリと比べて前評判は高くはなかった。しかし彼は一九四七年には総合二位になり、もしステージ勝利と山岳ポイントのボーナスタイム制度がなければ、彼が優勝していたのだ。* それ以外にも、ツールの六週間前、山岳地帯で行われたドゥフィネ・リベレで優勝していた。ちなみにこのステージレース、ロビックは総合三位に終わっている。

＊　一九四七年の規則ではステージ優勝と第一級山岳のトップ通過によるボーナスタイムはどちらも一分三〇秒だった。

フランスナショナルチームでジャーナリストたちから優勝候補の一角とされたもう一人の選手が、小さな山岳スペシャリストのアポ・ラザリデス——「ギリシャ人の子」の異名を持つ選手だった。彼は十八歳でヴィエットの経営する自転車店でメカニックとして働き始めた。そして「ルネ王」は彼のことを相変わらず見習いのアシスト選手として扱っていた。ラザリデスはツール・ド・フランスの優勝者になれるような選手ではなかったかもしれないが、親分が彼を勝利へ導いてくれるかも知れないと多くの専門家たちが考えたのも、あながち的外れとは言えない。実際、一九四六年のミニ・ツール*とも言うべきモナコ～パリではそういうことが起きたのだ。

＊　一九四六年に一度だけ開催された全五ステージからなるレース。ラザリデスはどのステージ

でも三位以内になることはなかったが、総合優勝を果たしている。

四人ではまだ足りないとでも言うかのように、フランスナショナルチームには第五の総合優勝候補もいた。リュシアン・テセールである。彼は体重七九キロの堂々たる体躯の選手だったが、天性の運動能力の高さによりこの時代で最良のクライマーの一人とされていた。彼は風光明媚で地中海性気候のため雨が少なく、バカンス時の保養地として有名なコート・ダジュールのカーニュ出身だったが、悪天候でこそ調子が出るというタイプの選手だった。多くの専門家が言っていることだが、一九四七年がもしあれほどひどい暑さに見舞われていなければ、彼がツールに勝った可能性も高かった。

ボベ

以上の五人の有力選手とならんで、フランスナショナルチームにはさらに第一級の選手たちが加わっていた。まずタイムトライアルスペシャリストのエミール・イデェ（1920～（1941-52）二五勝、仏選手権二勝）の名前を挙げなければならない。この選手も最終的にベストファイブに入ってもおかしくない力を持っていた。それからドゥフィネ・リベレで総合二位になり、一躍名を馳せたポール・ジゲ（1915～93（1941-53）一二勝）がいた。ルイ・カピュ（1921～85（1942-57）三四勝、仏選手権一勝）とカミーユ・ダンギヨーム（1919～50（1942-50）九勝）は総合優勝争いに加わるには山岳が弱すぎたが、一つか二つのステージ優勝を挙げるぐらいの強さは誇っていた。

フランスチームの選手たちの中で唯一候補としては弱いとみなされていたのが二十三歳のルイ・ボベ（1925～83（1947-62）一二三勝、ツール三勝、世界選一勝、仏選手権二勝）だった。前年度はかなり早い時点でリ

ゴデ（左）とレヴィタン

タイアしていたし、ここまでの結果も印象に残るものが少なかった。例えばドゥフィネでは、確かにとても良いスタートを切ったが、最終日にリタイアしていた。このAチームに選ばれなかったフランス人選手たちが、自分たちは見くびられていると感じたとしても不思議ではなかった。すでに一九四七年の時点で、このような声は大きくなっていた。ボベが優遇されているように見えたからである。これはある程度当たっていた。しかしここには根拠のある理由があった。なによりも、ボベが非常に多くの可能性を秘めた選手であることは明らかだった。たしかにまだ、同年代のインパニスやラザリデスのように多くの結果を出してはいなかったが、間違いなく大変な才能の持ち主だった。例えばラントランジジャン（一八八〇年から一九四八年までパリで出ていた日刊新聞）の記者リャン・リュリオは、ボベは「勝者の特性」を備えていると書いた。そして注目すべきは、彼にはファンの心を掴む特質がすべてそろっていたことだ。ボベは丁寧で、知的で、礼儀をわきまえた美男子（ボーギャルソン）だったのである。

こうした特性そのものは、スポーツ選手が人気者になるために不可欠なものではない。たとえばロビックのような選手は、ゴデが婉曲に語ったように不作法な印象だったし、彼の妻さえロビックのことを「夜のように醜い」と認めていた。またヴィエットの場合は愛想がよいという言葉とはほど遠い、非常に難しい性格だった。しかしこうした欠点がすべて受け入れられていたのは、彼らが偉大な選手だということが証明されていたからである。しかしボベには、人気者になるのにセンセーショナルな勝利は必要なかった。すでに最初から理想的なお婿さんのイメージで、彼はマスコミやファンから好意的に見られていたのである。

ジャーナリストたちが、彼をいかに素早く自転車選手の殿堂に祭り上げようとしたかは、驚くばかりである。一九四七年のツールでの例がそれを裏付けてくれる。ボベは最初の山岳ステージで、遅れたマイヨ・ジョーヌのヴィエットを待つよう指示された。ボベの総合での遅れはほぼ七五分だったからこの指令に従うのは当然のことだった。しかし彼は涙を流しながら路傍に坐り込んだ。この姿は、一九六二年から八七年までゴデとツール・ド・フランスの共同ディレクターになるパリジャン・リベレ紙のジャーナリスト、フェリックス・レヴィタン（1911〜2007）に一九三四年のシーンを思い出させた。ヴィエットがアントナン・マーニュに前輪を渡して一人で残った有名なシーンに比べられるものだと書いたのである。

チームメイトたちはそのような記事を、ボベに対する過剰な称讃だと受け取った。一九三四年のヴィエットはステージ優勝をしていて、「本物の男」だということを証明していたからこそ、あのような男泣きが許されたのだ。あの時代の悲壮（パセティック）な記事は、不運に見舞われた「英雄の涙」を扱ったのである。これに対して一九四七年のボベは些細なことで泣き出したに過ぎない。それ以外にも、第三ステージではテセールがボベに道理をわきまえさせるために平手打ちを見舞う事件も起きていた。

チームメイトの目には、ボベの涙は弱虫の証だった。父親と同じ名前を区別するために母親がつけた愛称の「ルイゾン」が問題をさらに込み入らせた。エミール・イデェはこの新たなスターの名前の語尾を女性形にして、常に彼のことを「ラ・ボベット」と呼び、これは選手間にも広まった。

チームメイトたちの批判は必ずしも不当なものではなかった。ボベは実際非常に涙もろく、時として甘えっ子の印象を与えることがあった。しかし、実際にはそうではなかった。彼だって、一九四八年のツール・ド・フランスに参加した他の選手たちと同様に、幼いときから一所懸命働かなければならなかった。長男として、彼は規則正しく毎朝三時に起床して、学校へ通う前にパン屋の父親の手伝いをしなければならなかったのである。

チームメイトたちはボベの粘り強さだけでなく、彼の野心も見くびっていた。フランスナショナルチームのメンバーがツールのスタート四日前に初めて集まったとき、議論はもっぱら金銭をめぐるものだった。チーム監督のアルシャンボー（1906～55　元プロ選手でツールのステージ一〇勝）はこの機会に、誰を唯一のキャプテンにするべきかを決めようとした。それはつまりピレネーを越えたときに総合順位で一番良い選手だ。アルシャンボーは明らかにロビック、ファシュレトネール、テセールを考えていたが、ボベはこの役割は自分に回ってくると自信を持っていた。

ボベの根性には疑問符が付いているとしても、ほぼすべてのジャーナリストが、フランスナショナルチームはこれまでのツール・ド・フランス史上でもほとんどないほど、体力的に強靱で才能も豊かな選手たちの集まりだとみなした。フェリックス・レヴィタンなどはビュット・エ・クルブ誌*で、このチームを無敵だとまで書いた。たしかにバルタリは、ひょっとしたらロビックやファシュレトネールと同じぐらい強いかもしれないが、彼のチームメイトたちはフランスチームには太刀打ちできない。よっぽどの不運を別とすれば、フランス人たちの勢いを止められるのはチーム内でのいざこざだけだろう。確かにその可能性については、見通しはバラ色というわけにはいかなかった。長い論議を重ねたにもかかわらず、フランスナショナルチームの選手たちは、金銭面では合意には至らなかったからである。

＊　一九二〇年から六八年まで発行されていたフランスのスポーツグラビア週刊誌だが、名称は何度か変わっている。本書の写真もこの週刊誌からのものである。

フランスナショナルチームが観客に紹介された後は、ベルギーとイタリアBチームの番だった。この二つの国に第二チームの参加を認めるという考えはゴデのものだった。彼はこのようなやり方でコッピもバルタリも参加させようと考えた。コッピが最終的に不参加を表明した後、これらのチームのステータスは変わってしまった。Bチームはもっぱら若手選手たちで構成されることになった。これによりイタリアの第二チームは若手（カデット）と呼ばれ、ベルギーのほうはアーレントイェスとかエグロンと呼ばれた。若鷲の意味である。

イタリアのB選抜がベルギーのそれと違っていたのは、優勝候補の一人がチームを率いることになっていたからである。つまり、ジャーナリストたちのアンケートではロビック、バルタリ、ファシュレトネールについで優勝候補四番手につけていたアルド・ロンコーニである。しかしイタリアではロンコーニのチャンスはほとんどないと思われていた。それはなによりアシストたちのレベルの低さに起因していた。ウニタ（一九二四年創刊のイタリアの左派系新聞）に載った記事などは、確かにナショナルチームも弱い布陣だが、若手（カデット）となるとそもそも「チーム」の体を成していない、と手厳しかった。

ロンコーニにはチームの編成に口出しできる権利がなかった。彼は後にファウスト・コッピの完璧なアシストとして活躍するルツィアーノ・ペッツィ（1921〜98（1946-59）三勝）を、優れたレース勘を持つ選手として、アシストでチームに加えたいと考えていた。ペッツィなら若手（カデット）チームで走ることも厭わな

ブリューレ

かっただろう。それどころか彼みずからが、ひょっとして誰かが直前に参加できなくなるのではないか、という淡い希望を抱いて、出発の日にミラノに姿を現したのである。しかしそれも無駄に終わった。イタリア車連は彼を連れていく気はさらさらなかった。何年も経ってからも、ロンコーニは、あのとき悪意が介在していたのではないかと疑っている。つまりロンコーニによれば、車連は彼がバルタリの強力なライバルにならないように謀ったのだと疑っているのである。

チームプレゼンテーションは五つのフランス地域チームの紹介とともに終わった。これらのチームには本当の意味での有力選手はもちろんいない。もしいればナショナルチームに選抜されていたはずである。しかし、この地域チームにも有力選手たちに一泡吹かせるだけのものがあるとは、衆目の一致するところであった。前年度の優勝者だって地域チームで走ったのだ。パリの新聞の評価で「一九四八年のロビック」になるかもしれない選手はアンドレ・ブリューレ（1922～2015（1943-61）一三勝）だった。驚いたことに、彼は当初参加選手にノミネートすらされていなかった。ちょうどプロライセンスを受けたばかりの、ほとんどアマチュア選手だった若いジャック・マリネッリ（1925～　（1948-54）七勝）すら選ばれていたのに。スタート一週間前になって、ようやくブリューレは自分がツールに参加できることを知らされた。

フランスの各チームのメンバーをみずから選んだゴデが、このように躊躇した理由は、表向きはブリューレが気まぐれで移り気で、むらっけがあって予測がつかない選手として通っていたからというものだった。しかしこれは理由の一部にすぎない。実際、ブリューレは愚行が過ぎる

ラペビー

ことがあり、その上、監督コーチに対して反抗的なところがあった。ある時などは、単独で逃げていたのに突然止まって後続の大集団を待ったことがあった。プロトンとの差を知りたかったのに、監督がそれを教えてくれなかったから、というのである。こうした彼の態度は当然、前任者のデグランジュ以上に、ツール・ド・フランスを完璧に組織化されたスペクタクルにすることを願ったゴデとの間に軋轢を招いた。

両者はすでに一九四六年、モナコ～パリのレースでいざこざを引き起こしていた。ブリューレがあまりの暑さにブールジェ湖へ飛び込んだのである——それも自転車や、オーガナイザーから提供された服など備品一切もろともに。この事件が、ゴデが一九四七年にブリューレを出場させなかった理由である。しかし、よく言われていたことだが、彼の反抗的な態度は決して自分の職業意識を軽んじていたからではない。例えばポール・ジゲは、ヴィエットを除けば、彼ほど機材に細心の注意を払っていた選手はいないと言っている。事実、彼は自分がツール・ド・フランスに出場できると知った瞬間から、自分に割り当てられた自転車をカスタマイズ*するために、ぶっ通しで作業したのである。

＊ すでに書かれているように、この時代のツールでは自転車は主催者から貸与されたが、サドルやハンドルなどは自前のものが使えた。

かつてのツール・ド・フランス総合優勝者ロジェ・ラペビー（1911～96（1932-46）二九勝、一九三七年ツール総合優勝。仏選手権一勝）の末弟として、このツールに初参戦の六日間レース選手ギイ・ラペビー（1916

～2010（1937-52）三一勝）、あるいは西部チームのジャン＝マリー・ゴアスマ（1913～2006（1933-51）二一勝）や三十八歳で最高齢参加選手のパリチームのルイ・ティエタール（1910～98（1932-50）一四勝）を除けば、地域チームのその他の選手たちはみんな、これまでのところほとんど無名の選手たちだった。それでも、彼らは総じてファンの応援を浴びることは間違いなかった。すでにチーム紹介の時からそうだった。パリの全人口のほぼ半数は地方の出身だったし、首都に住んでいるとはいっても、ほとんどの人たちは故郷と深いつながりを保っていたからである。だから地域選抜の選手たちも、紹介のたびに大声で応援してくれる地元の出身者が、会場には必ずいたのである。それはゼッケン120で最後に紹介されたアルジェリア出身のアブデル・カデル・ザーフ（1917～86（1946-55）九勝、一九五〇年のツールでレース中に酔いつぶれた逸話で有名）でも同じことだった。

チーム紹介が終わってもセレモニーはまだ終わらなかった。健康省の大臣が、選手たちが並ぶ前で青白赤のテープにはさみを入れた。ゴデが乗る自動車と九人の警官の乗るオートバイに先導されて、やっと集団は動き始めた。しかしそれでも、まだレースは始まっていなかった。選手たちはまず一〇キロほどパリの街路を走り抜けなければならなかった。しかもその間にプロトンはどんどん大きくなっていった。選手たちがリヴォリ通り、シャンゼリゼ、クレベール通りと、観客の狭い人垣をぬうようにゆっくりと進んでいる間に、あちこちの側道からサイクリストが湧き出て、選手たちの集団に混じったからである。警官たちも彼らに目くじらを建てることはなく、本来のスタート地点とされたサン・クロード橋まで来て、やっと一般サイクリストたちは停められた。

そのままスタートする前にもう一度全選手がストップして、あらためて選手たちの名前が順番に呼ばれた。そしてやっとカウントダウンが始まった。まずは残り何分、そしてスタートまで何秒と。「自転車に乗って」というシャンソンのおかげで、歌手で俳優のブールヴィル*（1917～70）がスタートの合図をする栄誉を得た。彼は十時十五分ちょうどにフラッグを降って、「パルテ！（スタート）」と叫んだ。

* この時代フランスで非常に人気があったコメディアン。彼のシャンソン「自転車に乗って」は Bourvil, A Bicyclette で YouTube にいくつかアップされている。

ほとんどの選手が、やっとツールが始まって緊張感から解放された。「さらば、パリよ、また会う日まで！」という声が至るところで響いた。だが、こうして楽観的にスタートした一二〇人の選手たちで、二六日後にフランスの首都に戻って来ることができたのは四〇有余人にすぎなかった。

バルタリは、ジャーナリストたちが彼ではなくロビックを最有力選手と見ていることを聞いて喜んだ。最有力候補と格付けされることは、選手にとって決して気持ちの良いものではない。優勝候補とみなされた選手は自由に動けなくなってしまう。さらに、レースをコントロールする責任を一手に引き受け、なおかつライバルの逃げをみずから潰しに行かなければならない。

それゆえに、イタリアチームの監督アルフレド・ビンダ*はツールが始まる数日前に、自分のチームのエースが優勝候補ではないことを強調しようと画策した。プレス会議でジャーナリストたちに、バルタリに余り期待しないでくれ、彼はもはや一九三八年当時の彼ではない、と言明したのである。そしてバルタリ自身もため息をつきながら、自分の願いはパリまで戻ってくることだと、この評価を認めたのである。

＊　1902～86　ジロ総合五勝など、第二次大戦前の自転車界で最強の選手だったが、引退後はイタリアナショナルチーム監督として大成功を収めた。

この戦略はあまりうまくいかなかった。ほとんどの選手たちがバルタリに対して強い畏敬の念を抱いていたからである。ブリック・スホッテなどは彼と初めて会ったときにはサインをねだったぐらいである。インパニスも自己紹介をして知己を得ようと、レキップの社屋までわざわざやってきた。そしてそこで彼は、このような偉大なチャンピオンに負けても恥じることはないとコメントした。心理学者だったら、インパニスはこの瞬間にすでにツールに敗北したのだと言うかもしれないところだ。

　経験豊かなジャーナリストたちのなかでは、バルタリの言葉を真に受ける者はわずかだった。何人かはこんな警告まで発した。この偉大なイタリア人はフィレンツェ出身だ、この町はニッコロ・マキャベッリ*の町だ。バルタリのもくろみは単純だ、と彼らは決めつけた。ピレネーまでは静かに隠れていて、できるだけわずかの差でついて行き、山岳ステージで一気にアタックするつもりだろう。このやり方でツール・ド・フランスに優勝できるかどうか、これはもちろんわからない。とりわけ、登坂能力がまだどれくらい残っているかは疑問だ。しかし、いずれにしてもこの戦略より他に、彼には選択肢はない。この点ではジャーナリストたちの意見は一致していた。

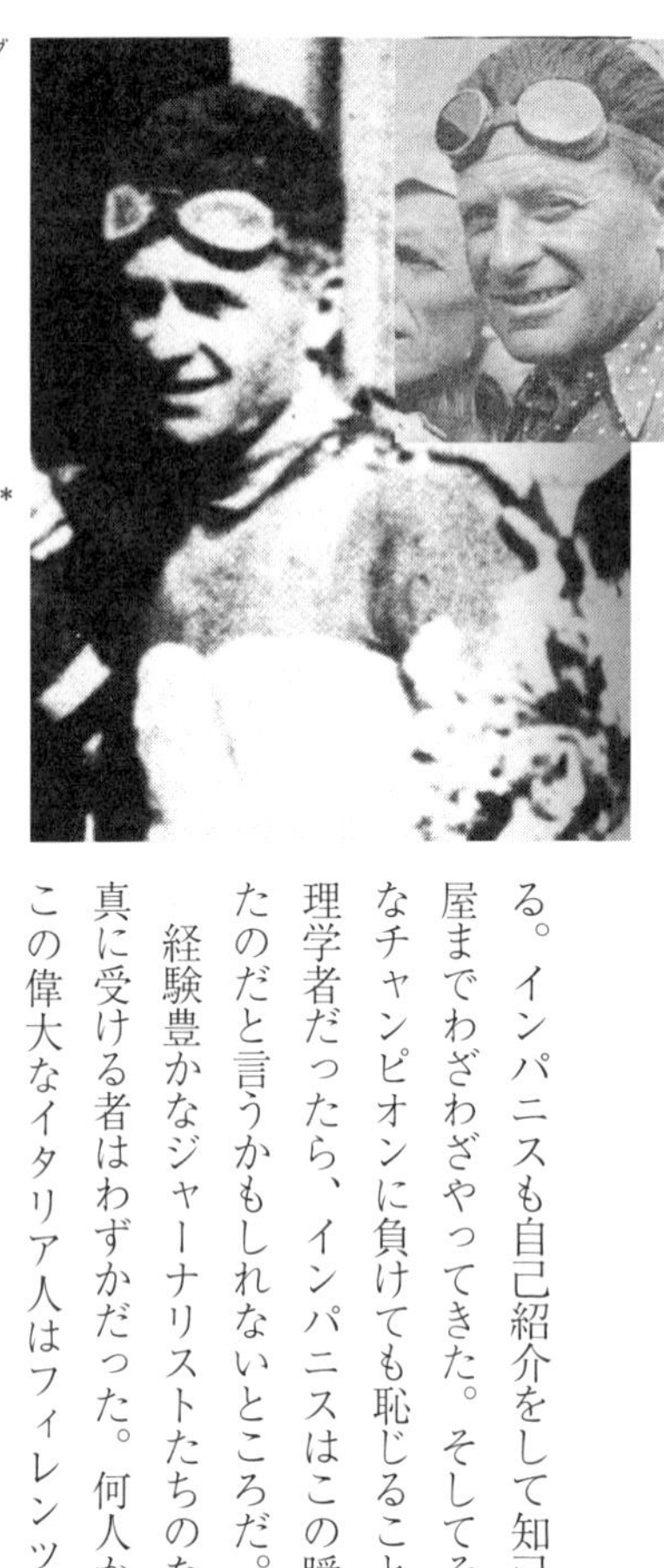
選手時代と48年当時のビンダ

＊　1469～1527　イタリアの政治思想家。後世からは、目的のためには手段を選ばぬ、権謀術数主義者とみなされた。

　ロビックもジャーナリストたちのアンケートの結果には、バルタリと同様に関心を示した。彼は前年同様に自分がツールに勝つと確信していて、それを隠そうともしなかった。一九四七年の勝利の後、彼は三台の車を買い、妻には今年は四台目を期待していいと言っていた。もちろん、彼だって優勝候補になることが不利を伴うことは知っていたが、そんなことはどうでも良かった。むしろ、自分の自信をさらに強めてくれるものはすべて、自分にとって有利になるものだと考えていたのである。

彼は身長一六一センチと小柄だったが、その肉体的な条件以上のことを成し遂げる男だった。別の言い方をすれば、ジャン・ロビックのようなタイプの選手は、肉体も機材も常に酷使せざるを得なかった。それゆえに、そのキャリアには数多くの不調や落車、パンクや機材の故障がつきものだった。しかし、彼がそうしたたくさんの挫折を乗り越えてきたとしても、自分のエゴを克服することだけはできなかった。いつでも彼は、なぜ自分が確信していたにもかかわらず負けたかの理由を見つけた。リュシアン・テセールは、ロビックが二〇年も三〇年も前のレースについて、しばしば深夜まで彼と議論したことを伝えている。こうした議論は通常はテセールが譲歩して、そうだな、あの時代の全選手の中でおまえが一番強かったし、パンクが、あるいはその他の予期せぬ出来事がなければ、きっとお前が勝っていたよ、と言うまで終わらなかった。

一九四七年、ロビックははっきりした戦略に従ったわけではなかった。ただ直観を信じ、必要な時に場当たり的に動いた。このやり方でも、あれほど見事な結果を出せたのだから、一九四八年にやり方を変える必要性を感じなかった。彼はただ自信を高める可能性だけを求めた。そして、その最初のチャンスが、パリを出てすぐに訪れた。ピカルディの一番高い地点に、ツール・ド・フランスの創設者アンリ・デグランジュを記念して、三万フランの賞金が掛けられていた。登り口でロヒェル・ランブレヒトがアタックしたとき、ロビックはプロトンの先頭にいた。彼の追走は惜しくも実らなかった。彼はこの賞金を得られなかったが満足していた。「もしもう少し早めに踏み出していれば俺が勝っていた」と彼は記者たちに言った。

もちろんバルタリとロビックだけが優勝候補だったわけではない。ほかにも優勝候補はいたし、彼らは彼らなりに戦術を練って、それに従って走っていた。たとえばロンコーニとインパニスは、山岳でバルタリやロビックに対抗できるなどという幻想は全く抱いていなかった。だから彼らとしてはピレネーのステージより前に、できるだけたくさんのリードを稼いでおきたいところだった。最初にチャンスが来たと思ったのはロンコーニだった。こういう状況ではしばしば起こることだが、アンリ・デグランジュ賞を狙うスプリント争いの後、一瞬プロトンのスピードが落ちた。ロンコーニはルイ・カピュ、ギイ・ラペビーおよびチームメイトのヴィットリオ・マーニ（1918～2010（1947-51）一勝）と一緒に、このチャンスを利用して集団から逃げた。しかしマーニはスピードについていけず、三人の選手だけが残った。スプリンターのカピュとトラックレーサーのラペビーは、総合成績を考えたとき、危険がなさそうだった。しかしロンコーニはそうはいかない。ほかの有力選手たちは、若手(カデット)チームのエースがこのような単純なやり方でタイムを稼ぐのを見逃すわけにはいかなかった。

バルタリは何もしなかった。ロンコーニは彼のチームではなかったが、なんだかんだ言っても同じ国の人間だった。もし彼が追走したりすれば、イタリアのマスコミは口をそろえてバルタリを批判しただろう。それ以外にも彼はレースの後半のステージで、ロンコーニのアシストを必要とするようになるかもしれないと考えたのかもしれない。彼にとって一番大切なのは、できるだけ長くロンコーニを味方にしておくことだった。ベルギーチームも最初はほとんど何もしなかった。フランスナショナルチームの選手たちが逃げを潰すためにイニシアティヴを取ることはわかりきっていたことだからである。

この瞬間、初めてフランスのスター軍団の弱点が露呈した。一〇人の選手たちそれぞれは自分こそチームキャプテンだと思い込み、チームメイトのために身を捧げるつもりなど、まるでなかった。その結果、六〇キロを過ぎたときには集団は五分のリードを許していた。もしベルギーチームが、最初は嫌々ながらではあったが、追走を開始しなかったら、この逃げグループのリードは間違いなくさらに大きくなっていただろう。

こうして、ようやくフランスナショナルチームの選手も一人、プロトンの集団に初めて姿を現した。町の半分が破壊されたままのルーアンの町にたどり着いたとき、やっと先頭グループは逃げるのをあきらめた——天候状態が悪くなり、激しい強風が吹きつけてくるようになったことも大きかった。

ルーアンを過ぎてすぐに、あらためてフランス人たちのチームワークが思わしくないことがはっきりした。アポ・ラザリデスがパンクした時、チームメイトの誰も彼を待つべきだと考えなかった。だがこの場合、アシストは絶対に必要だったのである。一九四八年の時点では、機材故障は時間を大きくロスさせるものだったからである。つまり、規則では、サポートカーの同行者たちには、選手にパンクしていないタイヤを渡すことは禁じられていた。パンク時に選手を手伝えるのは、チーム監督とメカニックに限られていた。しかしそのような条件でも、なにがあっても修理は完璧なかたちでこなされなければならなかった。つまり、選手はまずホイールを外すためにハブの蝶ねじを緩め（クイックリリースはすでに発明されていたが、イタリアのメーカーだけしかこの新機材を備えていなかった）、その後パンクしたタイヤを外して予備タイヤを装着し、背中のポケットやフレームに取り付けたポンプで空気を入れ、再びホイールをセットする。前輪の場合でも、これで少なくとも一分半ぐらいかかる。

これに対して、アポがパンクしたのは後輪だったから、通常よりも三〇秒余分に時間がかかった。さらにできるだけ急いで集団に戻ろうと焦る余り、彼は最初のミスをした。すぐ後ろにいた小さな集団を待つ代わりに、単独で集団を追ったのである。それでもメイン集団についているサポートカーの車列の末尾にかなり早く追いついた。ところがこのとき、オートバイの警官の一人が彼の直前で車をストップさせ、ラザリデスは急ブレーキをかけなければならなくなった。

　南フランス人たちは、不満を表すときにあからさまな表現をすることで知られている。そしてアポもこのときそうした過激な表現を披露した。明らかに彼は、ツール・ド・フランスの出場者にはそのぐらい許されると信じていた。なんと言っても俺たちはみんな神さまなんだ。だが残念なことに、この警官はそう思っていなかった。彼は最もひどい罵声を浴びたと感じ、ラザリデスを停めると公務員侮辱罪で訴えると言いだした。ようやく再び走り始めても、まだ復讐（ネメシス）の女神は彼を解放しなかった。オートバイの警官の姿をした女神ネメシスは彼の後ろ約五〇メートルの距離でついてきて、サポートカーの追い越しを禁じたのである。そういうわけでアポは何キロにもわたって一人で風をまともに受けなければならなくなった。彼が集団に復帰する望みを完全に断たれ、疲れ切って遅れていったときに、警官の復讐心はやっと満足させられた。トルヴィルのゴール地点でラザリデスの遅れはほぼ二三分になっていた。

　イタリアチームの方はチームシステムの利点を有効に利用することに関して、遥かに長けていた。コットゥールのフレームが折れ、すでにヴォルピに代車を渡してしまっていた監督のビンダが途方に暮れていたとき、エジディオ・フェルーリオ（1921～81（1946-50）〇勝）はチーム監督の指示を待つこともなく、即座に自転車を停めてコットゥールに自分の自転車を提供した。結局コットゥールがニュートラルカーを待つことにしたときにも、チームメイトは忠実に彼につきあった——この待機時間は、ニュートラルカーの運転手がドライブインで昼食を食べていたので、結局三〇分もかかった。

バルタリがパンクしたときにも、イタリアチームは同様に効率の良さを見せた。ヴィチェンツォ・ロッセッロ（1923～89（1945-57）五勝）が即座に彼にホイールを手渡し、ジョヴァンニ・コッリエーリがアシストとしてバルタリを待った。コッリエーリが待つ必要まではなかったかもしれないが、ジロ・ディ・イタリアではコッピかバルタリがメカトラブルを起こせば、相手にとってしばしばアタックの絶好のチャンスになった。バルタリはツール・ド・フランスでもライバルたちが同じような反応をするのではないかと恐れたのである。彼のエネルギッシュな追走は、待っていたコッリエーリも付いていけないほどだった。バルタリはすぐに稲妻のように遅れた選手たちの集団も追い抜いていった。しかし、記録的な速さでメイン集団に追いついてみると、驚いたことに、この突発事態を利用して逃げようとした選手など誰もいなかったことがわかった。

ライバルたちのこうした消極的な態度はバルタリに奇異の念を抱かせた。ルーアンを過ぎて、あらためて逃げ集団が形成された。そこには、スホッテやテセールや何人かのベルギー人、そして地域チームから多くの選手たちとならんで、バルタリのチームメイトのトニ・ベヴィラッカも加わっていた。このような状況で、ゴール前六〇キロにある登りでバルタリがスピードアップした。ピエール・ブランビッラと一緒に、あっという間に彼は逃げグループに追いついた。

前の集団にたくさんのベルギー人が加わったせいで、ここでの追走の責任はフランスナショナルチームだけが背負うことになった。しかしまたしても、彼らはこの責任を負う意志も用意も持ち合わせていなかった。こうして逃げる選手たちとの差はあっという間に二分半以上に広がった。バルタリとベヴェラッカ以外にはブランビッラだけしか先頭交代しなかったのに。ブランビッラが先頭交代に加わったのは、いくつかの新聞が推測したように、彼がイタリアの出自であったからではなく、もしこの逃げが成功すれば、自ずと自分がインターナショナルチームでエースになれると踏んだからである。

　ゴール前三〇キロになってやっとフランスナショナルチームの選手たちは、自分たちの総合優勝のチャンスが、初日にして深刻な打撃を受けることに気が付いた。ヴィエットは激しい怒りとともに動き出した。だがそれでも、ロビックやボベ、ダンギヨームやカピュが追走のためにヴィエットに協力するようになるまでにしばしの時間が必要だった。プロトンの先頭のスピードは一気に上がり、天候状態の悪化もあって、メイン集団は分裂した。しかしフランス人たちの追走開始はあまりに遅すぎ、逃げたグループを捕まえることはできなかった。トルヴィルでの差はまだほぼ一分近く残っていた。

　バルタリは監督のビンダから、ゴール地点はコークスなどの混合土砂を敷きつめた陸上競技用のシンダートラックになっていると聞かされた。こうしたゴールでは特別な戦術が必要である。選手たちはコーナーの前でブレーキをかけざるを得ないからである。コーナーを抜けてからすぐに再び全力でダッシュするためには、重すぎるギアは禁物だった。特に、追い抜くのは直線区間以外では無理なので、最初から前にいる選手にしか勝つチャンスはなかった。そこでバルタリは比較的軽めのギアで二番目のポジションにつけた。しかし自転車競技場（ヴェロドローム）に入ってみると、情報が間違いだったことがわかった。そこはカントのついたコーナーを持つコンクリート走路のトラックだったのである。

　バルタリがこのミスにもかかわらず勝とうと思ったなら、なにをおいてもまず大急ぎでやるべきことはギアチェンジだった。しかしこれは単純なことではなかった。今日ではハンドルの小さなレバーを軽く引いたり押したりすればギアチェンジは簡単に済む。しかし一九四八年のギアチェンジははるかに原始的で、特にバルタリの自転車にセットされていたカンパニョーロ製の変速機は大変だった。ギア変速のためにはまずサドルの下方にあるラチェット式のレバーに手を伸ばし、ペダルを逆回転させなければならない。それによってチェーンを暴れさせて別の歯に掛け替える。これには技術が必要で、選手たちは険しい登りではしばしばほとんど止まらざるを得なくなるほど時間がかかった。しかし、バルタリはこの技術に関しては他の選手たちよりもずっと習熟していると評判で、実際その評判にたがわぬテクニックを持っていた。彼はほとんどスピードを落とすことなく、重いギアへのチェンジを行った。

ゴール一五〇メートル前でバルタリは先頭に出た。コーナーでは少しだけ上を走り、そうやって、スプリントが強いテセールが内側から追い抜きたくなるように、自分の後ろへおびき寄せた。テセールがそれに食いついたとき、バルタリは隙間を即座に閉じた。これでうるさいライバルを閉じ込めることに成功したわけである。あとはブリック・スホッテだけがバルタリを追い抜く可能性のある危険な選手だった。しかし遅すぎた。バルタリは半メートル差で先着し、一〇年ぶりにマイヨ・ジョーヌを獲得した。

イタリアチームの監督ビンダは自動車のパンクで三〇分もおくれてトルヴィルに到着した。バルタリが勝ったと聞いて最初は喜んだが、すぐに頭を振った。逃げがうまくいっている間、彼はバルタリを説得して、ベヴィラッカにステージ優勝させようとしていた。だがそうならなかったのだ。なによりも、ベヴィラッカ自身に力が残っていなかったし、バルタリも自分が優勝したかった。「俺がどれくらい強いかを証明してやった」とバルタリは言った。

彼は自分の調子を確かめてみたかったのかも知れない。しかし、彼のチームメイトたちも、これによって無条件にバルタリをアシストすることを納得した。さらに、こうして早々にステージ優勝することで、自分がイタリアナショナルチームを率いるのが当然であるとともに、コッピの不在を残念に思う必要はない、とイタリアのファンにメッセージを送ることができたのである。これがバルタリの狙いだったなら、この勝利は彼が願った通りの効果を上げた。グィド・ジアルディーニ記者はガゼッタ・デッロ・スポルト紙でバルタリの勝利の後、「イタリアではもはやツール以外の話題は語られなくなった」と書いている。

むろん、ビンダがすぐに気が付いたように、バルタリの勝利は不利益ももたらした。イタリアチームのカピターノが、ツールで優勝するためには年を取りすぎているという綿密に作り上げた印象が、これでもはや信じてもらえなくなった。だが、どうせこうした印象操作は長続きするはずもなかった——たしかにこの最初のステージの結果を、バルタリのキャリアがすでに下り坂だという証明とみなしたジャーナリストもまだかなりいたことはいた。彼らは、バルタリのクライマーとしての能力が落ちているからこそ、こんな平地のステージで打って出ざるをえなかったのだと決めつけていた。それどころか、バルタリはツールを完走できるか不安で、だからこそ早い段階でのステージ優勝が必要だったのだ、そうすればツールの後にある儲けの良いベルギーのクリテリウムシリーズに招待してもらえるのだから、などと推測する者までいた。

バルタリのライバルたちはというと、プレスやファンほど単純に騙されなかったが、それは副次的な意味を持った。バルタリがパンク後にメイン集団に戻ってきたとき、彼は仮面をかなぐり捨てていた。

また、彼がライバルたちに対して稼いだタイムも馬鹿にできなかった。バルタリはステージ優勝のボーナスタイムを獲得し、結果としてロビック、カメッリーニ、ヴィエットは初日にしてほぼ二分の遅れをとったのである。メイン集団の後ろにいたロンコーニ、インパニス、オケルスにいたっては四分の遅れだった。そしてひょっとしたら、と思われていたアンドレ・ブリューレは準備不足を露呈してしまった。彼は二〇分遅れでゴールインだった。

もしバルタリがその晩フランスナショナルチームのところで起きたことを知ったら、この最初のステージにさらに満足したことだろう。イタリアチームのカピターノが逃げたのに、チームは消極的な対応しかしなかったのである。その日のうちにホテルでは激しい言い争いが起きた。ヴィエットは即座にレースをやめるとまで言った。結局、彼は食器を持って、ラザリデスと一緒に別の食卓についた。警官との一件を恥じていた（この事件を彼はやっと数日後に話すことになる）ラザリデスがさらに火に油を注いだ。彼は自分を見殺しにしたと監督を非難したのである。

フランスナショナルチームのメンバーにとって唯一の慰めは、彼らだけが不安のたねを背負い込んだわけではないという点だった。確かにイタリア人たちはステージ優勝を喜べばいいさ、しかし彼らだって手放しで喜ぶことはできないはずだ。集団が分裂したとき、チームの誰も前の集団に残れなかったのだから。ロンコーニとブルーノ・パスクィーニ（1914～95（1939-52）三勝）は、それでも第二集団に残ったが、イタリアチームの他の選手たちは最初のステージにしてすでにかなりの遅れを取っていた。若手チーム（カデット）のヴィルジリオ・サリンベーニ（1922～2011（1948-56）七勝）とマリオ・ファツィオ（1919～83（1941-56）一九勝）に至ってはゴールしたものの制限時間オーバーでタイムアウト失格となってしまったのだ。

同じことはアブデル・カデル・ザーフにも起きていた。このアルジェリア人選手はスタート前夜に風邪気味だったので、対処法と称してコップ一杯の石油に砂糖を混ぜて飲み干して見せていた。これによって彼は「オイルランプ」というあだ名を頂戴したのだが、どうやら効果はなかったようである。

コットゥールも制限時間内にゴールできなかったが、パリチームのマリネッリとともに、遅れが機材故障によるものと認められ、翌日のスタートが許された。しかし、コットゥールの悄気ぶりはひどく、すぐにやめたいと言って、チームのエースのステージ優勝祝いに参加しなかった。

そんな中でバルタリは自分のやり方で勝利を祝っていた。彼はタバコを吸うのが好きで、本数も多かった。専属マッサーのコロンボの目を盗んで吸うために、彼はたいていチームメイトの石けんの缶の中にタバコを隠していた。だが一九四八年のツール・ド・フランスでは彼は本気で、自分のタバコをすべてビンダに委ねていた。監督は毎朝きちんと一本だけ手渡したが、それはバルタリの心拍数が朝はしばしば一分間に三二にもならないぐらい低く、それを上昇させるために必要だとされたからである。夜になるとさらに二本吸うことが許された。そしてバルタリがステージ優勝を遂げた今、彼は三本目を吸う権利を手に入れたのだった。この取り決めはバルタリとビンダの間で慣例となった。

一九四八年のツール・ド・フランスに参加した選手たちは、外見だけが今日の選手たちと違っていたのではない。彼らの走り方も違っていた。まずサドルに坐った時の姿勢である。当時、上半身を多少なりとも水平に保って走れる選手はほとんどいなかった。それができる数少ない例外にブリック・スホッテがいたが、このベルギー人は両肩を激しく揺するため、誰もそのスタイルを真似ようとしなかった。そしてほとんどの選手は上体をほぼ垂直にして、背中を軽く丸めてサドルに腰かけていた――これはハンドルの下を持つ時でも変わらなかった。このフォームだと当然、風を受ける面が大きくなる。どうやらエアロダイナミクスの原理など、まだ自転車競技の世界には届いていなかったらしい（第二次大戦前にすでに車や列車・機関車では流線型が大ブームになっていた）。

この非効率的なポジションが肉体的な緊張を強いるのは当然のことである。同様のことはレース中の選手同士の、比較的広い間隔にも言えることだった。これはなにも当時の選手たちの走行レベルが低かったからとか、スリップストリームの意識がなかったからではない。路面の状態が悪かったからである。今日普通に見られるような密集した走り方は、道路の状態が均一に平らであって初めて可能なのである。フランスでは道路のアスファルト化はすでに二〇年代に始まっていたが、それが完了するのは第二次大戦後かなりあとだった。特に北部のベルギーに向かう街道では、ツール・ド・フランスの参加選手たちはしばしば何キロにもわたって、道路に埋め込まれた「猫の頭のような」玉石や敷石に苦しめられた。

集団がそれほど密集していないおかげで、集団落車はめったに起きなかった。それだけに、第二ステージのスタート一五キロ地点、ウルガットでそれが起きたときの衝撃は大きかった。雨が降り続いて鏡のように滑りやすくなっていた厳しいコースで、五〇人ほどの選手が地面に叩きつけられた。その中にはロビックやヴィエット、インパニスやオケルスも含まれていた。

最も大きなダメージを受けたのはスイス人のジョルジュ・エシュリマンで、そのまま病院へ運ばれることになった。これはツールの主催者にとっては大きな痛手だった。というのは、ジョルジュはエシュリマン兄弟の強い方の選手で、主催者たちは彼がここで良い成績を上げて、ツールに参加を拒んだスイス人選手たちの鼻を明かしてくれることを願っていたからである。またベルギーチームのエミール・ロヒールス（1923～98（1944-51）二三勝）と若手チーム(カデット)に属すビアンキチームのスプリンター、オレステ・コンテ（1919～56（1941-54）二二勝）もリタイアに追い込まれた。フランスナショナルチームのルイ・カピュは落車のあとも長い時間朦朧状態で横になったままだった。しかし彼の場合はかなり遅れたが、このステージを何とか完走することができた。

落車した他の選手たちのほとんどは、かすり傷を負っただけで再び走り出した。しかし、彼らもまたほとんどがそのまま走り続けることはできなかった。自転車を修理したり取り替えたりしなければならなかったからである。伴走車のキャラバンはこのような事態を想定していなかった。チーム監督たちは規則に従ってチームカーには最低限の機材しか積めなかったからである。イタリアチームは前日に危な

い思いをしただけに、同じことを繰り返すのは避けたいと思っていた。朝、ビンダは車に予備の自転車を二台積んだ。しかし、レースディレクターの指示によってそのうちの一台を下さなければならなかった。数日後にようやくビンダは意志を通すことができた。しかし、厳格な規則がどんな結果を引き起こすかを主催者たちに分からせるためには、ウルガットの集団落車が必要だったわけである。

何が起こっていたのだろう？　たくさんの選手が落車のカオスの中で明らかに動揺し、このまま待つことによるタイムアウトの不安に襲われていた。だから選手たちは不具合の生じた自転車でも走り出すことにした。そうした選手たちの中には、ヴィットリオ・セゲッツィ（1924〜（1946-57）○勝）のように、サドルピラーが折れてしまって、ダンシングを続けなければならない選手もでた。しかもその間、彼は自分のサ

セゲッティ、サドルを持って走る

ドルを左手で持ち続けていた。自分の尻に馴染んだ革サドルを置いていくわけにはいかなかったのだ。そもそも新しいサドルをどこで手に入れればよかったのだろう？　彼には予備のサドルをフランスへ持っていく発想がなかった。むろんなんでも良いのならニュートラルのサポートカーから新しいサドルを手に入れることはできただろう。ただし馴染んでいないし、しかもこの場合は有料になったのだ。こんな状態で四〇キロも走って、ようやく彼の苦行は終わった。やっと予備の自転車が手渡された。

この間にもレースは進んでいた。しかしそれは通常のレースとはかけ離れていた。集団落車は非常にまれであり、多くのチーム監督やジャーナリストは、このような尋常ではない事態ではレースをいったん止めるべきだと主張した。混乱がすべて収まってから再開すべきだというのである。

ところがゴデの考えは違っていた。レースは中断することなく続いた。彼はイタリア人たちに恩を売っておいて、翌年はファウスト・コッピもツールに出場してもらおうと考えたのだと非難する者もいた。こうしてバルタリもロンコーニも混じった先頭グループが形成された。ここにはそれ以外にコッリエーリ、グィド・デ・サンティ（1923～98（1946-56）一一勝）、パスクィーニ、ネッロ・スフォラッキ（1922～（1947-59）八勝）もいて、二つのイタリアチームのカピターノはチームメイトに囲まれることになった。ほかにこの集団にいたのはインターナショナルチームのカメッリーニ、オランダのコル・バッケル（1918～2011（1939-55）一六勝）、ブルターニュ地域チームのイヴォン・マリー（1913～88（1935-51）五勝）ならびにベルギーチームのファン・ダイク、スホッテ、フローレント・ロンデーレ（1922～2000（1947-59）

一九勝）だった。今回もフランスナショナルチームの選手はいなかったわけである。彼らは集団の後方に位置するというミスを犯していた。これに対してバルタリは常に彼のグレガーリ（アシスト）を一人か二人引き連れて先頭の方を走っていたので、落車を避けることができたのである。

このマイヨ・ジョーヌを着た男は、この日総合トップの順位を守るつもりはあまりなかった。むしろ逆で、ビンダと話し合い、できるだけ早くトップの座を手放して、イタリアチームがレースをコントロールする負担を負わずに済むようにしたかった。それ以外にも黄色いマイヨはあまりに目立ち過ぎた。それゆえバルタリはスタート時に、悪天候の際にはレインジャケットを着てもよいという新しい規則を利用して、意図的に緑色のジャケットを着ることにした。そしてチームメイトの一人には黄色いレインジャケットを着させた。

このようにバルタリにはマイヨ・ジョーヌにいささかの未練もなかったにもかかわらず、一方で、ツールに勝とうとするのなら、チャンスと見たら無駄に見逃すことはしてはならないということもわきまえていた。ウルガットの集団落車によってそうしたチャンスが訪れたのは間違いなかった——彼のチームメイトたちはペースを上げるのに一所懸命になった。彼自身はほんの顔見せ程度に先頭に姿を見せるだけでよかった。それだけで意志を表明することになった。それにこの逃げが仮に失敗に終わったとしても、総合争いのライバルたちに力を余分に使わせることができるのである。

第一ステージのときと同様に、追走集団が組織化されるまでには時間がかかった。確かにロビックとテセールは集団の先頭でペースを作ったが、二人だけでは協調体制のとれた逃げグループとの差は埋まらなかった。さらには彼らのペースアップによって、遅れたファシュレトネールとヴィエットが集団に

コッリエーリ

復帰するのに非常に力を使わなければならなくなったのである。

　二時間半が過ぎ、ロビックとテセールはやっと援軍を得た。この時点ではすでに逃げた集団は彼らに六分のリードを奪っていた。しかし、ここからバルタリとその仲間のリードがどんどん減っていくことになったのは、フランスナショナルチームのおかげだったとはとても言えなかった。むしろ原因は逃げたグループが徐々にばらけ始めたせいだった。最初にコッリエーリがパンクし、さらにその直後にパスクィーニとスフォラッキが落車したのである。

「正義がなされた」。ウルガットでの大落車に乗じてリードを広げようとしたと、イタリアチームを非難していたフランス人ジャーナリストたちは溜飲を下げた。その上、ベルギーチームの監督カレル・ファン・ヴェイネンダーレがスホッテとファン・ダイクにペースダウンを指示した時、バルタリはエスケープをやめようと決断した。ゴールまではまだ一五〇キロもあり、最も頼りになるアシストたちがいない状態では大した成果は認められなかった。一時間半後には集団は再び一つになった。さらに一〇キロ進むと、集団は戦争で多大な被害をこうむったノルマンディー地方を後にして、ブルターニュ地方へ入った。そして戦いが再燃した。次のアタックの発端はボベだった。彼はブルターニュの出身で、地元の人々の前でステージに優勝するか、あるいはマイヨ・ジョーヌを着たいと願っていた。故郷でゴールラインを最初に越えたかったのである。バルタリは反応しなかった。ほかの選手たちがボベを追いかけたときにも、彼は集団の中に残り、チームメイトを二人送り込むだけだった。ベヴィラッカとロッセッロの二人である。彼の思惑はベヴィラッカがマイヨ・ジョーヌを取り、ロッセッロがステージ優勝することだった（第一ステージでベヴィラッカはバルタリと同タイムでゴールしていたので、この逃げによってマイヨ・ジョーヌの可能性があった）。

この計画は部分的にはうまくいった。ベヴィラッカは力を使い果たしメイン集団へ戻ってきたが、ロッセッロはこれを埋め合わせるどころか、ボベと「若鷲（ベルギーBチーム）」のジャン・エンゲルス（1922～72（1945-52）八勝）を僅かの差でかわしてゴールラインを先頭で走り抜けた。三位のエンゲルスは前日先頭集団で同タイムゴールしていたので、ここで新たにマイヨ・ジョーヌを獲得した。

一分弱の遅れで第二集団がゴールし、そこにはカメッリーニ、テセール、ブリューレ、スホッテ、ランブレヒトが混じっていた。バルタリを含む集団は四分半遅れだった。バルタリをマークしたロビックは、この集団でのスプリントでトップになろうと目論んだ。しかし、こうした力の誇示はただエネルギーを消耗させただけではなかった。つまり、ロビックのこの企ては失敗に終わったのである。ゴール直前でベルギー人のモーリス・モラン（1924～2003（1945-58）一五勝）が彼を追い抜いたのである。三〇年代のスター選手だったシャルル・ペリシエはジャーナリストとして同行していたが、このような無意味な力の消耗を激しく批判した。しかしロビックはそれを聞いても肩をすくめただけだった。前年も、自分はすべてのスプリントでトップを狙い、総合優勝もしたのだ。それ以外にも、彼もまたブルターニュ出身で、地元でできるだけよいところを見せておきたかったのである。

一九四八年ツールの二日目は、こうしてイタリアナショナルチームにとってもフランスナショナルチームにとっても、満足できるステージになった。もちろん、バルタリはその早いアタックが失敗に終わったのを残念に思っていた。しかし他方で、もしこのような形でいくらかタイムを稼げたとしたら、それは全く予期せぬ幸運事だったはずである。少なくとも彼は平地で逃げることでこのツールに総合優勝しようなどとは考えていなかった。重要なのは、一番のライバルとなるロビックに自分よりも力を使わせることだった。彼の信頼するアシスト、ロッセッロのステージ優勝も満足できるものだった。彼は、シーズン中はバルタリと同じレニアーノチームで走っていたのだ。ともかく、彼のチームの選手たちは初日よりずっと良かった。タイムオーバーは誰もでなかった。

フランスナショナルチームの選手たちも同様に結果に満足していた。惨憺たるスタートの後、バルタリ、ロンコーニ、カメッリーニのアタックをかわすことができたのだ。それ以外にもボベとテセールは総合でも上位に付けた。唯一心配な点は、ラザリデスがまたしても三〇分遅れ、またルイ・カピュがタイムリミット内でゴールできなかったことだった。しかし、それでも彼は翌日スタートすることが許されたので、大きく遅れたとはいえ一安心だった。レキップ紙によれば、フランスナショナルチームの夕食時の雰囲気はすこぶる良いものだった。それはもしかしたら地元でパン屋を営むルイ・ボベ（父）が差し入れた焼きたての白パンのせいだったのかもしれない。

この満足感が本当に根拠のあるものだったのかどうか、それはまだこれからの話である。良い成績をいくらあげても、フランスチームがみんな同じように喜んでいるわけではないことは、見逃してはならない。チーム監督のアルシャンボーは、自分が相手にしているのは個人主義者達の集まりだということをしっかり認識していた。しかし、さしあたりはそれを危険視していなかった。だが、これは翌日にはもうその最初の犠牲者を要求することになったのである。

今日では、毎年激しい議論になるのは、どのチームがツール・ド・フランスに出場できるのかである。しかしワイルドカードのチームが発表されてしまえば、各チームの選手構成で激しい議論になることはまれだろう。時には、ある選手が見落とされたと感じたり、スプリンターが自分のアシストが少なすぎると文句を言うことはあるかもしれない。しかしこうした騒動はたいてい大きな話題になることはない。

五〇年前は逆だった。どのチームが参加できるのかはほとんど話題にならなかった。それに対して、選手の選抜がしばしば激しい論争を呼び起こした。それぞれお気に入りの選手を出場させようとして、時にはファンクラブ同士でとっくみあいにすらなったのである。一九四八年では、例えばラファエル・

ジェミニアニ

ジェミニアニ（1925～（1946-60）四五勝、仏選手権二勝）はフランス南西部チームに選ばれたオーヴェルニュ出身の唯一の選手だった。その結果、同じオーヴェルニュ出身で彼のライバル、ジャン・ブラン（1918～99（1946-51）六勝）のファンは地方レースで彼にブーイングを浴びせただけではなく、実際に石が投げつけられることすらあったのである。

フランスチームの人選はジャック・ゴデみずからが決定した。その他のチームに関しては拒否権は保持したが、それ以外の選手のメンバー構成についてはそれぞれの国の連盟に委ねた。そこで、たいていの場合はチーム監督の推薦に基づくことになった。たしかにそれぞれの地域の連盟は、自分のところに所属する選手を選ぶことを願ったから、それを考慮しなければならなかったのではあるが。例えばベルギーのチーム監督カレル・ステイアールト、別名カレル・ファン・ヴェイネンダーレはツール・ド・スイスで事故死したリヒャルト・デポールテル*（1915～48（1937-48）一七勝）の代わりにフローレント・ロンデーレを選ぼうとした。だがそれは却下された。デポールテルが西フランドルの出だったため、同じ西フランドル人が選ばれなければならなかったのである。結局ベルギー自転車連盟は、身長一八〇センチ、体重八三キロという、とてもステージレース向きとは言えないタイプの選手だったのに、アンドレ・デクレルク（1919～67（1940-54）三七勝、ベルギー選手権一勝）を選んだ（その結果ロンデーレはベルギーBチームにまわった）。

＊　四八年のツール・ド・スイスの下りで落車し死亡。事故現場には十字架が立てられている。

チーム監督以外にも、チームのエースたちも誰を選ぶかに大きな発言力があった――ただし、エースがそれだけの力のある場合だが。ジノ・バルタリは回想録の中でこんなエピソードを書いている。一九四八年のジロ・ディ・イタリアの時点で、もっぱらプロトンの中での話題の中心は、誰がツール・ド・フランスに出るかだった。コッピが「面白半分に」、俺がイタリアチームで単独のカピターノとしてフランスへ行くことに決まったと言ったところ、突然ボトルを運んだり風よけになったり、親切にも押してくれる選手たちに囲まれることになったという。つまり彼らは自分が完璧なグレガーリ（アシスト）であることをアピールしたわけである。

そのうちにバルタリも黙って見てはいられなくなり、彼のライバルはまだツール・ド・フランスに参加を決めていないと発言した。そうしたところ世話を焼く選手たちに囲まれたのは、今度は彼になった。そして、この二人のスター選手はどちらもフランスに行かないという噂が広まると、イタリア自転車界「第三の男」と呼ばれたフィオレンツォ・マーニが献身的な仲間に囲まれることになった。

ツール・ド・フランスのメンバーに選ばれるため、最も独創的な方法を見つけたのはギイ・ラペビーである。彼はジャック・ゴデを訪ねて、自分が選抜されるためにはどんな要件を満たせばいいのかを直接尋ねた。どの選手にもこんな勇気があるわけではないだろうが、二人は知り合いだった。ゴデはツール・ド・フランスの総合ディレクターであるだけでなく、冬季自転車競技場ヴェル・ディヴの責任者でもあり、この競技場でラペビーは六日間レーサーとして七勝という第一級の成功を収めていたのである。

当初ゴデは彼を出場させるつもりはなかった。しかしそうはならなかった。ゴデの推測とは違って、ラペビーがツールに参加したいと考えたのは一時の気まぐれなどではなかった。その理由としては、まず、ロード選手がゲストでトラック競技に呼ばれると、しばしば彼のようなベテランのトラック競技選手よりも報酬が良いことに不満を感じていた、ということがある。さらに彼は常に、一九三七年にツール・ド・フランスに総合優勝している偉大なロジェ・ラペビーの、才能の劣る弟と見られていることにも不満だった。彼はきついロードレースには向いていない軟弱な選手で、だからこそ快適なトラック競技を選んでいる、そういう非難をこれまでに何度聞かされたことだろう？　だから、ツールで良い成績を上げることを願ったのは、みずからの市場価値を上げるためだけでなく、それ以上に見返してやりたいという精神的な理由があったのである。

ゴデはラペビーの決意が本気であることを知り、まず彼に、六月初めに五ステージで争われるツール・ド・ルクセンブルクに出場することを求めた。この年、このレースは有力選手が何人か出場するので、ラペビーにロード選手としてツール・ド・フランスを闘うのに必要な能力があるかどうかを見極める良いテストになると思われたのだ。ラペビーも承諾した。いくつかの高報酬のトラックレースを欠場してルクセンブルクへ行った彼は、周囲の期待以上の良い成績を上げた。ステージ一勝を挙げ、リーダーマイヨを着ることができた。そして最終的には総合二位になった。

ゴデは約束を守るしかなくなり、ラペビーをフランス南西チームに選抜した。しかし同時に、もう一度ラペビーに、本来選ばれるべきロード専門選手のポジションを奪ったということを念押しした。闖入者だという印象が与えられたことで、他の選手たちは彼を見下した。ヴィエットなどはラペビーを「絹でできたロード選手」と呼んだ。

心理的なプレッシャーを感じながら、彼は初日からアタックした。しかしこれは成功しなかった。ディナールからナントへの第三ステージで二度目のチャンスが訪れた。戦いはすでにスタート直後から開始された。先の二つのステージとは様相が違っていた。というのは、今回は最初に逃げを試みた選手たちには、早めのアタックの特別な理由があったからだ。彼らはこのステージに勝ちたいと思っていたのではなかった。この先もレースに出続けたいと思っていたから、攻撃的に走ったのである。この年のツールには、第三ステージから第十八ステージまでは、毎日総合順位で最下位の選手がレースから排除されるというルールがあった。この新しい規則の目的はレースを活気あるものにし、十分な闘争心を持たぬ選手にはご退場願うということだった。

ディナール~ナントのステージではこの規定第四十一条が最初に適用されることになっていた。この時点で総合順位最下位は若手(カデット)チームのスフォラッキだった。しかし、彼は前日の落車で怪我をして未出走だった。こうなると後ろから二番目、フランスナショナルチームのルイ・カピュは一つでも二つでも総合順位を上げなければ失格になってしまう。彼のターゲットはインターナショナルチームのポール・ネリ(1917~79(1943-51)一一勝、伊選手権一勝)、フランス南東チームのアルジェリア人のモーリス・ルーズ(1922~(1948-52)〇勝)、そしてチームメイトのアポ・ラザリデス(1925~98(1946-55)一四勝)だった。彼らももちろん自分の危機的状況を自覚していたから、みんな最初のアタックに乗った。

しかし、誰もが知るようにツールのステージでは、最初のアタックは失敗に終わるのが伝統である。それゆえ、この早い段階でのアタックには効果はなかった。しかし、明日からのスタートが脅かされていると思えば、失格の可能性がある上記の四人は新しいツールの規則によって尻を叩かれているようなものだった。たとえばラザリデスは平地ステージではほとんど常に集団の後方を走っていたが、この日は常に一番前の位置にいた。パリチームのモーリス・ディオ（1922～72（1946-58）一三勝）がアタックした時に最初に反応したのも彼だった。彼をベルギーチームのインパニス、ノルベルト・カレンス（1924～2005（1945-52）七勝）、フローレント・マティウ（1919～99（1946-52）八勝）、イタリア人のアルド・ロンコーニとフェルーリオ、地域チームからティエタールとジョルジュ・ラモーリュックス（1920～2013（1946-53）一勝）、それにラザリデスのチームメイトのジゲが追った。

最初の二つのステージでの早期アタックがどちらも失敗していたから、メイン集団は当初ほとんど反応しなかった――ロンコーニとインパニスという有力選手が先頭グループにいたにもかかわらず。そしてこの消極性が六二キロ地点のモンコントゥールで先頭グループのリードを四分にまで広げることになった。

ここでギイ・ラペビーがアタックし、ランブレヒトとボベが加わった。ブルターニュゆかりの二人である。かたや「養子」として、もう一方は生粋の。これは偶然ではない。このステージはブルターニュ地方を通過したから、当然のことながら二人とも地元のファンの前で輝きたいと燃えていた。さらに彼らは雇い主の手前もあって、是が非でも上位でこのステージを終えなければならなかったのである。彼らはゴールのナントにある自転車メーカーを中心とするステラ・ダンロップチームの所属だった。

ボベはスタート前にすでに、全力を尽くしてマイヨ・ジョーヌを奪いに行くと公言していた。総合トップのヤン・エンゲルスと一二秒しか差がなく、そのエンゲルスは後ろのメイン集団に残っていたから、自分の言葉を実現させる絶好のチャンスだと思われた。

ギイ・ラペビーもボベと同様に、このようなレース展開にワクワクしていた。自分が選ばれたのが正しかったことを証明するのにもってこいのチャンスなのだ。トラック競技では優れたスプリンターとして通っていたし、世界選手権の後のシーズンでは最も重要とされるグランプリ・ド・パリ*のファイナルに出場経験もあった。特にナントのヴェロドロームはよく知っていたし、もし先頭集団に追いつければ、自分がステージ優勝する可能性が大きいこともわかっていた。

＊　一八九四年から一九九三年までヴァンセンヌのヴェロドロームで行われていたスプリントによる国際大会。

ジョスラン城脇を通過するプロトン

つまり、ラペビーもランブレヒトもボベも、できるだけ早く先頭グループに追いつきたいと思っていたわけである。だから三人は協調体制を取り、ルーデアクの町ではすでにその差は二分を切った。この間にファシュレトネールも同じようにメイン集団からアタックし、監督に、ボベに自分を待つよう指示してくれと頼んだ。しかし監督のアルシャンボーはそれをリスクが大きすぎると考え、前を行く三人に少しでも近づけるか、まずは単独でやってみるようにと言った。これを聞いてファシュレトネールは即座に追走をやめ、メイン集団に戻っていった――チーム内の序列を考えていないと腹を立てながら。

この間二〇キロかけて、ラペビーとボベ、それにランブレヒトの三人は先頭グループに追いついていた。この瞬間から、このグループの中から今日のステージの勝者がでるのが確実になった。後ろではどのチームも彼らを全力で追おうとしなかったからである。

ベルギーチームとフランスナショナルチームからは、それぞれ三人の選手が先頭グループにいた。インターナショナルチームはランブレヒトが頼みだった。若手チーム（カデット）はもちろんチームキャプテンのロンコーニに任せていた。この逃げが失敗に終わることを願っていたのは二チームだけだった。つまり現在マイヨ・ジョーヌの若鷲（ベルギーBチーム）とイタリアナショナルチームである。バルタリを中心としたイタリアチームはジレンマに陥っていた。一方ではたしかに同じイタリア人のロンコーニの逃げは容認できたが、他方で、インパニスのような有力選手に大きくタイムを稼がれるのはうれしいことではなかった。

メイン集団では、驚いたことに、若鷲チームはヤン・エンゲルスのマイヨ・ジョーヌを守る気を全く見せなかった。このような消極性はジャック・ゴデの逆鱗に触れた。ツール総合ディレクターは若鷲がインパニスを援護するために追いかけないのだと確信した。翌日彼はチーム監督を呼びつけて、チームごと失格にするぞと脅しつけた。ゴデの怒りは根拠のないものではなかった。前日、エンゲルスはフランドルのマスコミに対して、自分は総合トップを守るつもりはないと明言していた。ツールには完走できればいいのだ、最初の方のステージで力を使いすぎて、山岳でそのツケを払わなければならなくなるのが不安だ、と。

さて、若鷲たちが追走のペースメーカーになることを拒んだため、今やイタリアAチームがほとんど

単独でこの労働を請け負った。先頭グループとの差が一五分以上になり、彼らとしては被害が限界を超えないようにしようとするほかなくなった。しかしどうやっても、協調体制が整っている逃げグループに太刀打ちできそうになく、結局ゴールまでに数十秒を取り戻すことしかできなかった。先頭がナントの自転車競技場に入ってきたとき、そのリードは相変わらず一四分もあった。

スプリントは予期した結果になった。インパニスがラペビーの虚を突いて仕掛けたが、こちらは水を得た魚、トラックレーサーとしての走り方を熟知しているのだ。コーナーでトラックの上方から一気にスピードを上げてベルギー人の後ろに飛びつくと、ラスト五〇メートルでもう一度スピードアップ、僅差でさしきった。

少しでも多くのリードを保ちたいと、ゴールまで全力を出し切ったボベは七位でゴールラインを通過した。だが、それで十分だった。彼は総合トップに立った。

ボベのマイヨ・ジョーヌはフランスナショナルチームにとって最初の成功だった。熱狂する数千の観衆がそれを祝った。ウィニングランの間は嵐のような喝采が巻き起こり、彼の名前がいつまでも連呼された。地元の楽団は人々の要求にこたえて、ラ・マルセイエーズを三度も演奏しなければならなかった。

しかしすでにその晩に、フランスナショナルチームの陽気な気分は気勢をそがれてしまった。一番の原因はルイ・カピュが翌日のステージのスタートを禁じられたことにある。彼は総合で自分の前の選手たちを誰も追い抜けなかった。それどころか遅れはさらに大きくなっていた。しかもそれは彼に力がなかったからとか、機材故障のためではなく、チームのエースたちに対するアシスト行為のせいだった。彼はまずロビックが前輪をパンクした時に自分のホイールを渡し、続いてテセールのスポークが数本折れて走れなくなったときにも同じことをしていた。こうしてカピュは集団から遅れ、戻るチャンスを失った。

ロビックとテセールの立場に立てばカピュの犠牲は絶対に必要だった。さもなければ自分たちが大きく遅れてしまっていただろう。だからこれは正しかった。だが、これによってチームとしての統率がとれていないことが、改めてはっきりしてしまった。もしダンギヨームかイデェに、自分自身のことをとりあえず後にするだけの度量があれば、カピュは二度も続けて自分のホイールを差し出す必要はなかったし、そうなればレースを続けることも可能だったかもしれないのだ。

だが、カピュの失格を招いたのはチームワークの欠如だけではなかった。そもそもフランスナショナルチームには、自分たちにたいしてならツールの指導部は大目に見るはずだという甘えた気持ちがあったのだ。すでにカピュは第二ステージをタイムオーバーでゴールした時に、そうした寛大な処置を受けていたではないか。だが、その時の大きな遅れは落車のせいで、力が足りなかったわけではなかった。いずれにしても、フランスAチームのメンバーは概して寛大な処置に慣れている面があった。そして、

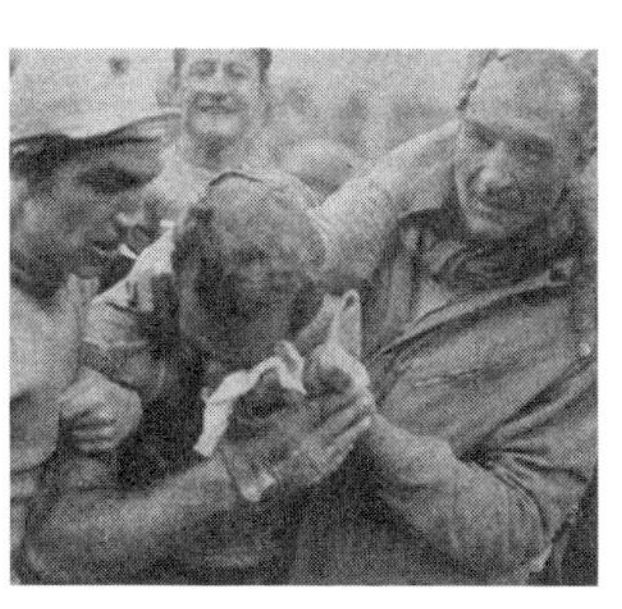
兄のロジェに迎えられるラペビー

今回のツールの指導部は、相手が誰であれルールを厳格に適用するつもりだとわかったとき、選手たちはまず翌日のスタート地点に行かないと脅しをかけた。しかしもちろんすぐにそれは撤回した。主催者はこうしたゆさぶりには決して屈しないと明言したからである。

フランスナショナルチームが複雑な思いでこの日のことを思い返した理由はカピュの失格だけではなかった。ボベを待たせるよう要求したのに撥ねつけたアルシャンボーにたいするファシュレトネールの問題もあった。こうした出来事をメンツの問題として片づけるのは、むろんあまり賢いやり方ではない。ファシュレトネールが間違っていたと決めつけるわけにもいかないだろう。というのは、もしフランスナショナルチームがこのツールに勝ちたいと思うのなら、ロンコーニとインパニスにこれほどリードを許したのは、絶対的な過ちだったからだ。ラザリデスとジゲとボベが先頭グループにいたことも、このミスを帳消しにはできなかった。ラザリデスはすでに五〇分遅れていたし、この時点でジゲやボベを本気で優勝候補と考える者はあまりいなかった。だからこそ、ロビックかファシュレトネールが絶対に前に行かなければならなかったはずなのだ。間違いなく、総合優勝のチャンスを、ステージ勝利の可能性やつかの間のマイヨ・ジョーヌ獲得のために棒に振る戦略的なミスだった。

おそらくアルシャンボーにはチームがミスを犯したのかもしれないという自覚があった。しかしみずからも認めていたことだが、フランスナショナルチームの選手たちを従わせるだけの権威が彼には欠けていた。それに、ボベに追走を一時中断するよう命じるにはかなりの勇気を要しただろう。ブルターニュ地方はフランスの自転車競技のメッカだった。この地域でのツールに対する一般の人々の関心はけた外れのものだった。
いたるところに観客がいた——橋の上、木の上、屋根の上。街中では音楽隊が曲を奏で、窓からは旗がつりさげられ、花飾りが飾られ、選手たちには花が投げられた。労働者たちは、仕事の開始を特別に朝の四時や五時に早めて、仕事を終えるとちょうどツールを見ることができるようにタイムシフトした。彼らは職場の上司と一緒に工場の前に集まった。いたるところで同様のことが起きていた。コース沿いでは教師が生徒たちを連れて、士官が連隊を率いて、あるいは神父が見習いを連れて、選手たちを応援したのである。

どのカフェにも選手リストとコース図が掛けられた。ゴールのナントではすべての工場、事務所、学校、商店が十二時に閉められ、二十万の住民すべてがツールを見逃さずにすんだ。しかし、随行のジャーナリストや関係者が小切手を現金に換金できるように、銀行だけは夕方になってもう一度開けられた。

こうした喧噪のなか、ボベが民衆の新たなヒーローになったことがはっきりした。彼が逃げたグループを追走している間は、先頭グループが通過するときの声援は節度のあるものだった。それに対して、レースを先導する二台のラジオ放送車のうちの一台の先触れのあと、追走する三人が姿を現すと、恐ろしいほどの拍手と歓声が上がった。メイン集団の先頭をジャン・ロビックがひいていてもこれほどまでの声援はなかった。

前年度のツール・ド・フランス優勝者にとって、まだほとんど実績のない若造が自分と並ぶ人気を得るというのはうれしいことではなかっただろう。しかし当初、彼はそれを大して気にしていなかった。山岳コースでリベンジできると確信していたからである。

しかし、フランスナショナルチームの選手間の関係は、第三ステージを通じて決してよくなかったことははっきりした。

第4ステージ　ナント〜ラ・ロシェル166km　7/3土　ルイゾン、おもちゃを取り上げられる

一九四八年にナショナルチームのメンバーとして走った選手たちは、自分が国を代表しているのだから、その肩には大きな責任がかかっていると常に聞かされていた。もちろんさめた見方をすれば、ツール・ド・フランスはただのスポーツイベントにすぎない。だがそれにもかかわらず、その核の部分では、敵対する国家間のシンボリックな戦争というイメージがつきまとい、多くのジャーナリストが戦争に基づいた比喩を援用した。

たとえば若鷲（ベルギーBチーム）のモーリス・モランがナントからラ・ロシェルへのステージで落車のために大きく遅れてリタイアした時は「脱走兵」や「敵前逃亡」という言葉が新聞に踊った。モランは痛みのあまり身悶えていたのだが、そんなことは言い訳にならなかった。それは同じ日にイタリアBチームのウンベルト・ドレイ（1925〜96（1947-57）五勝）が大腿骨を骨折しながら、このステージを完走したことも影響した。ベルギーBチーム、モランの監督ポール・ファンデルフェルデ（二五二頁参照）に至っては、彼を永久追放すべきだとベルギー車連に求めるほどに怒り狂った。その怒りは医者がモランの肋骨が二本折れていることを認めるまでおさまらなかった。

フランスの地域チームの選手たちは違う状況に置かれていた。彼らが公式に代表しているフランスの

地域は、独自のアイデンティティや伝統をもつ行政上の単位や地域ではなかったからである。フランス南東部中央ピレネー山脈北麓に位置するガスコーニュ、フランス中部中央山塊中部地方オーヴェルニュ、フランス中部地方ベリイやフランス南部地中海沿岸西部ラングドック出身の選手たちが南西チームにまとめられた。南東チームはアルプス西端に接するフランス南東部サヴォア、ローヌ川地中海岸アルプスに囲まれるフランス南東部プロヴァンスおよび中央山塊北東に位置するフランス南東部ローヌからなっていた。西部チームはフランス西部ブルターニュ半島を占める地域ブルターニュとフランス北西部ノルマンディの選手たちだった。それ以外も、選抜に当たっては相当に無定見な検討が幅を利かせていた。たとえばラモーリュックスはパリの北東イール・ド・フランス地域圏の町ブラン・メニルの出身だったが、パリを中心とした地域圏イール・ド・フランスチームはすでに定員いっぱいだった。これに対して南西チームは地域的にはまったく接点がないにもかかわらず、彼をチームに加えたがった。そこでラモーリュックスはその妻が通常は休暇をベリイで過ごすことを理由に、晴れて南西チームに加わったのである。

地域チームの選手たちには、所属チーム名が示す地域の名声や名誉のために走ることは期待されていなかった。しかし、彼らにプレッシャーがなかったわけではない。むしろ逆だった。フランスの各Bチームの選手たちはほとんどすべて地域の花形選手たちだった。たとえばアルフレド・マコリグ（1921～96（1943-53）七勝）は「我々はみんなチャンピオンなんだ」と胸を張った。彼は二回参加したツールで特別な活躍は見せられなかったが、故郷の地ではいくつもの重要なレースに優勝していた。

地域チームの選手たちといえども、当然期待を裏切るわけにはいかなかった。彼らもナショナルチームの選手たちと同様、大した理由もなくレースを放棄することはできなかった。だから一九四七年、南西チームで出場したラファエル・ジェミニアニが五日後にリタイアした時は、ベルギーでモランがそうだったように、故郷のオーヴェルニュで脱走兵として嘲られたのである。

もちろん地域代表の選手たちがステージ優勝できたり、総合で上位になれると考える者はだれもいなかった。しかし、彼らはみんな勇敢に走り、緊迫感のあるレース展開に貢献する義務があった。とくになにより、レースがその故郷を通過する日々にはそれが求められた。地域チームのほとんどの選手はこの要求に喜んで従ったし、通常はそれを実現するチャンスがたっぷりあった。

フランスナショナルチームに選抜され、かつ、総合優勝の可能性のない選手たちに期待されたのはキャプテンのためにみずからを犠牲にすることだった。これに対して、地域チームはそのほとんどに優勝候補がいなかった。しかし、その代わりに通常では見られないようなフレキシブルな序列が存在した。つまり、いつでもステージ優勝を狙ってよいという許可証が、各選手に与えられたようなものだったのである。彼らは自分の総合順位やチームのエースの指示に配慮する必要などなく、少なくとも一日中脚光を浴びていたいという願いのもと、全力を出し尽くしてかまわなかったのである。

地域チームを参加させたことによって、ツール・ド・フランスには独特の傾向が見られた。ほとんど毎日、スタート直後からアタックがかかり、Aチームの選手がレースを真剣にコントロールすることができない、あるいはする気がないと、ほとんど混沌状態になった。そしてアタックは次々とかかった。

この点でツール・ド・フランスは根本的にジロ・ディ・イタリアとは違っていた。イタリア一周レースはワークスチームによって争われ、各選手は比較的厳格な規律に従っていたからである。アタックするには、原則としてチームのエースか監督の同意がなければならなかった。しかもジロでは逃げの試みが成功しても、逃げているグループ内で協調体制がとられることはまずなかった。速度を抑えて、先頭交代に加わるなという指令を受けた選手が常に逃げグループに送り込まれたからである。結果はもう明らかだった。イタリアを一周するほとんどのステージでは何事もなく、ただ三つか四つある山岳ステージだけで雌雄が決したのである。このたびバルタリとロンコーニとともにフランスに乗り込んできたイタリア人選手たちが、当初、高いスピードと常に変わる集団のテンポに慣れるのに苦労したのも不思議ではなかった。

このナントからラ・ロシェルへの第4ステージでも、イタリア人たちにとっては一息入れる暇はほとんどなかった。前日と同様、休める瞬間はほとんどなく、平均速度は四一キロ以上に上った――これまでのツールの歴史上で最高である。今回も、スタート直後にアタックしたのは、主に地域チームの選手たちだった。

新聞で愛称の「ルイゾン」が引用符に入れられることがどんどん少なくなっていったボベは、毎回逃げの試みを自分でつぶしに行かざるを得なかった。これが、彼がその前の日々にやった走り方に対して支払わなければならないものだった。つまり、ブルターニュ地方での二つのステージで、彼は地方チームの選手のように張り切って走り、自分の個人的な成功だけを考え、チームの有力選手たちのことなど考えなかったのである。

特にロビックとファシュレトネールは、ライバルのインパニスとロンコーニが大きくタイムを稼いだことの責任はボベにもあるとして、彼を許そうとしなかった。当然マイヨ・ジョーヌを守るために手を貸す気などさらさらなかった。通常ならこのマイヨはチーム全体の戦利品とみなされるものだが、今回はボベ個人の所有物にすぎなかった。だから危険なライバルの攻撃はみずからの手で処理せざるを得なかったのである。その上、バルタリが逃げに乗るチャンスを得たときには、ボベのまわりにチームメイトはだれ一人いなかった。ロビックはバルタリのアシスト選手を何キロにもわたってマークしていて、バルタリ自身はメイン集団の中にいるものだと思っていたと弁解したが、これは少々怪しい。

ボベが一人でレースをコントロールできるはずもないのは当然である。ゴール前七〇キロでロヒェル・ランブレヒトが、約二分前を走っているチームメイトのジノ・シアルディース（1917～68（1935-53）二一勝）や地域チームのジャック・プラ（1924～82（1947-54）四勝）、アメデー・ロラン（1914～2000（1938-52）九勝）、ロベール・ボナヴェントゥール（1920～（1943-53）四勝）の集団に追いつこうとメイン集団からアタックしたとき、それに対してマイヨ・ジョーヌはお座なりの反応しかできなかった。徐々に疲れていたからだけではなく、一瞬信じられないという思いもあったからである。というのは、彼は自分と同じメーカーの自転車に乗っているランブレヒトを友人だとみなしていた。彼には間違いなく、自転車競技の友情など、状況が変われば簡単に破られる証文のようなものであるのをわきまえるだけの経験がなかった。

ボベは自分の置かれた状況が絶望的なのを素早く理解した。そして、ほかのどのチームも組織的な追走に加わる気はなかった。先頭グループはあっという間にリードを五分に広げた。ランブレヒトは総合でボベに対して一分半弱しか遅れていなかったから、マイヨ・ジョーヌが彼の手に渡るのは間違いなかった。彼はゴールスプリントに加わらないことで、一緒に逃げた選手たちに感謝の意を表した。こうし

第4ステージゴール、プラ、シアルディース、ボナヴェントゥール

てこのステージは、地域チームで近くのコニャック地方出身のジャック・プラが勝った。

ボベは、苦労して獲得した栄誉を失ったことを知って涙を流した。アルシャンボー監督は、悲しむ理由などない、マイヨ・ジョーヌを守るのは大変な労力が必要で、早かれ遅かれその反動が現れざるを得ないと言って彼を慰めようとした。

ボベは監督の言うとおりだと頭では分かっていたが、悲しみは抑えられなかった。彼は「クリスマスプレゼントを取り上げられた子供のよう」だった、とゴデはレキップ紙に書いた。そして、ボベがおもちゃを取り戻すためなら、どんなことでもするだろうと、だれもが信じた。

一つで二度楽しめるゴール

このツール・ド・フランスの最初の四つのステージは寒く、毎日強い雨が降っていた。五日目にして初めて一日中日が照り、その上お昼ごろにはかなり暑くなった。選手や関係者にとっては良いことだったが、各チームのアシスト選手にとっては仕事が増えることを意味していた。「水運び人」、この時代には彼らはしばしばこう呼ばれた。そして暑い日には、この呼び名は彼らの最も重要な仕事を完璧に言い表していた。

各選手はスタート前にミネラルウォーターかレモネード、あるいはコーヒーか紅茶を選んで、アルミニウムのボトルふたつに入れた。補給地点では——平地ステージではそれは一か所しかなかった——それぞれまた二本のボトルがもらえた。このボトル、フランス語ではビドンと呼ばれていたが、これはツールの主催者の所有物であり、レースの終了後に返却しなければならなかった。選手はこれらのボトルのどれか一つでも、補給地点以外の場所で投げ捨てたりすれば、ボトル代金を弁償しなければならなかっただけでなく、それとは別に五〇フランの罰金が科せられたのである。キャップのコルクの紛失ですら大目に見てはもらえなかった。

各選手が一日に受け取る四本のボトルは全部で二リットルの容量があった。しかし距離二五〇キロの暑い日のステージでは、選手たちが実際に必要とする水の量を考えれば、これでは足りなかった。その分を補うのは容易なことではなかった。だれでも自由に取れるビドンを積んだオートバイやニュートラルサポートカーはまだ存在しなかった。それ以外にも、選手に食料や飲み物を手渡せるのは、補給地点でのチーム監督だけに限られていた。

この規則を破った場合、最初の一回目では五〇〇フランの罰金が科され、二度目になるとさらにずっと重い制裁が科せられた。かくして、選手たちが水を欲しがったとき、それをかなえるために監督に残された手段は一つしかなかった。選手たちに数キロ先んじ、沿道に水のいっぱい入ったバケツを置いておいて、喉が渇いた選手が空のボトルに水を入れることができる場所を教えたのである。

むろん観客から飲み物をもらうことは許されていた。そして観客もたいていとても気前がよく親切でもあった――特に水を欲しがっているのがフランスのチームの選手であればなおさらのことだった。だが、見知らぬ人間から何かを受け取ることは常に危険をはらんでいた。ツール・ド・フランスの歴史には、こういうやり方で故意に嫌いな選手を排除しようとした例もある。有名なところでは一九一一年のポール・デュボック（1884～1941（1907-27）九勝）が観客からもらったボトルの水を飲んで体調を崩し、総合優勝の可能性がなくなった例がある。しかしそれだけではない。むしろ気をつけなければならないのは、観客がしばしば自転車選手にとって良いものは何かということで、勝手な思い込みをしていた点である。フランスの田舎では清潔な飲み水を手に入れられる家庭はそう多くはなかった。そうした場合、水にかなりの量のアルコール飲料を混ぜるのが普通だったのである。これ以外にも北部ではしばしばビールが手渡され、ノルマンディーやブルターニュではリンゴ酒が、そしてその他の地域ではワインが差し出された。

ラ・ロシェルからボルドーへの途上では選手たちは、なによりも冷たい白ワインが飲めた。これは選手によってさまざまな効果をもたらした。何人かの選手にとってはこれはスランプを脱するための理想的な手段だったし、他の選手にとっては毒以外の何物でもなかった。たとえばこれは、ジョッキ一杯のワインを飲みほした後コースを蛇行し始めた地域チームのベルナール・ゴーティエ（1924〜（1947-61）二七勝、仏選手権一勝）に当てはまる。いずれにしても、「飲料水」の札がかかっている村の泉でボトルを満たした方がずっと安心だった。

もう一つ別の可能性は、コース沿いのバーでビールやミネラルウォーターの瓶を何本も失敬してくることだった――飲み屋の亭主たちは、プロトンが通過するときには、用心のために扉を閉めることもあったのだが。しかし、喉が渇いた自転車選手たちから商品を守るのは、おそらく容易なことではなかっただろう。ロンコーニは、暑いステージで選手たちの集団が、道端に止まっていたコカコーラと書かれている車に、いかに襲いかかってあっという間に一本残らず略奪していったかを語っている。

飲み物を調達するためのこうしたさまざまな方法にもかかわらず、本当に暑い日には選手たちの喉の渇きを完全に癒すことはできなかった。たとえば、コットゥールはある時インパニスと一緒に家畜用の水飲み場に頭を突っ込んだことを伝えている。彼らにとって水さえ見つかれば、その色などもはやどうでもよかったという。

ラ・ロシェル〜ボルドー第5ステージでの暑さは、それにもかかわらず、選手たちをよりゆっくり走らせる要因にはならなかった。ゴール到着は、これまでと同様に、通過時間予想表の最も早い予想よりも早かった。今回もスタートからアタックしたのは地域チームの選手たちだった。この地域が地元の選手たちは、ほとんど全員が注目を集めようとやっきになった。

例外はギイ・ラペビーだった。彼はボルドー出身だったから、地元の観衆の前で勝利を挙げれば、それは特別な喜びになったはずだった。それなのにこのステージは狙わないことに決めていた。パリをスタートした時、彼は自分で二つの目標を設定していた。一つはもちろんステージ優勝。そしてこれはすでに果たした。しかし、そもそもそれ以上に重要なのはこのツールを完走するということだった——彼にそれができると考えていた人間はわずかだっただけに、なおさらだった。なによりジャック・ゴデがそれを信じていなかった。

ギイが南西チームにノミネートされたとき、彼の兄のロジェはツール総合ディレクターに、自分が毎日コラムを書くよう依頼されているオーロール紙（一九四四年～八五年に刊行されていた日刊紙）との契約を破棄しなければならないかと尋ねた。つまり規則の第二十条によれば、選手の親類縁者はどんな役割であれ、ツールに同道することは厳しく禁じられていたからである。ゴデはかつてのツール・ド・フランス総合優勝者を、こう言って落ち着かせた、きみはピレネーまでは主催者のゲストとしてオフィシャルカーに乗ることができるし、その後はキャラバン隊に混じって一緒に来て構わない、なんとなれば、きみの弟はそのころにはどうせリタイアしているはずだから、と。ギイはその話を聞いて、なにがなんでもパリまでたどり着いてやると誓ったのである。だから、ボルドーでの勝利の可能性に賭けて、力を使いすぎてしまうことは避けたいと考えたのである。山岳のために力を温存しておく方がいいのだ。

これに対して、前日のステージ優勝者若手のジャック・プラはずっと軽率だった。一〇キロ余にわたり、彼は地元地域を先頭で走り抜け、「がんばれ、プラ」と書かれたたくさんの横断幕や、彼の名前を連呼するファンの熱狂ぶりを堪能した。しかし、突然彼は力が出なくなった。もし、地元の「原産地名称(アペラシオンコントロレ)」のついた「しかるべき一杯」(ボルドー産ワイン)がなかったら、彼は間違いなくリタイアしていただろう。

このステージもこれまでのステージと同様に、何人かの有力選手たちが、地域チームの選手たちのアタックに乗じてみずからのタイムを稼ごうとした。まずロンコーニとインパニスが一緒に逃げに混じり、その後インパニスだけになった。彼の二度目のアタックは、ツールの最有力候補二人の間に最初の小競り合いをもたらした。つまり、バルタリはフランスナショナルチームが反応せず、自分のチームも逃げグループを捕まえられる状態にないことを見ると、小さな登りでみずからスピードを上げたのである。その前の二つのステージでもそうだったが、自分にとって最大のライバルから一瞬たりとも目を離さなかったロビックが、同様にメイン集団から飛び出し、五〇メートル後ろでバルタリを追いかけた。何キロか後にバルタリは先頭集団に追いついた。このシーンを目撃していたジャーナリストたちは、バルタリがやすやすとアタックをつぶしたことに圧倒された。しかし予想通り、ロビックだけはそう考えなかった。ステージ終了後に彼はプレスに対して、イタリア人ライバルについて「特別印象に残るものはない」と言い放った。

同様にジャーナリストたちの間で別の見方も生まれた。つまりフランスナショナルチームがこのステージで初めてまともな一つのチームのように思われたのである。これは総合二位につけていたボベがパンクした時、すぐにダンギヨームが自転車を提供したからである。そしてダンギヨーム自身はその後、彼を待ったイデェとジゲとラザリデスのアシストを受けた。前日には監督のアルシャンボーは、ピレネーまでバカンス旅行にでも行った方がよさそうだと嘆いていた。しかし今、彼には新たな希望が湧いてきた。

だが、この日のヒーローとして報道陣に名を挙げられたのは選手ではなく一人の監督だった。つまり、決定的な逃げを組織した上に、そこに五人ものベルギー人を送り込むことに成功したカレル・ファン・ヴェイネンダーレ監督である。フランスとイタリアのジャーナリストたちによれば、この老獪な策士は他チームの反応を見越したうえで、まずインパニスに逃げを打たせ、続いて二度のアタック失敗の後、集団に再び落着きが戻ってきたその時を、もう一人のベルギーの有力選手が逃げるための理想的な瞬間として利用した。その有力選手スタン・オケルスはチームメイトのスホッテとアルベルト・ラモン（1920～93（1941-51）四一勝）を従えて逃げに成功したのである。

ファン・ヴェイネンダーレは、こうした外国の報道を誇らしげに自分の新聞スポルトヴェレールト*に語った。しかし、彼の役割はかなり誇張されているのは間違いない。メディアはとかくチーム監督を、兵士を前線に送り込む軍隊の指揮官として描きがちである。だが実際には、この時代の監督たちはレースの展開に影響を与えることはほとんどできなかった。というのは、チームには車が一台しか割り当てられていなかったから、監督たちは自分たちの車がないところで機材故障などが生じれば、選手にとって悲惨な運命が待っているということをつねに意識していなければならなかった。だから、平坦ステージではたいていの場合メイン集団の後方を走ることを余儀なくされたのである。

＊　一九一二年創刊のオランダ語のスポーツ新聞。監督の本業はこの新聞社所属のジャーナリ

スト。

逃げグループができても、チーム監督がそのグループのそばまで来て様子を見るのにしばしば一時間もかかったのである。しかもそのあと監督車は大急ぎで再びメイン集団の後ろへ戻らなければならなかった。これはつまり、逃げている選手たちはたいていの場合自分の判断に頼らざるをえなかったということである。時としては、壊滅的な結果を引き起こすこともあった。もし「巨匠」ファン・ヴェイネンダーレが、実際にこのボルドーへ向かうステージを演出することができていたのなら、彼の「作品」が滞りなく演じられたのかもしれないが。

問題が起きたのは地域チームのポール・ネリが、ゴール前ほぼ七〇キロで、一八人の逃げグループからアタックしたときのことだった。これに即座にスタン・オケルスがついて行ったが、このアタックによりネリは足を使い脱落、まもなく再び集団に戻ってきた。おかげでベルギー人は単独で走ることになってしまった。彼に残された可能性は二つ、同じように後ろの集団に戻るか、あるいは単独で走り続けるか、である。ファン・ヴェイネンダーレはその場にいなかったから、彼にアドバイスする者はだれもいなかった。彼が頼りにすることができたのは、今日でも存在するが、オートバイの黒板に示されるタイム差だけだった。

当初、そこそこの可能性がありそうに思われたため、オケルスは二つの可能性のうち後者に賭けた。最初はたしかにうまく運んだ。リードは五〇秒からほとんど二分にまで広げることができた。しかし、ここからすべてが暗転した。追走集団はゴールが近づくにつれて当然のようにペースを上げた。差はあっという間に縮まった。一方、ファン・ヴェイネンダーレはというと、相変わらずメイン集団の後ろを

走っていた。だから誰もオケルスに無謀な逃げをやめるよう助言する者はいなかった。リードをなんとかゴールまでもたせたいという絶望的な願いを抱いて、ベルギー人は疲労した体にさらに鞭をいれた。だが無駄だった。ゴール前一〇キロでオケルスは追走集団に吸収された。その単独走行に力を使い尽くし、その集団からもすぐにちぎれた彼は、最後の五、六キロだけで四分近くも遅れてしまった。

しかもこのステージを勝ったのはベルギーチームではなく、フランスの地域チームのラウル・レミイ（1919〜2002（1939-57）三九勝）だった。こうしてファン・ヴェイネンダーレ監督の「演出」は結果的には大した成果を生まなかった。たしかにスホッテとラモンはタイムを一一分も稼いで、総合順位でも五位と八位にジャンプアップしたが、彼らを総合の有力候補だと考える者はだれもいなかった。同じく先頭集団でゴールしたテセールやブランビッラの方がよほど有力だと思われていた。結局、彼らこそがベルギーチームのイニシアティヴから最も大きな利を得たのだった。

この日の勝者には主催者も数えいれられよう。ボルドーの競技場では六万人の観客が、ツールのゴールをみるために四〇フランを支払った。そして、観客たちは期待以上のものを見ることができた。先頭の選手たちが到着する三〇分も前に、マイヨ・ジョーヌを先頭にした選手たちの一団が競技場に入ってきたのである。観客たちはベンチから立ち上がって歓声を上げたが、これはツール・ド・フランスを背景に演じられる映画「五本の赤いチューリップ」*に出演する俳優たちだった。

* 一九四九年の仏映画。ツールの期間中にマイヨ・ジョーヌを着た選手五人が次々と殺されるというサスペンス映画。

実際のマイヨ・ジョーヌのロヒェル・ランブレヒトは大集団の中でゴールした。しかしそれでも彼は非常に満足していた。このツールで総合一位を守ることができた最初の選手だったからである。しかし、彼には分かっていた。このツールはまだ静かなステージが一度もなく、翌日もまたあらたに激しい攻撃にさらされるだろう、ということが。

「ツールは少々おかしくなってしまった」とクロード・ティレ記者はレキップ紙に書いた。というのも、六日目のゴールもまた、もっとも早い到着予想時間よりもかなり早かったのである。最初の六日間のステージの平均速度は驚くべきことに、時速三六、七三四キロだった。一九四七年のツールの三一、五四五キロよりずっと速い。

この眩暈を起こしそうなスピードはさまざまな不快事を引き起こした。補給所で食料の入った袋（サコッシュ）を提供するために、主催者は常に大急ぎで準備を整えねばならなかった。まだ十分時間があると思っていた一般ドライバーは、すでに道路が封鎖されているのを見て腹を立てた。ゴールを見るために入場券を買おうと思っていた観客たちも買いそびれるかもしれなかった。

しかしスピードアップにより一番困ったのはラジオレポーターだった。毎日、フランス、ベルギー、ルクセンブルクのラジオ局は、お昼時にツールを実況放送していた。当時はまだ車やオートバイから直接放送する技術は存在せず、特別に放送用アンテナを立てなければならなかった。

問題はこの機器をどこに設置すべきかだった。まずなによりも、電波障害が最小限にとどめられる場所でなければならなかった。そしてもちろん、選手が放送中に目の前を通り過ぎる場所がベストだった。

そのための最も重要なよりどころは、レースプログラムで公表されるタイムテーブルだった。ところが選手たちはタイムテーブルを守ってくれないのだ。ほとんど毎日選手たちは新記録を打ち立て、その結果、レポーターが放送するときには、集団はもうとっくに通り過ぎた後、ということが何度も起きた。

同様のことはゴールでも起きた。ナントでは先頭グループが予定の到着時間よりかなり早く競技場に入ってきたため、六本あったマイクロフォンはどれもまだつながれていなかった。むろん聴取者は謝罪の言葉で納得するわけはなかったし、レポーターも不可抗力だと言い訳するわけにもいかなかった。残された道は、実際は選手たちはすでにホテルで休んでいたのだが、ハラハラするようなゴールシーンをでっちあげるしかなかった。

当たり前だが、この即興放送はただの空想ではなかった。レポーターたちは通常、放送をする前に可能な限りの情報を集めていた。今日ならすべてのジャーナリストは同じテレビの映像を見ている。しかし一九四八年では、彼らは車やオートバイに乗って選手の前後を走りまわり、それぞれがツールの現実の様々に異なる一面をみずから体験していたのである。そしてもちろん、自紙のために最も大切な情報は明かさなかったが、それを別にすればいつでもお互いに情報を交換し合っていた。

それにもかかわらず、彼らがこのようなやり方で作り上げたイメージは決して完全なものではなかった。空想で補わざるを得ない隙間というものが常に残された。たとえば誰かが突然二分遅れると、何人かのレポーターはパンクのせいだと報告したが、別のレポーターは突然力が出なくなったせいだと書いた。しかし、やはり最も信頼性のあるレポートはレキップ紙のものだった。このツール主催紙は一四人の取材陣を擁し、彼らはステージ終了後にレース展開について協議するために集まった。そうして初めて報告が文字にされたのである。これは新聞が翌朝に発行されるからこそできたことである。重大なミスを訂正するだけの時間が十分あったわけである。

これに対して夕刊紙フランス・ソワール（一九四四年創刊。現在ではオンライン版のみ発行）の記者たちには訂正の機会はほとんどなかった。それどころか、彼らの場合は電話係の助手を使って、まだレースが行われている間にコース沿いの郵便局から電話で、その最初の印象をパリへ伝えさせなければならなかった。そうしなければ、週に六日間発行されるそれぞれの紙面に最新の情報を載せることはできなかったからである。

もちろんラジオレポーターたちには、新聞社の同僚以上に時間はわずかしかなかった。だから、しかるべきアドリブの才能がものを言った。そういうわけで、たとえばスポルトヴェレールト紙のある記者が語るところでは、ベルギーのラジオBRTのリポーターが、マティウは二度のパンクとフレームが壊れたおかげで八分遅れたと放送しているのを耳にしたが、その直前にその記者はこの「不運な」選手本人から、メイン集団から遅れたのはたんに力を使い果たしたからだと聞いたばかりだった。

ツールのラジオレポーターたちが伝えたこうした虚実ないまぜの情報は、放送終了後にはすぐに忘れ去られたわけではなかった。むしろそれはいくつかのバリエーションとともに広まっていった。故国の聴取者たちは放送を聞けなかった他のファンに、レポーターがラジオで語ったことを話した。そして新聞もまたラジオ放送を利用するにやぶさかではなかった。たとえばヘット・フォルク（一九八一年創刊のベルギーの日刊紙）はステージ終了三〇分後にはもう十二万部の号外版が刷られた。それはすぐに飛行機に積まれ、できるだけ早くフランドル全域に配れるようにスクーターや自転車で待機している販売所に向けて投げ落とされた。しかし、記者の努力にもかかわらず、編集部と数分以内に電話がつながることはまずめったになかったため、この号外版の記事は主にラジオ放送頼みだったのである。そして翌日になってやっといくらか信憑性の高いニュースを載せた。むろんその間に、レポーターの空想が勝手に一人歩きして、確実な話として印刷されてしまうことはよくあることだった。

ジャーナリストやレポーターが直面するさまざまな問題にもかかわらず、序盤のハイスピードステージの一番の被害者は、もちろん、そうしたプレス関係者よりも選手たち自身だった。パリでのスタートラインに調子を合わせてこなかった選手たちは、その報いを受けることになった。五日間が過ぎ、すでに一六人の選手がリタイアしていた。そして残された集団も疲労の色が濃くなっていくのが記者たちにもわかった。

このがむしゃらなスピードはまた、機材故障やパンク、あるいはちょっとした不調によりメイン集団から脱落した選手たちからその遅れを挽回するチャンスをほとんど奪い去った。ボルドー〜ビアリッツの第6ステージでは、なによりオランダ・ルクセンブルク混成チームの選手たちがその餌食になった。アンリ・アッカーマン（1922〜2014（1947-49）ルクセンブルク選手権一勝）とバッケルがタイムリミット内でゴールできず失格となった。チーム監督のヨリス・ファン・デン・ベルフは、この大きな遅れは機材故障によることを証明して、この決定を撤回させようとしたが、審判団は聞き入れなかった。たしかに両者にはパンクがあったが、パンクとは自転車レースにつきものなのだ。

この点で審判団が不当だとはいえない。ただ、オランダチームがそれほど頻繁にパンクに見舞われたのは、単なる不運とは決していえなかった。つまり、このチームの選手たちは安い機材を使わざるを得

デ・ロイテル

なかったのである。たとえばベルギー車連の会長は、一九四七年秋にベルギーナショナルチームのために、イタリア製の最高級タイヤを特別に二〇〇本購入し、さらに九ヶ月間それを地下室で乾燥させて使用させたのに対して、経済的に余裕のないオランダ車連の指導部にはそのような大盤振る舞いはできなかった。選手たちは、追加機材は自費で購入せねばならず、毎日新しいタイヤでスタートすることなど許されるはずもなかった。彼らは常にパンクの恐れにさらされた。ヴィム・デ・ロイテル（1918～95（1944-52）七勝）は二八回のパンクに見舞われたと語っている。

これは時間だけでなく体力も奪った。だからオランダの選手たちが総合順位で、すでにずっと下位に甘んじ、悪名高い「総合順位最下位の選手はレースから排除する」という規定四十一条によってレースから締め出される危険にさらされていたのも偶然ではなかった。最初の犠牲者はフランス・パウエルス（1918～2001（1937-50）五勝）だった。ビアリッツにゴールした時、彼はまだ失格を免れたと思っていた。地域チームのマリウス・ボネ（1921～2003（1946-56）六勝）がさらに後ろに遅れていたからである。しかしボネはもう遅れを取り返すことは不可能だと悟って、レースをリタイアしていた。主催者はこの新しいルールを立案した時に、このようなケースを想定していなかったため、オランダ・ルクセンブルクチームはピレネーのふもとで三人の選手アッカーマン、バッケルとパウエルスを一度に失うことになった。

しかし、オランダチームの不運にフランスやベルギー、イタリアのマスコミはほとんど注意を払わなかった。ビアリッツへの高速ステージはそれ以上にセンセーショナルな出来事を生み出したからである。つまり、優勝候補のロビックがかなり大きくタイムロスをしたのである。第1ステージでのラザリデスの失敗と同様、フランスナショナルチームによるこの新たな失敗には、ある種の悲喜劇があった。それはゴール前二三キロ地点で、ロビックが後輪が柔らかいと感じたことから始まった。そこで彼はタイヤに空気を追加しようと止まった。ところが、そこにてっきりロビックがパンクしたのだと思い込んだ観客が大急ぎでハブのチョウねじを緩め始めた。ロビックが誤解を解いたときには、すでにプロトンは二〇〇メートル先に行ってしまっていた。

ロビックは止まる前にチームメイトたちにそれを知らせておくべきだったのだ。なにより、これはレースの決定的な状況で起きたのだから。つまり、ルイゾン・ボベが、ジャック・ゴデの言葉を借りれば、「彼のおもちゃを取り返したくてうずうずして」いたからである。彼はすでにスタートして三〇キロ地点で何人かの地域チームの選手たちと一緒に逃げグループを形成していた。これにより五時間以上にわたる逃げが始まったのである。ゴール前五六キロで、逃げグループのリードが九分に広がった時、カレル・ファン・ヴェイネンダーレは落ち着かなくなってきた。そしてチームに追走を命じた。この瞬間からプロトンはスピードが上がって協調が取れてきた。ベルギーチーム以外のチームも追走に協力し始めた。

だからロビックが、メイン集団に戻るのにアシストなど必要ないと思い込んだのは、とてつもなく軽率なことだった。彼自身はそれを要求しなかったが、数分後に一人のアシストが下りてきた。ラザリデスである。彼はいつものように、プロトンの後ろを走っていて、チームメイトが止まったことに気が付き、待っていたのである。ロビックが後ろから近づいてくるのを見て、彼はサドルから腰を上げた。ロングスプリントで一気にメイン集団に復帰させようと考えたのである。ところが、ラザリデスはキャプテンが実際に自分の後ろについているかを確認しなかった。しばらくして振り返った時、ロビックはまだ数十メートル後ろで必死に追いつこうとしているのが見えたのである。ラザリデスはすぐにブレーキをかけたが、ロビックは完全に息が上がっていてまずはしばらく呼吸を整える必要があった。そうこうするうちにメイン集団との距離は三〇〇メートルに広がっていた。

このときフランスナショナルチームのダンギヨームが下がるよう命じられた。ところが彼はすでにメイン集団のスピードにいっぱいいっぱいだったため、アシストとしては大して役に立たなかった。ラザリデスもルーラーとはほど遠いタイプだったから、このトリオの遅れは一気に広がっていったのである。すでに今や距離は四〇〇メートルに広がった。そこでロビックは、すぐ後ろを走っていた監督のアルシャンボーに訴えてアシストを追加してもらう代わりに、自分一人で追いかけることにした。彼はチームメイトに何も言わず、一気にスピードを上げた。

最初、彼の企ては成功するかと思われた。プロトンまで五〇メートルまで近づくことができたのである。ラザリデスとダンギヨームが一緒なら、この程度の距離は簡単に追いつけただろう。だが一人では、もはやその力が残っていなかった。このような力づくのやり方で体力を失って、このわずかな差を詰めることができず、まもなく再びラザリデスとダンギヨームに追いつかれることになった。この期に及んでアルシャンボーは先へ急ぎ、ジゲとイデェにチームのキャプテンを待つよう命じた。しかし、あまりに遅すぎた。ビアリッツのゴールに着いたとき、ロビックとそのアシストたちは集団からほぼ三分遅れていた。すでにスタート時点でかなり疲労していたイデェとダンギヨームはさらに大きくタイムを失った。

　ジャン・ロビックの失敗から一つだけプラスになるものが見られる。つまり、彼のチームメイトたちが善意を見せたということである。だから翌日のフランスのマスコミは、ナショナルチームをきわめて好意的に扱った。それとは別に、ロビックの敗北は同時にボベの勝利によって完全に目立たないものになってしまった。つまり、この自転車界の「新たなプリンス・チャーミング」はビアリッツでマイヨ・ジョーヌを奪い返しただけではなく、ステージ優勝まで飾ったからである。ほとんどすべての新聞が、ボベがゴールする姿を写した写真を掲載した。なによりも、喜びを表すその特別なやり方がセンセーションを巻き起こした。彼はこれまでの習慣に反して両手を高く上げたのである。このあと何十年にもわたって模倣する者をたくさん生み出した新しいスタイルだった。

　しかし実際は、ボベは危うく彼の企ての最も重要な目標、つまりマイヨ・ジョーヌ奪還を取り逃がすところだったのである。ゴール前八キロですでに見込みはなくなりそうに思われた。ボベたち逃げグループのリードはすでに二分半に縮まっていた。総合順位でトップのランブレヒトに対する遅れは三分二四秒だったから、この時点で暫定的な、いわゆるバーチャル・マイヨ・ジョーヌは再びボベの手を離れていた。たとえステージ優勝してボーナスタイムの一分を獲得したとしても、現在のこのタイム差を保たねば、ランブレヒトを玉座から追い落とすことはできないのだ。

　これはできそうもなかった。逃げグループの選手たちはみんな力を使い切っていて、ルイゾンに協力するのは地域チームのエドワール・ミュラー（1919～97〔1942-55〕一一勝）だけだった。そのミュラーはステージ優勝できるかもしれないと考えていた。スピードアップしたメイン集団は徐々に差を詰めてい

た。ボベの企てを救えるのは幸運の神様（デウス・エクス・マキーナ）しかいなかった。そしてこの神様が実際にご登場あそばせたのである。この神はタイムキーパーのウルズレ氏の姿で現れた。この男は普段は繁盛している化粧品工場のオーナーだったが、ツールでは、ベテランの担当者なら公式のタイム差を慎重にチェックするはずなのに、たくさんミスを犯した。

このときのゴールでも、みずからストップウォッチで後続との差を計測していたジャーナリストが何人もいた。その差は一分半以上とは思えなかった。ランブレヒトはマイヨ・ジョーヌを十分に守ったと思われた。それだけに、メイン集団の遅れが二分三五秒、ボベが再び新たな総合トップになったと公式に発表された時の驚きは大きかった。

抗議はすべてはねのけられた。可能性がある唯一の具体的な証拠は、ブリュッセルで作られたゴール地点でのラジオレポーターの実況の録音だった。ベルギー車連会長はその録音を特別にレコード盤にプレスして、みずからの手でビアリッツまで持っていき、ランブレヒトのために抗議した。しかし無駄だった。主催者はその単純さを笑い飛ばした。自分たちは他の誰よりも、ラジオレポーターたちがどれほど想像力豊かに実況しているかをよく知っているのだ、というわけである。

四〇年代、選手たちがツール・ド・フランスに対する準備として行ったことは、今日の基準からすればかなり原始的だった。医学的なケアはほとんどおはなしにならなかった。特別な栄養補助食品や、心拍数とパフォーマンスの関係についての知識はほとんどゼロと言ってよかった。さらには、当時すでに陸上の長距離選手たちによって始められていたインターバルトレーニングの重要性すら、自転車競技の世界にはまだほとんど導入されていなかった。選手たちはそれぞれ自分が正しいと思うことをやるだけだった。

だからトレーニング方法も選手によって非常に異なっていた。テセールはレース以外ではもっぱら固定ハブと小さなギア比で走って、できるだけしなやかに丸く回すペダリングを身につけようとした。ほかの選手たちは大きなギア比で、ペースメーカーになるオートバイの後ろについて、パワーとスピードをつけようとした。一方、バルタリは週に三回トスカーナ地方の丘陵地帯で一〇〇から一二〇キロをこなしながら、それぞれの登りでスプリント練習もした。これに対してヴィエットはトレーニングを追加すればした分だけ有利になるのだと固く信じ、シーズン準備の時期には毎日二〇〇から三〇〇キロの距離を走った。

ビアリッツでも示されるのだが、休息日をいかに過ごすべきかということも、同様に選手ごとにひどく違っていた。ほとんどの選手は、どんな動きも余分なものだと確信していた。さまざまな余暇活動を立案したビアリッツの観光協会は災難だった。選手のためにラウンダーズ（野球に似た球技）のトーナメントや歌謡大会やダンス大会を企画したが、誰も姿を現さなかった。フランス演劇界の大女優の一人セシル・ソレル（1873〜1966）がナショナルチームのために企画したカクテルパーティーも失敗に終わるところだったが、ボベが姿を現してなんとか体面が保たれた。

選手たちの何人かはちょっとだけ浜辺に姿を現したが、ほとんどの選手はホテルから出なかった。テセールはまず床屋へ行き、そのあと薬局で体重を計ってもらった。そしてパリでスタートしてから二キロ太ったことを知り、それをとても良い兆候だと考えた。ブリューレは自転車の整備をしていた。インパニスは毎日やるように洗濯していた。スホッテは清潔ということに価値を見ていなかったので、汚れたソックスを裏返しにするだけで放っておくことにした。マリネッリはイタリア製のタイヤを一セットもらえないかとロンコーニのところに行った。そして首尾よくそれを手に入れた。ロンコーニ自身はイタリアにいる家族や友人たちに十枚ほどの絵ハガキを書いていた。ラペビーは妻から電話で、三ヶ月になる息子のセルジュの体重が五〇〇グラム増えたと聞かされた。「ちょうど僕が痩せた分と同じなんだ」と彼は記者たちに語った。ランブレヒトは自分の筋肉のしなやかさをストレスなく保つ方法はないかと、何時間もお酢をいれた風呂に浸かっていた。

バルタリは一日の大半をホテルの部屋のベッドで過ごし、そこでファンレターにみずから返事を書き、妻からの便せん八枚にわたる手紙を読んだ。ホテルから出たのは聖母の巌（海に突き出た自然の岩塊の上にマリア像が立つビアリッツの名所）を見学し、バイヨンヌのマリア大聖堂（ビアリッツから五キロほど内陸の町の聖堂、現在世界遺産に指定されている）を訪問するためだけだった。彼は現地のビアリッツの聖ユジェーヌ教会ではなくこちらの大聖堂を選んだ。「私は勝利のために祈ったわけではない」と、随行してきた記者たちに語った、「祈るのは私の使命なのだ。わたしは聖母マリアに、私たちみんなが災いから守られますように、と請うただけだ」。

この休息日を活動の日にした唯一の選手がロビックだった。どんな日でもそうだったが、レースのない日にも彼独自の考えがあった。チーム関係者の一人からオートバイを借りると、数人の友人たちとビアリッツの郊外へピクニックを企てた。その後、山岳用の軽量自転車をテストするために二〇キロほどのトレーニング走行を行った。これ以外にも、晩にはカジノにいるのを目撃された。

ほとんどのジャーナリストたちは、ビアリッツがツールの参加者や関係者のために主催したたくさんのイベントをたっぷりと楽しんだ。しかし同時に、彼らは自分たちの仕事もかたづけなければならなかった。レースのある日には、通常選手たちがゴールしたらすぐに電話に飛びつかなければならなかった――編集部に報告するために、電話が繋がることを祈りながら。そうした日には、選手やチーム監督らと話をする時間はもうほとんど残っていなかった。しかし休息日なら彼等にコメントを求める機会は豊富にあったわけである。

最も多く出された質問は、いうまでもなく、誰がこのツールで優勝すると思うか、というものだった。そして、この時点では優勝候補筆頭はインパニスだった。彼は非常に強烈な印象を与えていた。なるほどロビックは、このベルギー人は「まったくだめだ」と言ったが、こうした意見は彼一人だけのものだった。たとえばベルナール・ゴーティエはこんな話をしている。時折プロトンのスピードが突然非常に高速になることがあり、そういうときは集団の後方を走っている選手たちは確信ありげに目配せし合った。誰がテンポアップしているか分かっていたからだ。もちろん「先頭にいたのはインパニスだった」。ロンコーニはこう言っている「彼の軽やかな走り方は、彼が現代自転車競技の皇帝であることを示している」。フランスチームの監督アルシャンボーも同様にインパニスをフランスチームの最も危険なライバルとみなしていた。ベルギーチーム監督カレル・ファン・ヴェイネンダーレはさらに踏み込んで、こう明言した。インパニスを山岳で千切れるような選手は誰もいないだろう。バルタリでも無理だ。「もしインパニスがその気になりさえすれば、だがね」とベルギーの監督は用心のために付け加えた。こうしてインパニス自身もまた、自分がツールに優勝できる大チャンスを手にしているのだと信じ始めた。「もしピレネーでマイヨ・ジョーヌを奪えれば、その後はもうそれを手放すことはないだろう」と彼はベルギーのラジオ局のマイクの前で語った。

むろんバルタリの名前も相変わらずしばしば上った。しかし、この時点で彼の遅れは二〇分以上もあり、イタリアチーム自体も、決定的な瞬間に彼が望むアシストをするには、明らかに弱すぎた。だから彼のチャンスは、すでにそれほど大きいものとは思えなかった。まだ無条件でバルタリの勝利を信じていたのはブリック・スホッテぐらいだった。それどころか彼は、バルタリにとってはすべてが計画通りに進んでいるのだと確信していた。つまりスホッテは、バルタリがハッキリした根拠なしには動かないのに気が付いていたのである。これは最初の二つのステージで見せたアタックにすら当てはまるものだった。つまり、バルタリはそれを仕掛けることでライバルたちの調子を見ようとしたのだ。そうスホッテは語ったが、自分の予想がその後ここまで当たるとは予想してはいなかったことだろう。

パリでスタートするとき、バルタリはカメッリーニとロンコーニを別にすれば、自分のライバルになる相手のことをなにも知らなかった。そこで平地ステージの間に、ライバルたちの強さと弱点をできるだけ探ろうとしたのである。そして毎晩自分が確認した最も重要な点をノートに書き記し、夜遅くまでルームメイトのコッリエーリとそれについて話し合った。

ロビックの株はバルタリよりもさらに激しく下落した。本人は自信たっぷりに、マイヨ・ジョーヌまで二六分という差など何でもないと言っていたのだが。しかしビアリッツへのステージでの大失敗があって、ほとんどの専門家は彼を優勝候補とは見なくなっていた。同じ事はファシュレトネールやオケルス、ロンコーニやカメッリーニやブランビッラにも当てはまった。

奇妙なことに、ルイゾン・ボベはツールの優勝者を巡る議論でほとんど話題にされなかった。選手も監督もジャーナリストも——彼らはみんなボベの戦法は確かにすばらしいが、同時に分別がないと思っていたのである。「彼はこの五〇〇〇キロマラソンを、まるで四〇〇メートルハードルのように走っている」とゴデはレキップ紙に書いた。遅かれ早かれ彼は、最初の一週間で行ったことのしっぺ返しを食らうに違いない——場合によったらそれは山岳に入る次のステージでのことかもしれない。

確かにピレネーはアルプスほど厳しくはないが、ほんのわずかな弱さでも容赦なく白日の下にさらしてしまうだろうと記者たちは書いた。ボベ自身はそれをまったく心配していなかった。彼は自分のマイヨ・ジョーヌを取り戻したのである。そしてそれをずっと守っていけるだけのチームメイトたちのアシストを当てにしていた。

そもそも選手自身は誰がツールに勝つかを推測するよりも、もっと別の問題に関心があった。翌日のフリーの歯数の方が焦眉の問題だったのである。これについて根拠をもって話せる選手はほとんどいなかった。コースを下見することなど、グランツールの準備としてはまだめったに行われていなかった。ギイ・ラペビーもピレネーの登り坂の情報をあらかじめ調べておくことなど重視しない選手の一人だった。もちろん以前のレースでこれらの峠を走っている選手たちもいた。しかしその経験は、今回はあまり役に立ちそうになかった。一九四七年のツール・ド・フランスは時計回りだったから、一九四八年とは方向が逆だった。当たり前のことだが、峠道は西側からの道と東側からの道では勾配が違うのだ。

また戦前のツールを走った経験となると、それ以上に何の足しにもならなかった。というのはその当時とは技術が革新的に変わってしまっていたからである。初めて変速機の使用が許された一九三七年のツールでは、選手たちは三枚の異なるギアを用いるだけだった。しかしそれ以来ギアは一〇速になっていた。なによりチェーンリングが二枚になったおかげである。これはヴィエットの発明だった。彼は一九四六年にラザリデスと一緒にモナコ〜パリのレースでこの新兵器を初めて実験的に使用したのである。

当初、このシステムはかなりひどい性能だったため、多くの選手たちが懐疑的だった。たとえばバルタリは、ツールの始まる一日前にトレーニングでこれを初めて試してみた。そしてあまり満足できず、メカニックに頼んで元の状態に戻してもらった。ピレネー初日にライバルの多くがこの二枚のチェーンリングを器用に扱っているのを見たとき、やっと彼はその長所が欠点を補って余りあることを納得した。

しかしほとんどの選手は、この新しい変速装置をどうやれば最もうまく使えるのかがまだわかっていなかった。だからこの分野における数少ないエキスパートたちに質問が集中することになった。最も重要な助言者としてはダンテ・ジアネッロがいた。彼はかつての山岳スペシャリストで、三年前のレース中に車に轢かれて片足を切断していた。一九四八年のツールではレキップ紙に毎日優れたコラムを書いたが、同じ様にジャーナリストとして参加していたかつての選手たちの記事が代筆だったのとは違って、彼の場合そのコラムは自分自身で書いていた。

選手たちに助言を求められると、ジアネッロはその選手の力量と体重を重視した。しかし彼らのコンディションが、助言したギアをスムーズに回せるために必要な状態にあるかどうかは、もちろん推測するしかなかった。この問いに対する答えは翌日にならなければわからない。そして選手たちにできるのは、おののきつつも、それを待つことだけだった。

ルルドの奇跡ではない

六月三十日、公式にツール・ド・フランスのスタートが切られたとき、バルタリは落ち着いて十字を切った。そして一週間後、まさにツールの本格的な山岳が初めて登場した瞬間、彼は同じ仕草を繰り返した。この象徴的な意味は明らかだった。選手たちがピレネーに到着した今、まさにツール・ド・フランスは本当の始まりを迎えたのである。

今でも山岳はほとんどのステージレースで常に決定的な役割を担っているが、しかし初期のツールのように選手をふるいにかけるようなハードなものではなくなっている。なによりもこの間に機材が完成の域に達している。当時、山岳コースを特段のリスクなく下るために十分頑丈な自転車は、今日のものに比べればかなり重いものだった。それ以外にも、選手たちはポンプや空気入れやスペアタイヤを持ち、加えて補給食も自分で持って登らなければならなかった。

さらにもっと重要な違いは道路の路面状態だった。というのは、観光バスでスキー場に行けるように、以前の険しく蛇行を繰り返す狭い峠道は、年々均一な勾配の整備された広い道に改修されてきた。しかし一九四八年の山道はまだそうした状態からは程遠かった。そもそも海抜一五〇〇メートルを超える峠道はほぼすべて未舗装路だったし、カーブも非常に鋭角で、選手たちはほとんど止まらなければならないほどのところがいくつもあった。

　したがって本物の「ヤギ(クライマー)」にとっては、みずからの利点を発揮するチャンスが、今日よりもずっと大きかった。肉体的に頑強な選手たちが登坂能力の欠如を補うためには、多かれ少なかれ一定のペースを維持できなければならなかった。しかし自転車競技の「英雄の時代」には、多くの峠道がそれを許さなかった。だからしばしば大きなタイム差が生じ、ツールは時として一つか二つの山岳ステージで大勢が決してしまうことになった。

　これを最も憂いていたのが総合ディレクターのジャック・ゴデだった。彼はツールをあらゆるタイプの選手に勝利のチャンスがあるレースにしたいと思っていた。それゆえ山岳の重要性を低めようと思った。クライマーたちにはアルプスでチャンスがある。しかしピレネーではどのタイプの選手にも可能性のあるレースにしたかった。そこで、古典的な四つの峠[*]は二つのステージに分けられた。

＊　ペイルスルド（一五六九メートル）、アスパン（一四八九メートル）、トゥルマレ（二一一五メートル）、オービスク（一七〇九メートル）。一九一〇年の初登場以来、第二次大戦前はこの四つの峠はバイヨンヌからリュションまでの三〇〇キロ以上のステージに組み込まれるのが定番ステージだった。

　ピレネー初日のステージは比較的簡単なステージになった。標高一七〇〇メートルのオービスク峠を越えるだけだった。そしてこの峠は頂上まで舗装されていたため、大きなタイム差が出ないだろうと思われていた。おそらくこのステージは優勝候補たちの調子を測る物差し以上の意味はないだろう。

　しかしバルタリにとっては、このステージは全く違った意味を持っていた。彼はゴールのルルドの有名な洞窟*に、優勝者に与えられる花束をささげるために、何としてでもこのステージに勝ちたいと露骨にアピールしていた。休息日には、ジャーナリストたちにどのような戦術でいくかを明言した。彼の見立てでは、ステージが始まってすぐに逃げのグループができるはずだった。しかし自分はそれにはかかわるつもりはない。なぜなら逃げた選手たちはどうせオービスク峠を越える前に捕まるはずだからだ。そのあとでいよいよガツンとかましてやるつもりだ。

* 一八五八年ベルナデット・スビルーの前に聖母マリアが現れたと言われる。以来洞窟の泉は難病を治癒する奇跡の泉とされる。

バルタリの預言はまずは現実のものになった。実際に地域チームのベルナール・ゴーティエとピエール・バラタン（1920〜（1945-55）一〇勝）が、イタリアチームのトニ・ベヴィラッカとともにメイン集団から抜け出すことに成功したのである。この日の最初の峠と言えるオスキシュ峠（四九五メートル）では四分の差がついた。しかしロビックが自分の登坂能力を見せつけるチャンスを、そうそう見逃すはずはなかった。今回も当然そうだった。登りに入るや、彼は追走を開始した。バルタリもすぐに彼を追いかけたが、追いついたのは下りに入ってからだった。

オービスク峠のふもとでは、三人のリードはすでに一一分にまで広がり、バルタリのシナリオとは食い違ってきた。自分のペースで登りたがるロビックがすぐにまた集団の先頭に立った。しかし、五キロほど登った時、誰もが驚いたことに、アタックしたのはロビックではなくボベだった。ラザリデスがすぐに反応して、二人のフランス人はあっという間に一〇〇メートルのリードを奪った。

バルタリは二人のアタックに無反応だった。そしてロビックがスピードを上げたときに、やっと反応

オービスク峠のテセールとボベ

した。だがオスキシュ峠のときと同じく、登りでこの小柄なフランス人に追いつくことはできなかった。ロビックはその直後にボベに追いついたが振り切ることはできなかった。そうこうするうちに、テセールとジェミニアニとオケルスが彼に追いつくことができた。この間にバラタンとベヴィラッカは集団に吸収され、一人残ったゴーティエがオービスク峠の頂上を先頭で越えていった。これにラザリデスが一分半遅れて続き、ロビックは三番目に峠を越えていった。最後の数キロでテセールとジェミニアニにもおいて行かれたバルタリは、ボベとオケルスのグループから二分半遅れで峠を越えた。

その間に後ろではさまざまなドラマが演じられていた。ヴィエットとブランビッラが大きく遅れたのはある程度予想されたことだった。それに対して、レイモン・インパニスが大きく遅れたのは驚きであった。ステージが始まった時にはまだ非常に積極的に走っていたのに、オービスク峠の登りでは早い段階で集団のスピードについていけなくなった。カレル・ファン・ヴェイネンダーレはこの突然の不調がやる気の問題に過ぎないと考え、罵声で鼓舞できると考えた。ガゼット・ファン・アントヴェルペン紙（一八九一年創刊のベルギーの新聞）のある記者は、インパニスが前年とは違ってサドルから腰を上げっぱなしで登っているときに、ベルギーチームの監督がこう叫ぶのを聞いている「おまえの美しいケツを見てもらいたいって

思ってるんじゃないだろうな！」

レース後、インパニスはギアのセッティングを間違えたと主張した。軽すぎたか重すぎたかどちらかだ。チェーンリングが47と50が必要だったのに、46と49がついていた。フリーも15、16、19、20、22の代わりに15、16、18、20、22か、16、17、19、20、22を選ぶべきだったと言うのだ。ジャーナリストたちはこうした細かい数字までメモしたが、こうした言い訳を特別信じたわけではなかった。調子の悪い選手にとっては、どんなギアだって間違ったギアなのだ。

だが、この日最もセンセーショナルな出来事はインパニスの不調ではなかった。ファシュレトネールがリタイアしたのだ。彼はオービスク峠の手前でレースをやめてしまった。ジャーナリストたちは一様に彼が元気だったと言ったが、病気と疲労を訴えたのである。実際には、彼のリタイアには全く別の理由があった。すべてメンツの問題だった。アルシャンボーがこの日の彼の役割としてボベのアシストを命じたのである。彼はルイゾンのそばを離れず、できる限りのアシストをし、もしパンクなどがあった場合には自分の自転車を差し出すように命令された。

これは許容範囲を超えた命令だった。ファシュレトネールは総合タイムではトップからすでに二五分遅れていた。しかし心理的な面を考えれば、アルシャンボーの命令は完全にミスだった。ファシュレトネールは前年のツールで総合二位だったのだ。そして直近のドゥフィネ・リベレで優勝していた。ポッと出のマイヨ・ジョーヌなんかよりも、チーム内のステータスはずっと高いはずだ。自分より低いとみなしていた選手のために自分を犠牲にすることなど、夢にも考えたことがなかった。監督が処罰をちらつかせながら従うよう命じたとき、即座に彼の決断はついたわけである。

それはともかく、ファシュレトネールは、偽装を疑うジャーナリストが多い中、リタイア後にサポートカーに乗れただけでも運が良かった。同様にこのステージでリタイアした地域チームのロジェ・レヴェック（1921〜2002（1946-53）一勝）などは、ルルドまでたどり着く手段を自分で手配しなければならなかった。彼はお尻に大きなおでき（フルンケル）が二つもできてサドルに坐ることができなくなった。ところがチーム監督もレースの主催者も、ツールをリタイアする理由としては不十分だとみなした。回収車[*]のドライバーはレヴェックを乗せないようにと命じられた。

＊　いわゆる箒車。リタイアした選手を回収していくために、レースの最後尾を走る。このシステムは一九一〇年から導入された。

オービスク峠の下りではさらなる悲劇が待っていた。通常の山岳ステージでは、選手たちの最大の苦行は最後の峠を越えた瞬間に終わるものである。ところがこの日は違っていた。オービスク峠の西側からの道はすでに完全に舗装が終わっていたが、東側の道はまだ部分的にしかアスファルトが敷かれていなかった。しかも、多くは舗装の計画はまだやっと準備段階に入ったところだったので、路面は固い地面ではなく砂と石の混じった砂利道だった。こうした道は機材にとって厳しい試練である以上に、生命の危険すら伴うものだった。それは、車が砂を巻き上げ、選手の視界が完全にさえぎられてしまうからだった。

ここでパリジャン・リベレ紙の宣伝カーが谷に転落した。乗っていた三人のうち、不幸にも一人は死亡し、残りの二人も重傷を負った。またほかのサポートカーは視界不良によりイタリアチームのセラフィーノ・ビアジオーニ（1920～83（1945-56）九勝）に突っ込み、頭を切る怪我を負わせた。ほかにも、おそらく五〇人の選手がこの下りでパンクや機材故障をおこした。オランダ人のヘンク・デ・ホーホ（1918～73（1939-53）二勝）はペダルが折れ、そばにサポートカーも来なかったため、一四キロを片足で走るはめになった。

選手たちの何人かはわずかな距離の間に二度三度とパンクした。ブリック・スホッテは四回のパンクに見舞われた。替えのタイヤは二本しかもっていなかったし、近くにチームメイトもいなかったから、最悪の事態を招くことにもなりかねなかった。ところがこの時代には、まだ選手たちの間には強い連帯感情が存在していた。それは同じ困難や苦境に耐えている選手たちみんなが共有しているものだった。おかげでスホッテはあと二本のタイヤをライバルたちからもらえた。最初は若鷲（ベルギーBチーム）のリュシアン・マテイス（1924～2010（1946-62）三二勝、ベルギー選手権一勝）からで、文字通りタイヤを投げてもらった。二本目はインターナショナルチームのエドヴァルド・クラビンスキ（1920～97（1946-53）四九勝。ポーランド出身）が提供した。

先頭を行く選手たちの中でトラブルを免れたのは三人だけだった。しかもその三人とはバルタリとロビックとボベだった。彼らは下りで合流し、勝ち運のないゴーティエをゴールでは一分以上引き離すことになる。フランスナショナルチームの二人はゴール近くで交互にアタックしてバルタリを疲れさせようとしたが、それは失敗に終わった。ルルドではバルタリが三、四車身の差で優勝した。

第7ステージゴール、バルタリとロビック

イタリア人の勝利にもかかわらず、フランス人たちはこの日一番の勝者の気分だった。たしかにバルタリの登りは悪くなかったが、山岳王として君臨していたかつてのようなパフォーマンスは感じられなかった。ジャック・ゴデはこう書いている「バルタリの一位は出来過ぎだ。彼は選手として悩んでいる」。どのジャーナリストも、ロビックとバルタリの最初の戦いは、フランス人にとって精神的な勝利をもたらしたという意見で一致していた。ジアネッロも書いたように、バルタリにとって勝負すべきところは一つしかなかったからである。つまり山岳だ。そして、そこでロビックの方が彼より強いことがはっきり示されてしまったのだ。

ロビック自身はあまり満足していなかった。山で自分の方が強いのは、彼にとっては自明のことだった。しかしスプリントでバルタリに敗れたことが悔しかった。彼に言わせれば、この敗北はもっぱらヘボ変速機のせいということになった。「だけどまだこれを使い続ける」とも付け加えた。

たしかにロビックはフランスの報道陣からはたくさんの称讃の言葉を受けたが、みんなが一番の歓声を挙げたのはやはりルイゾン・ボベだった。序盤のステージで頑張りすぎたために、後々反動が来るのではないかという危惧は取り越し苦労だったようだ。それどころか、オービスク峠ではクライマーとしての力を万人に示したのである。たしかにステージはバルタリが勝ったかもしれないが、総合順位では彼はまだ二〇分も遅れているのだ。

それ以外にもバルタリは登りでは完全に一人だけで対応しなければならなかったのに対して、フランスナショナルチームは登れる選手を四人も擁している。少なくともラザリデスとテセールもロビックやボベと同等の登坂力がある。さらにフランスナショナルチームはますます団結しつつあるように思われた。ボベは万が一の場合でもチームメイトたちの完全なアシストを得られると確信していた「もしあの下りでパンクしていたとしても、ロビック、テセール、ラザリデス、ヴィエット、みんなが即座に助けてくれたはずだ。誰かが自転車を提供してくれて、他のみんなが待っていてくれたに違いない」。

イタリアの記者たちはこれほど楽観的にはなれなかった。むろんバルタリの勝利は喜んだが、オービスク峠でのキレのない反応には不安を覚えた。一方でまたこのステージはそれほど難易度が高くなかったから、バルタリも「誰にもまねできない粘り強さ」という彼本来の持ち味を発揮する必要はなかったのだ、とも考えた。三つの峠が待ち受けるピレネー二日目のほうがバルタリにあっているはずだ、と。

バルタリはといえば、ジャーナリストたちの悲観的な見方を共有することはなかった。自分のたてた誓願を果たし、勝者に与えられた花束を聖なる洞窟に捧げられて非常に満足していた。スタート前に彼は、オービスク峠はゴールから近いから、この峠を先頭で越えた選手がステージも勝つだろうと言っていた。だから彼が六番目に峠を越えていったとき、自分のチャンスはほとんどないと考えたに違いない。そして彼は熱烈なカトリックの信者だったので、自分が——ゴーティエ、ラザリデス、テセール、ジェミニアニ、オケルスのパンクのおかげもあって——勝者としてゴールラインを越えることができたのは奇跡だと信じた。ルルドの結果は、間違いなく天意が自分に味方していると彼に信じさせたのである。

一九四八年のツール・ド・フランスはスタート時間がかなり早かった。ステージは長く、平均速度はたしかに当時の基準からすれば平均を上回ってはいたが、まだまだ今日のような速さはなかった。ゴール到着は午後の四時半から五時半に想定されていたから、レーススタートは朝八時から十時の間になることが多かった。山岳ステージとなると、たいていはさらに早いスタートになった。

しかし、ルルドをスタートするときはそれほど早い時間ではなかった。トゥールーズへの最後の一〇〇キロほどがおおむね平地だったことで、レース運行予定表では平均時速は二九キロから三一キロの間に想定されていた。そのため選手たちがスタートしたのは朝八時一五分のことだった。

そうは言っても、彼らは遅くとも六時には起床しなければならなかったわけである。朝食は少なくともステージ開始の二時間前には摂っておかなければならなかった。さもないと食事が未消化で胃もたれしてしまうからである。もしスタートしてすぐにアタックしようと思っているチームがあれば、その選手たちは通常さらに一時間早起きしなければならなかった。

スタートまではかなりの時間があることから、なによりも大切なのは朝食の構成だった。起床後、選手たちはパンと果物だけでなく、パスタやジャガイモや野菜（ほとんど常にグリーンピース）や卵、さらに本格的なビーフステーキを食べた。いまは肉の赤身を消化するためには、かなりのカロリーを必要とすることが知られている。しかし昔はほとんどの選手たちが、ツールを走るために極めて重要な力の供給源になる食材だと信じ、山岳ステージの前日の夕食でもビーフステーキを追加で注文した。しかも、その追加分の費用は自分持ちだったとしても、あえて注文したのである。バルタリがデビューしたばかりのころには、彼の地元ポンテ・ア・エマのファンたちは、彼らのアイドルが毎日一キロのフィレンツェ風ビーフステーキを食べることができるようにと、募金活動まで行っていた。だから自転車競技の世界では菜食主義者は極めて例外的な少数派だった。ギイ・ラペビーは二年間ほど肉を食べないようにしたことがあったが、結局やめた。

かくして選手たちは六時、あるいはもっと早く起きなければならない場合、当然睡眠時間は短いものになった。各ステージ終了後、彼らは食前または食後にマッサージを受けなければならなかった。しかしマッサーは選手五人に対して一人の割合だったのでかなり時間がかかった。チームキャプテンはもちろん常に最初だったから文句は出なかった。しかし最後の順番になれば、たいてい寝るのは深夜になった。言うまでもなく、この不運な選手は常にアシスト選手のうちの誰かになった。

朝、朝食後には、あらためて二〇分ほどの軽いマッサージを受けた。その後、通常ならレース中の食料や飲料がもらえる公式の糧食配布の時間になる。そしてスタート一時間前に出走サインをするのが決まりだった。しかしルルドでは選手たちはかなり早い時間から待たされることになった。それは聖なる洞窟の入り口の前でテア猊下*がルルドの聖母マリアを称えるミサを執り行うことになっていたからだった。この大司教が明言したように、ルルドの聖母マリアはツール・ド・フランスの聖母マリアでもあるのだった。

＊　ピエール・マリー・テア　1894～1977　この当時のルルドの司教。戦時中はフランスでユダヤ人追放に反対し、ゲシュタポに逮捕されて強制収容所にも収容された。戦後「諸国民の中の正義の人」の称号を贈られた。

前日の夜司教を訪問することが許され、そこで聖水の小瓶とロザリオを贈られたバルタリはもちろん一番前に立った。ミサが始まる前に、テア猊下はすでに幾人かの選手たちと言葉を交わしていた。その中にはボベとロビックも含まれていた。その後、選手たちは皆聖母像のついたメダルを渡された。バルタリはすでにマドンナ・デル・ギサロ礼拝堂で手に入れたマリア像をハンドルに取り付けていたが、すぐにこのメダルもその隣に固定した。

ほとんどの選手は、洞窟の霊験あらたかな水を手に入れるチャンスを逃さなかった。ロビックは水をすくって顔にピチャピチャかけた。普段はボトルに砂糖を混ぜたコーヒーを入れていたバルタリは、今回はこの聖なる水でボトルを満たした。宗教はアヘンだというのが共産主義者の主張であったので、共産党員であることを公言していたヴィエットは、ミサの間これ見よがしにそっぽを向いていた。だが、メダルは受け取った。そして選手仲間がいなくなると聖母の肖像を洞窟の水に浸して首に掛けているのを、チームの関係者に目撃されてしまった。調子が今ひとつだったこともあって、神にもすがりたい気持ちになったのかもしれない。

礼拝は予定よりも長くかかり、ルルド～トゥールーズ間の第8ステージのスタートは三〇分ほど遅れた。おかげで選手たちには朝食を消化する時間が増えた。ひょっとして、スタート後一キロでもうアタックがかかったのはそのせいだったのかもしれない。いつものように地域チームの選手たちが最もやる気満々だった。今回は特にインターナショナルチームのメンバーもそこに加わった。

先頭グループは一二人で構成されたが、これほど早くアタックしたのには各選手それぞれに理由があった。クライマーのカメッリーニとジェミニアニはステージ優勝を夢見ていた。ロヒェル・ランブレヒトとギイ・ラペビーは前日のさえない結果の後で、総合順位をあまりに悪くしないためにも、一か八か勝負に出ざるを得なかった。オランダ人のヴィム・デ・ロイテルは平地で何分かのリードを獲得したいと思っていた。そうすれば登りであまりに大きく遅れることさえなければタイムリミット内でゴールできるとふんだのだ。

他の選手たちはみんな、おそらく短時間だけでも目立ちたかったのだろう。しかし今回は、彼らはほとんど注目されることはなかった。トゥルマレ峠の頂上まで、ほとんど先頭を走り続けたポール・ネリですら、記事ではほとんどついでのようにしか言及されなかった。記者たちが注視したのはもっぱらバルタリとロビックとボベだった。つまりピレネーの初日にこのツールの真の主役たちとみなされた三人である。

この三人の主役の戦いは、すでに三〇キロ過ぎの標高二一一四メートルのトゥルマレ峠のふもとで始まっていた。この間に一二人の逃げグループは二分半のリードを奪っていたが、決定的な意味はなさそうだった。追走する選手たちがマークしたのは主にロビックだった。そして予期した通り登りにかかると即座にアタックした。彼はスタート前からピレネーステージの三大峠すべてをトップ通過したいと言っていた。一九四七年はまさにそうだったのである。最初の登りが始まるとすぐに後続を引き離し、リ

ードをどんどん広げて、結局ゴールでは追走者たちに対して十分のリードを奪ったのだった。そしてそれによってのちの総合優勝の礎を築いたのだった。いま、ロビックはそれを繰り返そうとしていた。

しかし両方のステージは同じものではない。一九四七年は最後に下りきってゴールまでは四〇キロしかなかった。それに対してこの年はゴールまでの平坦路が一〇〇キロ近くあった。山岳部分をずっと一人で逃げたとしても、最後の平地で追走者たちに対して四時間近くリードを保ち続けなければならず、成功する保証はほとんどなかった。

だから、もしベストクライマーのためのボーナスタイムが設定されていなければ、ロビックの行動は全く無意味なものになっただろう。そうなのだ、トゥルマレ峠をトップ通過した選手と二位の選手にはそれぞれ一分と三〇秒のボーナスタイムが与えられることになっていたのである。さらにこの後続く第二カテゴリーのアスパン峠とペイレスールド峠のボーナスタイムは同じく三〇秒と一五秒だった。

峠のボーナスタイムはロビックにとっては天の恵みだった。これがなければ、わざわざ一人で逃げようとはしなかっただろう。それに、自分のチームにマイヨ・ジョーヌがいるのだから、守りの走り方をしてもよかったはずである。しかし、彼には口実があった。バルタリやその他外国人ライバルに、山岳でのボーナスタイムを取られるわけにはいかない、というわけである。

そしてもちろんこの名誉あるミッションは彼自身の利害とも完全に一致していた。仮にステージ優勝はかなわなくとも、三つの峠をトップ通過できれば二分を稼げるのである。さらにもっと大切なことがあった。このツールのベストクライマーは自分だと証明できるのだ。名声と栄誉を得るだけではなく、フランスナショナルチームでの立場もきわめて高いものにすることができる。

ロビックの計画が発動した。トゥルマレ峠でもアスパン峠でもペイレスールド峠でも、彼は熱狂的な歓声を挙げる観客の前をトップで走り抜けていった。そしてこれら三つの登りをバルタリよりも早く登り切ったことが、彼の凱旋行進を一層印象的なものにした。彼が新たな山岳王に選ばれても異論をはさむものはいない。「バルタリは玉座を降りた」これが多くの新聞で読むことができた典型的な文句だった。

「ほら見ろ、ジノなんて恐れるに足らないって言ったのは正しかっただろう」とロビックはプレスに息巻いた「たぶん下りは彼の方が速かったんだろうけど、おれの方が登りは強いんだ。逃げてみたが、ほら、このとおりさ」。ジャック・ゴデはいくらか慎重に語っている。ゴデは確かに、クライマーとし

てのバルタリが一〇年前に見せた優美で軽やかな登坂能力はないことを認めながら、同時にこのイタリア人はアルプスでおそらくもっと強さを見せるだろうと警告した、「たとえロビックとその仲間たちのアタックに耐えなければならないとしても」。

　ロビックの「素晴らしい攻撃」だけが、この日のフランスナショナルチームの傑出した結果ではなかった。マイヨ・ジョーヌを難なく守ることができたボベも同様に喝采を浴びた。ステージが進むとともに彼はどんどんと調子を上げていった。トゥルマレ峠ではロビックから遅れること四分、一一番目に通過した。アスパン峠ではさらに三分遅れが広がったが、順位は七位に上がり、ペイレスールド峠ではそれが五位になるとともに、ロビックとバルタリとの差を一分縮めることに成功した。特にファンを喜ばせたのは、ボベが単独でそれを行ったのではなかったということだった。リュシアン・テセールが一日中ボベのそばに付いていた――つまりフランスナショナルチームがチームとして機能し始めたという明らかな兆候だった。だからフランスの新聞が称讃の声で埋め尽くされたのは驚くにあたらない。新聞の見出しさえ読めば、誰でもフランスナショナルチームは全面的な勝利を収めたのだと思い込んだに違いない。レキップ紙の一面には大きな文字でこう書かれていた。「フランスチーム、バルタリを挟み撃ち」。「三つの峠でバルタリを打ち破ったことで、ロビックはボベに対して大きな貢献をなした」。「ルイゾンはテセールと一緒にペイレスールドをジノや子ヤギ(ロビック)より速く登り、マイヨ・ジョーヌを守った」。

小さな見出しを読んで初めて、読者はステージ優勝したのはフランス人の誰かではなく、一見敗れたかに見えるバルタリだったことを知るのだった。しかしこの事実は、フランスのマスコミにとっては大した意味がないものだと思えた。バルタリはたんにゴールスプリントで勝っただけなのだから。ただ何人かの眼識あるジャーナリストだけが、バルタリの勝利は、ステージ終盤でライバルたちよりも足を使わず、力を温存できたことで可能になったのだと指摘した。

このようにハードな八時間半にわたるステージで最後に力を残していたバルタリの姿に、彼は本当に全力を出したのかと疑問を投げかける解説者も何人かいた。ベルギーの新聞ヘット・フォルク紙のジェローム・ステーフェンス記者は、バルタリは全力を出していなかったと確信していた。彼はしばらくの間バルタリを追って取材していた。そしてバルタリがレースで力を非常にうまく配分しているという結論を得た。たとえばアスパン峠では、バルタリが軽々とアポ・ラザリデスを振り切るのを目撃した。フランスチームのラザリデスはロビックを追っているバルタリにとっては単なるお荷物にすぎなかった。

彼が追走に協力するはずはないからだ。そうしてアポが再び後方一〇メートルほどまで追いついてくると、バルタリは再びスピードを上げて引き離した。こうした、相手をもてあそぶようなやりかたをしばしば繰り返し、結果、ラザリデスは疲れてやる気も失って遅れていった。

ステーフェンスが特に注目したのは、ロビックに対するバルタリの遅れが、登りでは常に二分前後で推移したことだった。その差が一度二分半まで広がった時には、バルタリは目に見えるような努力もせず、一〇〇メートルもかけずに、この三〇秒を取り戻してしまったのである。だからステーフェンスは、バルタリはロビックができるだけ力を消費するように仕向けて、わざと追いつこうとしないのだと確信した。

おそらくステーフェンスの意見は一部分では正しかったのだろう。というのは、ロビックが一九四七年のツールの再現をもくろんでいたのとまったく同じように、バルタリもまた一九三八年のツールをモデルに、このレースを作っていたからである。あの当時もバルタリはピレネーではボーナスタイムを狙わなかった。そして一九四八年も再びこれを繰り返したのは間違いない。おそらく狙うことはできたはずである。ただ、ロビックがかなり速めのスピードで上ったため、バルタリとしてはボーナスタイムのために過大な努力をしたくなかったのだろう。いずれにしても、バルタリは余分な疲労をなんとしてでも避けたかったのだ。彼はすでに三十四歳になっていて、本当に必要なときのためにエネルギーを蓄えたほうが良いと判断した。だから彼はロビックに対して一定の差で追走することにしたのだ。それはなによりも、ステーフェンスが正しく推測したように、このようなやり方のほうが体力の温存がはかれるからだ。

実際にバルタリの意図がロビックに体力を使わせる事にあったとすれば、それは完璧なほどにうまくいった。ペイレスールド峠を下った後、ロビックはすでに三時間先頭を走っていて、明らかに疲労の兆候が見え始めた。ゴールのトゥールーズまではまだ遠く、ロビックがまだしばらくこの辛い単独走を続けてくれたほうが、バルタリにとって好都合だったのかもしれない。しかし残念ながら、こうした消極的な走り方はもう許されなくなった。積極的に走らねばならない事態になったのである。監督のビンダが彼に、ボベ、テセール、ラザリデスの三人が、予想外に好調なラペビーとランブレヒトと合流して三分半の差で追いかけ、スピードが上がっていると告げたのだ。この状況は危険だった。もし彼がロビックを捕まえるまえに、後ろから来る三人のフランス人に追いつかれたら、まえを行くあのチビすけは自由に走れるようになってしまう。ロビックのチームメイトはもっぱら自分だけをマークしてくるだろう。ランブレヒトとラペビーも協力してくれるとは思えない。そうなると自分一人だけで追走しなければならなくなる。しかも五人のライバルたちに後ろからマークされながら。

そこでバルタリは、一人逃げるロビックを出来るだけ早く捕まえるしかなくなった。だが、そのためには一五キロもあれば充分だった。この事実は、彼にはまだ温存されたエネルギーが豊富にあったという証明になる。ロビックに追いついたとき、彼らは紳士的に健闘をたたえる言葉を掛け合ったが、どちらもこれ以上逃げ続けるつもりはなかったし、そもそもできそうになかった。二〇キロほど後、その間に一二人に増えていた追走集団が彼らを捉えた。さらにその後一一人の選手が合流した。優勝を争う選手たちのうちでいなかったのは、またしても登りで遅れたインパニスと、イタリア製高級タイヤを使っていたのに三度もパンクしたロンコーニだけだった。しかしその後この先頭集団のスピードがそれほど上がらなかったため、彼らも遅れを三分程度に収めることができた。

先頭集団にはスプリントが強い地域チームのラペビーがいるとはいえ、フランスナショナルチームが五人もいて、ステージ争いで有利な立場にあった。もし彼らのチームスピリッツが、フランスの各紙が信じるように大きかったら、彼らは全力でボベを勝たせてボーナスタイムの一分を稼がせようとしたはずである。ところがチームスピリッツに関しては全くお話にならなかった。マイヨ・ジョーヌのボベはそうした作戦上の話し合いに加わることは全くなかった。

他の四人は、ヴィエットとラザリデスがテセールとロビックのスプリントのためにアシストすることを決めていた。この間にテセールとロビックは自分たちのボトルをチームメイトに手渡し、背中のポケットを空にした。しかしロビックの不手際により、テセールの変速機が新聞紙を巻き込んでしまい、*フランスナショナルチームの作戦計画は破綻した。この混乱に乗じて最も得をしたのはバルタリだった。回想録ではこのときゴールスプリントに加わるつもりはなかったと書いている。どのレースでのエピソードか不詳だが、彼はここで一三年前に授与された黄金のメダルが、のちにただのメッキだったことが分かったことで、トゥールーズの町を嫌っていたというのだ。

＊ このあたりの事情はよくわからないが、ロビックが防寒のためにポケットに入れていた新聞紙を落とし、テセールの変速機に絡んだのかもしれない。

実際にバルタリは競技場に入ってきたとき後ろから二番目だった。このポジションは絶望的に思われた。というのもゴールは陸上競技用のシンダートラックだったからである。しかし競技場をびっしりと埋め尽くした観客の歓声が、明らかに彼の闘争心に火を点けた。まるで老いた軍馬がトランペットの合

図を聞いたようだった。

　フランスナショナルチームのハプニングのおかげでスピードが上がらなかったことも、彼にとって幸いした。すでに最初の半周で一気に彼は順位を六番手に上げた。ジャンの音とともにさらに二つ順位を上げると、最後の直線で決然と先頭に立った。ラペビーだけが彼のすぐ後ろにつき、最後のコーナーでスパートしてバルタリを追い抜こうとした。これは彼が普段走っているコンクリートの競技場なら確実な戦術だった。しかしシンダートラックは滑りやすく、コーナーでどうしてもブレーキをかけざるを得ない。

　こうして難なく数メートルの差をつけてバルタリが優勝した。恒例の花束以外に、トゥールーズの町は彼に腕時計を贈った。今度こそ純金製だった。

休息日　トゥールーズ　7／9金　魚市場の歓声

一九四八年、山岳ステージは非常に重視されていた。選手によってだけではなく主催者側にとってもそうだった。主催者も、自分たちがツールの参加選手たちにどれほど困難な課題を与えているかをしっかり意識していたからである。そこで、こうしたステージでは通常一か所の補給所を二か所にした。そしていつもの配給食糧――サンドイッチ四つ、ビスケット八個、ライスクッキー二本、角砂糖八個、バナナ二本、プラム二つ、棒状のチョコレート一本――以外に骨なしチキン半羽分が提供された。そして、さらに選手たちの消耗を軽くするために、特別ルールが設定されていた。つまり山岳ステージが二つ続いたら、その前後に休息日をおくことになったのである。かくして、まだレースを続けている九〇人の選手たちは、ピレネーでの疲れを取るためにトゥールーズで改めて二四時間の猶予を得た。

ビアリッツで休息してからまだ三日しか経っていなかったが、今回はツールの軍勢をめぐる雰囲気は大西洋岸の町とは全く違っていた。それはこの二つの町が全く違っていたせいである。ビアリッツはおしゃれな温泉保養地で、そこでは多くの人たちは自転車選手たちを闖入者とみなしていた。いくつかのホテルでは、オーナーから大切なお客様に対して、ツールのキャラバン隊によるご迷惑をお詫びする張り紙まで貼られていた。トゥールーズではこのような厄介者扱いとは無縁だった。選手たちはどこでももろ手を挙げて歓迎され、十種類はあろうかというさまざまなレセプションが開催された。この町はツールに魅了されていて、ヴィシー政権時代のある大臣に対する審理中の裁判すら、検察の依頼によって延期されたほどだった。裁判官や原告、弁護士や陪審員もゴールを見ることができるように、との配慮からである。こうしたお祭り気分の恩恵を受けなかったのは被告だけだった。ゴール後にすぐに独房へ戻ると誓ったにもかかわらず、さすがに観戦は許可されなかった。

二度目の休息日がリラックスできるものになった理由として、参加選手たちの当初の不安の多くがなくなったことも大きい。今日でも自分の山岳コースでの調子や強さをあらかじめ正確に予想できる選手はいない。一九四八年には、選手たちは自分の調子を計るための信頼できる指標がなかったのだから、不安の程度はずっと大きかった。そもそも彼らが頼りにできるのは自分の感覚だけだった。そしてこれは、特にインパニスが身をもって感じさせられたように、多分に思い込みだけの可能性もあった。

しかしピレネーを越えてきた今となれば、どの選手も多少なりとも自分がどのレベルにいるかが分かった。自分自身の調子を測れただけでなく、ライバルたちの状態も分かったからである。だからバルタリはビアリッツのときよりもはるかにリラックスしていた。ビアリッツではほとんど一日中ベッドに横になっていた。しかしトゥールーズではまるで観光客のようにふるまい、友人でルームメイトでもあるコッリエーリと一緒に、町のもっとも有名な観光スポットを散歩してまわった。むろんそのコースには大聖堂も含まれていた。そのほかにも、チームと一緒にイタリア領事が主催した歓迎パーティーにも顔を見せ、参加者たちから大喝采を浴びた。そのあとはみずからホテルのラウンジで公式会見を受けた。サインを求めるファンの長蛇の列の中にはたくさんの聖職者や神学校の学生たちがいて、自分たちの祈禱書にサインをしてもらっていた。

　ベルギーチームも同国人たちによって歓待された。しかしこのチームを覆っていたのはむしろ重苦しい雰囲気だった。結局ピレネー二日目は初日以上に壊滅的な結果に終わったのだ。先頭グループに追いつけたのはオケルスと若鷲(ベルギーBチーム)チームのデュポン（1917～2008（1940-51）六勝）だけだった。そしてインパニスは今回も遅れた。

　言うまでもなくトゥールーズではフランスナショナルチームの喜びぶりが一番だった。一日中、ホテルの前ではヒーローたちを一目見ようと、数多くの人々が詰めかけた。ロビックとテセールが姿を見せたときには嵐のような歓声が巻き起こり、熱狂したファンによって押しつぶされそうになったので、二人はあわててホテルに逃げ帰ったのだった。

　非常口を使って人々に気付かれることなく外に出て、ようやく二人は町をゆっくりと散歩することができた。ただしそれも市場でロビックが魚売りの娘に気付かれるまでのことだった。たちまち彼は人々によって担ぎ上げられ、肩車で露店の並ぶ中を運ばれていった。四方八方から歓声が上がり、彼が最高の選手で、今年のツールも勝つだろうと言われた。「ブルターニュを代表して、皆さんの心からの歓迎ぶりに感謝します。決して忘れることはないでしょう」と、見るからにこの状況を喜んでいるロビックは叫んだ。一時間後にようやく市場は通常の状態に戻った。

　もちろん、フランス人選手たちのためにも歓迎パーティーは開かれていた。一一時に市庁舎の前で人々は彼らを待っていた。早い時間にもかかわらず、たくさんのシャンパンの栓が抜かれた。午後にはヴィエットとラザリデスが乗る自転車メーカーのフランス・スポーツの事務所でもシャンパンが振る舞われた。ヴィエットの気分はそれによっても楽しくならなかった。そして「もうこのツールに求めるものはなにもない。走り続けるのはただボベを助けるためだ。俺がいることで役に立つのなら。しかし面目ないよ、峠でスプリンターにちぎられちまうんだから」と、パリでスタートするときには「絹でできたロード選手」と揶揄したギイ・ラペビーのことをほのめかした。

ビアリッツでもそうだったように、ジャーナリストたちはフリーな時間の大部分をインタビューと今後のツールの行方についての推測に費やした。その際、メディアの代表者たちの目にはボベの株が一気に高まったようだった。しかし、フランスナショナルチームが完全に彼のサポートにまわる気があるかとなると、まだ誰も確信を持てなかった。ボベには相変わらずひ弱な印象がぬぐえなかった。一般的には頑健なテセールのチャンスが、格付けとしては上だった。それ以外にも、ロビックが三つの峠を単独でトップ通過したことで、改めて優勝候補に挙げられるようになった。

バルタリは確かに二つのピレネーステージを連勝したが、それでも彼を信じる評者の数はそれほど増えなかった。かつてのツール総合優勝者アンドレ・ルデュックはそのコラムで、バルタリが総合優勝することは絶対にない、それは賭けてもいいとまで書いた。ボベに対する一八分の遅れはひょっとしたら取り戻せるかもしれないが、テセールに対する九分の遅れは絶対無理だ、間違いなくアルプスの峠でもロビックがボーナスタイムを取りに行くからだ、と言うのである。

フランスのマスコミでは預言者扱いされていたカレル・ファン・ヴェイネンダーレも、三日前にインパニスの登りの速さにお墨付きを与えたときと同じ決然たる態度で、ツールの勝者はいずれにせよフランス人になるだろうと語った。前年の一九四七年ツールにイタリアチームを参加させた立役者ガゼッタ・デッロ・スポルトのグィド・ジアルディーニと、インターナショナルチーム監督のアヴァンティ・マルティネッティ[*]も同意見だった。ゴデはあえて予想をたてなかったが、その言葉から考えは明らかだった、「バルタリはもはやスーパーマンではない。たしかに彼はまだチャンピオンだ。しかし他のチャンピオンたちと同じチャンピオンだ」。

＊ 1904〜70（1927-38）現役時代はトラック競技の選手として活躍、スプリントの世界チャンピオンにもなっている。ツールでの監督経験はこの年だけ。

それはともかくとして、トゥールーズでの休息日、ツール・ド・フランスはスポーツマスコミの注目を、一度だけだが、他のイベントに譲らなければならなかった。翌日に、フランスでは神格化されていたボクサーのマルセル・セルダン[*1]が、ヨーロッパチャンピオンの座をかけてベルギーのシリル・デュラノワ[*2]と闘うことになっていたのである。レキップ紙の予想記事でジョルジェ・ペータース記者は、三十四歳になったセルダンはパンチ力が衰えているから、まずは相手を疲れさせて、それからとどめを刺しに行くだろうと予想した。奇妙なことだが、主催紙の記者たちの誰も、セルダンと同じ年齢のバルタリもひょっとしたら同じ戦法をとっているのだ、とは考えつかなかった。

＊1 1916〜49 この年九月にミドル級の世界チャンピオンになる伝説的なボクサー。エディット・ピアフとの大恋愛は有名。飛行機事故で死去。

＊2 1926〜98 この年の五月にセルダンを判定で破ってヨーロッパチャンピオンになり、この試合がリターンマッチだった。結果はセルダンの判定勝ち。

四〇年代のツール・ド・フランスが引き起こした際限のない熱狂は、当時の人々のレース観戦の積極性にその原因を求めることができるのかもしれない。当時のフランスの総人口は四〇〇〇万だったが、ツール一九四八の大集団が通過するのを実際に目の前で見たのは約一五〇〇万人である。人々はキャンピングテーブルとワインボトルを準備して、最高の場所を確保するために、しばしばかなり早めにコース沿いに押し寄せた。

選手たちが到着するまでの時間は、多くのヨーロッパの人々があの時代に体験した暗く悲惨な時間とは無関係だった。いや、逆にたいていはカーニバルや祝祭日、あるいは守護聖人の霊名の日*に比べられるようなお祭り気分が支配していた。普段なら顔を合わせることなどあり得ない人々が互いに楽しげに祝杯を交わして、自分のお気に入り選手の最新ニュースを伝え合っていた。集団が通過するのはほんの数秒の出来事だとしても、生きていくうえでの不快な面を、一瞬の間とはいえ忘れさせてくれる心地よい仲間意識を感じさせてくれた。

＊　カトリックでは洗礼を受けるときにある聖人にちなんだ洗礼名（霊名）を授かるが、その聖人の祝い日は誕生日と同様に祝う伝統がある。

ファンからの手紙を読むバルタリ

そして、他の人と一緒にレースを追いかけていたのは沿道の観客だけではなかった。これは原則的にファンならほとんどすべてがそうだった。というのはまだどの家庭にもラジオがあるわけではなかったから、実況中継は親類家族や友人や隣人が集まる社交の場になったのである。多くの工場や営業所では話の分かる職長がいれば、部下にラジオを持ってくることを許可し、従業員がみんなでツールの放送を聞くことができた。

他の場所ではバーや、店頭にスピーカーがある店の前に群れを成して集まった。ロビックが育ったラドゥナックでは村中の人たちがパン屋に集まっていた。その村でラジオを持っているのはその店だけだったからである。だがこうした牧歌的な風景はこの後長くは続かない。一九四八年以降、ラジオは各家庭に急速に普及していくからである。ラドゥナックから遠くないローアンではその前兆がはっきりと感じられた。この村の電気店店主が人々にツール・ド・フランスの期間中ラジオを貸し出すと申し出て大評判になった。ツールが終わった後、借りたラジオを返すか買い取るかと問われて、ほとんどの人が買い取ったのである。

もちろんラジオが普及することで、ツールの実況放送を他の人たちと一緒に聞く習慣が完全に消えたわけではない。フランスやベルギーではどの町でもファンクラブがあり、午後にカフェやその他の場所で集まって地元選手たちの最新の動向を聞くのを楽しみにしていた。こうしたクラブができたのは、なにもみんなで集まることだけが目的だったわけではなく、その時々のひいきの選手を積極的に応援するためでもあった。たとえば、クラブに属すファンたちは自分たちのアイドル選手が苦境に陥った時に、彼の後ろには我々がいる、とアピールすることで選手を勇気づけようとした。かくして、インパニスはピレネーのステージでがっかりするような結果に終わった後、故郷から彼を勇気づけようとする、文字通り山のような手紙や電報を受け取った。

こうした激励が、彼の何としてでもリベンジしたいという気持ちを高めたのである。ピエール・アブーがレキップ紙のコラムで書いたように、インパニスにはトゥールーズからサン・レモまでの三つのステージが自分の選手としてのキャリアがかかる重要なものであることを痛いほど感じていた。彼は闘争心を失っていなかった。山岳での不調の原因はよく分からなかったが、休息日の大半をその原因を突き止めようと考え続けた。そして別の助言を求めてダンテ・ジャネッロのところへ行った。ジャネッロはピレネーで彼の後ろについていた。彼はインパニスのシッティングポジションに改善の余地があると助言した。サドルとハンドルをもう少し深くセットすべきだというのである。ほかにも、もう少し長いクランクにすべきだとも言った。インパニス自身の自転車と機材ではうまくセットできなかったので、彼は自転車をチームメイトのノルベルト・カレンス（1924～2005（1945-52）七勝）のものと交換してもらい、親切なジャネッロと一緒に満足いくまで改良を加えた。

インパニスの新しいセッティングが実際に効果を上げたかどうかは、むろん検証しようがない。現代の基準からすれば、彼のシッティングポジションは相変わらずエアロダイナミクスの模範とはとても言えない。加えて、彼が改良前のフォームで素晴らしい成功を収めたのは平坦ステージだけではなかった。前年はそのフォームで登りもうまくこなしたのである。いずれにしても彼自身はピレネーの後で受けた怒濤の批判のせいで改良せざるを得ないと思ったのである。休息日の後、インパニスは人が変わったようになった。

インパニスも何度か加わった地域選手たちによる恒例の小競り合いのあと、彼は一〇〇キロほどの登りで誰もついて来ることができないぐらいのスピードでアタックした。実際ほかの選手はだれもつけず、斜め背後からの風もあって、力を温存しながらだったのに差はあっという間に広がった。

インパニスのアタックはツールの大集団を驚かせた。ゴールまではまだ一二〇キロもあった。この距離を一人で逃げても結果につながるとはとても思えなかった。そもそも、この種の冒険はメイン集団がサイクリングペースで走っているときにのみ、成功の見込みが立つものである。しかもそうしたソロアタックは、総合を狙う選手たちにとって脅威にならない選手が企てたときにしか可能性はない。しかしインパニスのアタックはこの二つの条件のどちらも満たさないものだった。レースはこの日もまた、かなり早いペースで進み、プロトンは一〇〇キロを過ぎたときにはすでにレース運行予定表の最も速いケースをはるかに超えていた。確かにインパニスはもはやまともな優勝候補とは認められなくなっていたが、それでも危険視すべき穴馬的存在であった。

狼狽しつつジャーナリストたちは、このよく分からないアクションの理由はなんなのだろうと頭をひねった。ある者は海千山千の監督カレル・ファン・ヴェイネンダーレの陽動作戦だと推測した。ひょっとしたら、メイン集団の一番後ろを走っているスタン・オケルスに数分のボーナスタイムを稼がせるために、ベルギーチームが大掛かりな攻勢に出たということなのか？　自分のサコッシュすら受け取らずに、ものすごい勢いで補給地点を走り抜けていったインパニスのリードが二分になった時、何人かのジャーナリストが動き出した。ベルギーチームの監督に、この逃げの意味と意図を尋ねようとしたのだ。

一九四八年ツールでのチーム監督の生活はとてもきついものだった。二日前にはビンダも、生涯でこれほど疲れたことはなかったと言ったほどである。六十六歳になり、戦前の巨大な黒いフォード・マーキュリーに乗って老齢のドライバーに運転してもらっていたカレル・ファン・ヴェイネンダーレが、しばしば居眠りしていたとしても不思議はない。そしてモンペリエへ向かうこのステージでもまさにそうだった。突然ベルギーチームの戦術を詳しく説明してほしいと言われて、彼はようやく目を覚ました。突然起こされた理由を知って、彼はびっくりして前方へ急いだ。むろんこんな無謀な企てでエネルギーを消費しないように警告するためだ。

しかし、本人の弁を借りれば「ペダルが感じられない」インパニスはもはやスピードを落とす気はなかった。フランスチームとイタリアチームが呉越同舟よろしくメイン集団の先頭を一緒に引き始めても、その差はさらに大きくなっていった。最後の三〇キロになって風向きが変わり、プロトンから抜け出した追走集団に対していくらか接近を許したが、それでもゴール地点ではレオン・ジョモー（1922～80（1947-54）七勝）とデ・ロイテル――三位はこのツールでのオランダ人として最高成績――に四分半以上のリードを保っていた。メイン集団はさらに一分以上遅れてゴールした。

ジャーナリストたちや関係者一同に対して、インパニスの成し遂げたことは感銘を与えた。ひょっとしたら、選手たちはもっと強い衝撃を受けたかもしれない。この日のステージはツール・ド・フランスの歴史上、二〇〇キロ以上のステージでの平均時速の最高記録だった。そのステージで一人の選手が、全く一人で、これほど長く逃げ続けることができたというのが信じられないことだった。バルタリなどは当初すべてが「まっとう」に行われたことを全く信じようとしなかった。イタリアのジャーナリストが、インパニスは先導バイクのスリップストリームを利用しなかったと確言して、バルタリはひどく驚きながら頭を振った。たしかにこのベルギー人の一人逃げは三年後に、フーゴー・コーブレット（1925～64（1946-58）一〇三勝、ツール一勝、スイス選手権一勝）がブリーヴ～アジャンのステージで同様の一人逃げを決めたことで、ツール史の影に追いやられてしまった。[*] しかしこの偉業の価値はそれによって低くなるものではない。

＊ 一九五一年のコーブレットの一三〇キロ以上にわたるソロアタックはツール史上最も有名なものの一つ。なによりも追走集団がコッピやバルタリ、ボベやオケルスなどそうそうたるメンバーが率いる五〇人を超える大集団だったこと、そして彼がこの年のツールの総合優勝者になったことが、これを伝説にしている。ちなみにコーブレットの平均時速は約三九キロ、このときのインパニスは約四〇キロである。無論コースが違うのだから数字だけ比べてもまるで意味はないのだが、念のため。

ベルギーチームにとってこのステージ優勝は、これ以上ないほどの良いタイミングだったと言ってよいだろう。というのも、インパニスの大勝利がなければ、またしてもただの不幸な一日になっていたはずだからである。ノルベルト・カレンスが胃痙攣で早々に遅れてしまった。ステージは最後まで走り切ったが、モンペリエのゴールではタイムオーバーで失格になってしまったのだ。ほとんど同じように劇的な運命がスタン・オケルスも襲った。彼も同様に体調不良になり、ゴールまで六〇キロでプロトンから千切れてしまった。こうして彼は他の優勝候補たちに対して三〇分以上遅れただけでなく、カレンスと同様にタイムオーバーになってしまった。彼が失格にならなかったのは、最後の数キロで、家路を急ぐ観客の群れにコースがふさがれたという主張が認められたおかげだった。

もし主催者がオケルスを翌日スタートさせなかったら、ファン・ヴェイネンダーレの個人的な責任が問われたことだろう。というのは最後の地中海岸沿いの何キロかは風が後ろからというよりむしろ横から吹いていた。チームメイトが一緒ならオケルスの遅れはおそらくもっと少なくて済んだはずだった。ところがファン・ヴェイネンダーレはチームキャプテンの彼を放っておいたのである。彼は、オケルス自身がアシストは無用だと言ったと弁明している。しかし監督というものは選手よりも先を見通して行動しなければならないはずなのだ。

後になってオケルスはラジオ・ルクセンブルクで体調不良だったことを喋ってしまい、監督を怒らせることになる。ファン・ヴェイネンダーレのジャーナリストとチーム監督という二足のわらじに不満を募らせていたフランドル地方の新聞は、この機会に乗じて非難の集中砲火を浴びせた。インパニスの単独の逃げは決定的な誤りだとみなすものもいた。オケルスはフランスやイタリアのクライマーに対抗できる唯一のベルギー人であることは分かっていたはずだ。だからこそ彼が押しも押されもしないチームキャプテンだったのだ——彼が体調不良であろうとなかろうとキャプテンはキャプテンではないか。もしチーム全員で出来るだけスピードを抑えようとすれば、きっと彼はメイン集団の中で一緒にゴールできたはずだ。インパニスが何も考えずにアタックしたことで、オケルスの総合優勝のチャンスは水の泡になってしまったではないか。

ファン・ヴェイネンダーレはこうした批判にほとんど反論できなかった。レース中に居眠りしていて、何の指示も出していなかったことがばれては困る。ましてや外国の新聞でインパニスの素晴らしいアタックの背後にいる名監督として称揚されてしまっては。そうなのだ、デ・フォルクスクラント紙（一九一九年以来発行されているオランダの全国的な日刊紙）のヘルマン・ファン・ヴォルトラヘル記者は、ファン・ヴェイネンダーレはオケルスが遅れたことに気付くやいなや、打ち出の小槌を振って新たな勝利を出現させたと書いたのである。「ベルギーの巨匠は自転車競技のチェス盤上でビショップを繰り出した」と。その上ファン・ヴォルトラヘルは、インパニスは「ファン・ヴェイネンダーレの合図を見て」メイン集団から飛び出したとまで主張した。

それはともかく、ファン・ヴェイネンダーレはこうした批判にもかかわらず心配する必要はなかった。「コアルレ（ファン・ヴェイネンダーレの愛称）」はフランドルの自転車界では非常に有名だった。オケルスの惨敗は、特に地元では、ベルギー人初のステージ優勝によって余興程度のものになってしまった。みんながインパニスの勝利をたたえた。もっとも大騒ぎをしたのは、彼のファンが毎日午後にスポーツカフェに集まるブリュッセル近郊の町コルテンベルフと、そのすぐそばにあって彼の妻が家族や友人と一緒にラジオ実況を聞いているインパニスの出身地ベルフだった。このニュースが届くとすぐに、町の牧師が教会の鐘を鳴らした。そして、その二度目の機会はまたすぐにやってくる。

オランダとベルギーの特殊性

四〇年代、各国の自転車競技の状況は多かれ少なかれ閉鎖的なところがあった。たしかにフランスのチームは、すでに二十世紀の初めからフランドル地方の選手たちを受け入れていたが、フランス以外ではそうしたことはめったに見られないことだった。ベルギーの主要なレースの主催者は、高額の出場料を支払ってフランスやイタリアのスター選手に参加してもらうのが普通のことだった。ミラノ～サン・レモやジロ・デ・ロンバルディアやジロ・ディ・イタリアに外国人選手が参加するのは、ほとんどの場合、その時イタリアのチームに所属していたからだった。

　こうした状況は一九四七年の終わりになってようやく変わった。フランドル、ワロン、フランス、イタリアという最も重要な四つの地域のスポーツ新聞が共同で、それぞれが主催する最も重要なステージレースとワンデークラシックの総合評価を決めて、最高に栄誉ある賞を与えることを決めたのである。こうしてチャレンジ・デグランジュ＝コロンボ賞*が創設された。しかしこの新しい競争は一九四八年の春にスタートしたばかりで、その効果はツール・ド・フランスではまだほとんど感じられなかった。

＊　一九四八年～五八年に実施された年間表彰制度。対象レースはツールとジロとワンデークラシックレース六つで、フランスのレキップ、イタリアのガゼッタ・デル・スポルト、フラン

ドルのヘト・ニウスブラット、ワロンのレ・スポールの四つの新聞社が主催した。

国際化の程度が低かったことによって、各国の自転車競技には特有の強みと弱みが生じることになった。そして、それはツールで明らかになるものだった。というのは世界選手権を除けば、強豪国の有力選手たちが顔を合わせる唯一のレースがツールだったからである。すでに最初のいくつかのステージで、フランス人たちのダイナミックな出入りの激しいレース展開に対して、イタリア人選手たちが非常に苦労していることが見て取れた。これに対してフランス人たちは、チームのシステムをうまく機能させることが苦手なのがわかった。ベルギーやオランダの選手たちはその地域的な理由で山岳コースに問題を抱えていた。

ヒルクライムではある種の肉体的な特徴が特に大きな意味を持っている。たとえば脚の筋肉の長さと体重である。だからこそ自転車競技の歴史では、未知の新人が長い山岳コースで強豪選手たちに伍していくことがよく見られるのである。しかし、クライマーとしての肉体的資質が欠けていても、ある程度のレベルまでなら補うことができる。テセールなどは、体つきは真の「ヤギ（クライマー）」とはほど遠かったが、長く集中的なトレーニングのおかげで、七九キロの体重にもかかわらず、誰にも負けないぐらい効率よく峠を越えることができた。しかしフランドル地方やオランダの選手たちには、山岳で必要な経験が欠けていた。彼らの大多数は何の準備もないままピレネーのステージに突入したのである。オランダ人選手のうちではイェフケ・ヤンセンだけが、アルデンヌ地方で特別に練習していた。

ヤンセン

だがしかし、この二つの平坦な地域からやって来た選手たちには決定的な切り札があった。なるほどオランダやフランドルには本格的な山はないが、こと風にかけては静まることがなかった。この地域出身の選手たちはほとんどすべてが、フランスやイタリアではめったに練習することができないやり方でレースを走ることにたけていた。つまり強風のときの集団の陣形に関してスペシャリストだったのだ。選手たちは、強い横風のときはコンパクトな集団や一列棒状になるのではなく、道路をいっぱいに使った斜めの、いわゆるエシュロンの陣形を取る。これは経験を積み重ねることでできるようになる技である。これができなければあっという間にグループからちぎれ、後ろの集団に混ざらざるをえない。そしてこれもいつでもうまくいくことではないのである。なぜなら道路の幅をいっぱいに使うエシュロン隊形にはその道幅の分の選手しか加われず、おのずと員数に限りがあるからである。

エシュロン隊形は海辺に近い西フランドル地方では以前からよく見られたものだったが、ツール・ド・フランスではそれほど重要になったことはなかった。しかしモンペリエからマルセイユまでの第10ステージでは、集団はこの陣形で走らざるを得ない事態になった。つまり選手たちはフランス南東部で内陸から地中海に向けて吹く乾燥した強い北風ミストラルと闘わなければならなくなったのである。最初の七〇キロは、山から嵐のような生暖かい風が道路を真横から直角に吹きつけてきた。この特別な天候状態のおかげで、これまでのすべてのステージとは違って、レースが始まって最初の二時間は本気で逃げを企てる者が誰も出なかった。どの選手もそれぞれのエシュロンのなかで自分のポジションを確保することに一所懸命で、逃げるどころではなかった。ボーケールでローヌ川に到達したとき、選手たちの多くはすでに先頭グループからちぎれてばらばらだった。カヴァイヨン近郊でコースが南に方向転換し、風が斜め後ろから吹くようになったとき、ようやくふたたび大きな集団が形成された。

一見大したことが起きたわけではなさそうだったが、見かけに騙されてはいけない。横風ではエシュロンで走るという原則が身についていない選手たちはすべて、この最初の七〇キロで力を使い果たしていたのである。これはボベとロビックにも当てはまった。彼らは全力で列の前のポジションを確保しようとしていた。一方オランダやベルギーの選手たちは水を得た魚のようだった。戦いが再開されると、最も積極的にアタックを繰り返したのは彼らだった。

最終的にメイン集団から抜け出すことに成功した一九人にはオランダ人一人とベルギー人九人が含まれていた。観衆は、カレル・ファン・ヴェイネンダーレ言うところの本物の「力の誇示」を見ることになった。とくに彼のチームの選手たちが狙っているのはステージ優勝だけではないことがすぐに分かったからである。こうして、ほかならぬレイモン・インパニスが改めて最も積極的に逃げを打つことになった。前日のステージ勝利は、彼にとって非常に大きなモチベーションになっていた。自信に満ち溢れて、ピレネーでの惨敗にリベンジしようとしていた。さらに四人のアシストがつき従っていた。ファン・ダイク、マティウ、ラモン、それに驚異的な回復力を見せたスタン・オケルスである。

しかしマイヨ・ジョーヌにとって、より直接的な脅威は別のベルギー人のほうだった。総合二位につけているインターナショナルチームのロヒェル・ランブレヒトもこの逃げに加わっていたのである。この先頭グループにはカメッリーニとブランビッラ、それにギイ・ラペビーもいたことがフランスナショナルチームの危機感を増大した。とうのフランスチームではルネ・ヴィエットだけがそこに入っていた。

「ルネ王」は横風区間の七〇キロで常に後ろの方について走っていたが、ひょっとするとそれが力を温存させて、逃げに乗れたのかもしれない。

ボベはもちろん自分のマイヨ・ジョーヌが危険にさらされていることを十分に意識していた。彼は追走者を組織しようとしたが、アシストしてくれたのはポール・ジゲだけだった。他のフランスナショナルチームの選手たちは風との戦いに疲れ切って、メイン集団の後ろの方を走っていた。そして逃げた選手たちのリードが、ゴール前四〇キロ地点でほとんど四分になった時、ボベも同様に力を使い果たし、それほど険しくもない登りで遅れていった。バルタリが待っていたのはこの瞬間だった。彼はダイナミックにアタックし、これを追うことができたのはスホッテとロンコーニだけだった。

イタリアチームの監督ビンダはすぐに前を行く先頭グループのところに行って、そこに加わっていたパスクィーニにチームキャプテンを待つように命じた。こうして四人で先頭を追いかけたが、先頭を引く割合はバルタリが圧倒的に多かった。それはゴール後にスホッテがこう語ったほどだった「バルタリの威厳のあるすばらしい」走り方を目にした者なら、彼がこのツールに勝つことを疑うはずはない。強く感銘を受けたのはスホッテだけではなかった。パリチームのクレベール・ピオ（1920〜90（1943-52）四勝）もこう明言した、ジャーナリストたちが何を書こうと、選手たちにはバルタリが優勝するのが分かっている、いつどこで勝負をかけるかはともかくとして。

一方インパニスも、バルタリが追走者たちに与えたのと同じような印象を、先頭グループの他の選手たちに与えていた。前日の疲れはみじんも見られなかった。彼は登りの能力を取り戻したことをアピールするかのように、ゴール前一〇キロ地点にあった小さな峠で一気にスピードを上げて、逃げグループを崩壊させた。ヴィエットとラペビーは二人ともにパンクで遅れた。ゴールでもインパニスはエネルギ

第10ステージゴール、インパニスがカメッリーニを破る

ーを十分に残していて、ついてきた選手たちを軽々と置き去りにした。先頭からちぎれた選手たちは一分以上遅れ、バルタリたちのグループは二分後にゴールした。ボベやロビックやその他のフランスナショナルチームのメンバーを含むメイン集団は九分近くタイムを失った。

ビアリッツでのタイムキーパー、ウルズレ氏のミスがなければボベは総合トップの座から落ちていたはずだった（一一二頁参照）。いずれにせよ、なんとかかんとかボベはマイヨ・ジョーヌを守り切った。ランブレヒトに対するリードは一九秒になった。ラペビーが九分差まで詰め、ロンコーニは一一分、バルタリとインパニスは一二分差になった。

かくして故郷ベルフの牧師は改めて鐘を鳴らすことになった。ベルギーの熱狂ぶりは前日以上に大きなうねりとなった。「フランドルの獅子」がふたたび「噛みついた」。しかも「フルデンスポーレンスラハ」*の記念日に。ベルギー人がツールに勝つかもしれないというのが、突然信憑性を帯びてきたのだ。

＊ 一三〇二年七月十一日にフランドル地方コルトレイクでフランドル都市連合軍がフランス軍を破った戦い。ベルギーではフランスに対してフランドルの独立を守った戦いとされ、七月十一日は祝日になっている。またこの戦いの歌は「フランドルの獅子」という。

しかし、レイモン・インパニスのこの二回の快進撃はべルギーだけで大騒ぎになったわけではない。フランスとイタリアの新聞は自分たちが現代のツール・ド・フランスの新しさから目をそらしていたのではないかと自問した。山岳でのタイムギャップは、変速機の進歩と道路のアスファルト化によって以前よりも小さくなった。ひょっとしたら平地ステージこそ決定的なステージになるのではないか。インパニスがアルプスでのタイムロスを極力抑えることができたら、タイムトライアルで遅れのほとんどを取り戻せるのではないか。そうなれば最後のアルデンヌのステージと石畳のステージでレースを決定することも可能なのではないか。いずれにせよ、ボベが遅れたことは話題にもならなかった。彼はお尻のおでき（フルンケル）に苦しんでいるという噂も流れた。彼が序盤のステージで張り切り過ぎたツケを支払わなければならない時が来たかのように思われた。

アンリ・デグランジュにとって、ツール・ド・フランスが「フランス」と謳っていることは名誉の問題だった。このレースがフランスのできるだけ広範囲で行われることが大事なことだった。たしかに、一九〇七年から一九一一年には、当時ドイツ帝国領だったメスまでコースに加えたが、これはアルザス・ロレーヌ地方は本来フランスに属すことをアピールする狙いがあった。後になって数回ジュネーブに向かったこともあったが、この時代はコースをできるだけフランスの国境線に沿わせようとした時期で仕方がないことだった。

これに対して、戦後レース運営を請け負った総合ディレクターたちはツール・ド・フランスに国際的な特徴を与えようと腐心した。レースの魅力を高めようとしただけではなく、おそらくそれが一番の理由だろうが、経済的な理由もあったのだ。戦後最初の数年、フランスは継続的な経済危機に見舞われた。主催者たちは大変な苦労をして費用を工面した。たとえば一九四八年夏には、今後のツールの開催は未定であると発表された。必要な六〇〇〇万フランの資金は現時点で四分の三しか弁済されていないというのである。国内でインフレが収まらない以上、必然的に外貨が歓迎された。幸いにも、ツール・ド・フランスを迎えることができるのなら、少なからぬ額を支払うと申し出る外国の都市がいくつもあった。

こうしてツールはますます外国へ進出するようになった。一九四七年はベルギーとルクセンブルクをめざし、一九四八年には初めてイタリアへ進出した。

選手たちはおおむねこうした国境越えを歓迎した。喜んだのはステージが故郷へ向かい、地元の人々に応援してもらえるチームだけではなかった。一般にステージがある外国の町ではすべてのチームが大歓迎された。ロンコーニは五〇年も経ってもまだ、ブリュッセルの元トラック競技選手ピート・ファン・ケンペン（1898～1985 オランダ人選手。六日間レースで三二勝）のホテルでの熱狂的な歓迎ぶりを語っているし、同様にイェフケ・ヤンセンもサン・レモのホテルの立派な部屋を決して忘れることはなかった。

フランスでは、選手たちは快適とはほど遠い宿泊施設に泊まらされることがよくあった。戦争のおかげで、しばしば利用できるホテルの部屋数が限られ、ジャーナリストやチーム関係者たちは時として一般人の家や、場合によっては兵営に宿泊しなければならないことすらあった。それでも、フランスナショナルチームのメンバーはホテルの不足に苦しめられることはほとんどなかった。彼らは、いつでもその地で一番良い宿泊施設を確保してもらっていた。イタリアのA選抜も同様に好意的な扱いを受けていたが、他のチームは、時としてあまりうれしくない宿泊所を割り当てられることもあった。特にそういう目によくあったのは地域選抜チームで、残り物で我慢しなければならなかった。暗く窓もない屋根裏部屋で眠らなければならなかったことも、一度ならずあった。しかし、他の選手たちも辛い一日の後で、必要な快適さをいつでも期待できたわけではなかった。たとえば、ベルギーチームはマルセイユでは虫が巣食い、水道の蛇口からは水が出ない宿屋に泊らされた。その上、朝食にはトーストとマーマレードだけしかでなかった。バターすらなかった。ベルギーチームの選手たちは、外で待っていたファンに八つ当たりをして突き飛ばすほど苛立っていた。

ベルギー人たちがこの日ファイティングスピリッツを欠いていたのは、彼らに不可欠なビーフステーキをあきらめなければならなかったからだけではない。彼らが願っていた以上に、この二つのステージがうまくいったからなのだ。彼らは今二つのステージ優勝をあげた。さらにチームキャプテンは再び総合順位でジャンプアップした。言い方を変えれば、ベルギー人たちは勝たなければならないのではなく、タイムロスを避けねばならなくなったのである。これ以外にも、翌日には一級山岳をこなさなければならないということもあった。インパニスはこのチャンスに、もし強豪たちについていくことができれば、総合優勝の有力候補に返り咲くことができると考えた。前日の疲労があるだけに、山岳でバルタリやロビックやボベを相手に、最善のコンディションでやりあうためには、穏やかなレース展開のほうがずっと好ましかった。

イタリアチームも自分たちの総合でのポジションに満足し、翌日に控えた重要なステージのために、同じように無理をしたくなかった。またこのツールで初めて三五度を越えた気温が、余分な労力を費やしたくないという気にさせた。フランスナショナルチームは、前のマルセイユへ向かうステージでバルタリがアタックした後、自分たちのチャンスに対する信頼感を多少失い気味だっただけに、イタリアチームが新たな一撃を加えようとしないのを喜んだ。

アルシャンボーのチームにはレースを穏やかにさせたい他の理由もあった。二日前からボベが脚のいくつかの箇所におでき(フルンケル)ができて痛がっていたのである。そのためトゥールーズでスタートする朝、彼はペニシリンの注射を四〇〇ミリ打ってもらっていた。それにもかかわらず左足の甲にできた膿瘍は夜のうちに鳩の卵ほどの大きさにまで腫れ上がった。しかもそれはちょうどペダルのトゥークリップに当たる場所だったのでひどく痛かった。ボベは一人でウェアを着ることもできないほどの疲れを感じていた。もしマイコ・ジョーヌを着ていなかったら、絶対にリタイアしていたと自分で言うほどだった。

ボベが問題を抱えていることはすぐにばれてしまった。沿道の観客はあるフランス人審判から待機態勢を取るように言われたからである。彼は新たなフランスの英雄の運命が心配で、公平でなければならない自分の立場を忘れてしまった。彼はメイン集団の前を走って観客にメガホンで怪我をしているボベに特段の声援を送るようにと触れ回った。同じように公平な立場のはずのイタリア人の審判員が彼のすぐ後ろにやってきて、こちらもメガホンで「頑張れ(フォルツァ)、ジノ！」とやり始めたので、ようやくこの応援合戦は終わった。

しかしフランス人審判がこの秘密をもう少し黙っていたとしても、マイヨ・ジョーヌの陥っていた苦境はすぐに明らかになっていたはずである。そもそもボベ自身がこの痛みを隠そうとするつもりなどまったくなかった。この日の大半を彼はメイン集団の後方で陰鬱な表情をして走っていたので、多くのチームメイトやチーム関係者は困ったように頭を振っていた。ボベの苦境を深刻に受け止めなかったわけではない。それを疑った者がいたとしても、遅くともサン・レモにゴールした後にははっきりした。そこで若いフランス人は力なくうずくまり、救急車で病院へ運ばれることになったのである。それにしても、ボベは昔から言われている選手の常道を破ってしまった。曰く、優勝候補たる者は困難に陥ろうとも、ライバルにそれを悟られることだけは避けねばならぬ。

結局のところ、この日のボベ自身の出来はそれほど悪くなかったので、そのような演技じみたことまでする必要はなかった。たとえば、彼はパンクしたときにもラザリデスのアシストで難なくメイン集団に復帰できた。地域チームの選手ピエール・コーガン（1914〜2013（1935-52）一二勝、仏選手権一勝）が強調したように、プロトンの後ろを走っている以上、痛かったことは確かだろう。だが、ゴデは「このサン＝メンヌ出身の若者の性格はまだ充分に大人になりきっていないし、精神力で肉体的な痛みを克服するだけの鍛え方が足りていない」と懸念を表明した。

他の状況であれば、ボベの我慢強さに欠ける性格は間違いなく致命的な結果を招いたことだろう。数日前だったら、きっとランブレヒトはマイヨ・ジョーヌを取り返そうとしたはずである。ところがこの間に、このインターナショナルチームのベルギー人はもっと大きな野望を抱き始めていた。ツール・ド・フランスの総合優勝を考えはじめたのである。そして、そのためには目前のアルプスステージを前に、出来るだけ体力を温存しておきたかった。一方、総合で三位につけているラペビーは胃の調子が思わしくなく、レースそのものを辞めてしまおうかと本気で考えていた。

これ以外にも、ラペビーはツールの主催者とのいざこざで頭がいっぱいだった。人々の予想に反してピレネーを越えることができたために、彼の兄ロジェの役割があらためて議論の対象になった。トゥールーズへのステージでギイ・ラペビーは、兄のロジェがレース中彼に声を掛けていたことを理由に、すでに五〇〇フランの罰金と三〇秒のペナルティタイムを科せられていた。主催者はかつてのツール・ド・フランスの勝者ロジェが直ちにレースから離れないのなら、さらに二分のペナルティを加えると脅した。

この状況は、ロジェがコラムを書いていたオーロール紙が、もしロジェから「仕事をする権利」を奪ったりしたら、ツールのディレクターたちに対して訴訟を起こすと書いたことで、さらにこじれていた。オーロールの編集部は至極もっともなことに、似たような例を指摘して、同じような規則違反がいくらでもあることを証明した。たとえば、ロビックの父はもともと大工だったが、直前に飲食店経営者になり「選手たちの栄養補給に関するアドバイザー」としてツールに帯同させてもらっていた。アントナン・マーニュやアンドレ・ルデュック、フランシス・ペリシエのようなにわかジャーナリスト（四二頁参照）だって、同様に規則違反だった。というのは、彼らはそれと同時に自転車メーカーに雇われていたからである。それなのに彼らは全く邪魔されずに同道している。このもめ事はカンヌの休息日まで続き、そこでやっと妥協案で合意した。ロジェはキャラバン隊の車に乗ることはできなくなったが、残りのツールの期間、自分の車でそれぞれのステージをドライブすることが出来ることになった。

さて、ジャーナリストたちはサン・レモへのステージではイタリアチームがアタックを繰り返すだろうと期待していた。そうなればボベはその手負い状態が破滅の元になったかもしれない。しかしイタリアチームのアタックはなかった。バルタリもランブレヒトと同様に、総合優勝のチャンスを危険にさらしてまで、このステージを勝ちたいとは思っていなかったからである。ほかにも彼のチームは大攻勢をかけるほどの力がなかった。同じことは若手（カデット）チームにも当てはまった。さらに、キャプテンのロンコーニはゴールまでまだ一〇〇キロ以上を残している時点で激しい胃痙攣に苦しんでいて、全グレガーリ（アシスト）を動員して集団からちぎれないように必死だった。これはこのステージに勝ちたいと熱烈に願っていたヴィットリオ・セゲッツィにとっては辛いことだった。セゲッツィはいつの日かアシスト稼業から足を洗ってチームのエースになりたいという野心を抱いていた。そのための礎として、ツールが初めてイタリアへやってくるこの日のステージで勝つこと以上のものがあるだろうか？　しかも彼の婚約者がサン・レモのゴール地点に来ているはずなのだ。

　そういうわけでバルタリのチームとロンコーニのチームは、多かれ少なかれみずからの意志で集団内にとどまっていたが、しかし、イタリア人はこの二チームにしかいないわけではなかった。インターナショナルチームにも五人のイタリア人選手が加わっていたのである。そしてその中に、このステージの優勝候補の一人として名前が挙がっていたフェルモ・カメッリーニもいた。しかし、サン・レモまで八〇キロのところで、上述のような一時的休戦状態に終止符を打ったのは彼ではなく、彼のチームメイトのジノ・シャルディースだった。そこから五〇キロ先、イタリア国境に達した時、彼のリードはすでに三分と広がっていた。

　この地点からは、沿道の周辺に集まった観客の数がフランスでの数よりもずっと増えた。隙間が完全に埋め尽くされるほどだった。路上にはファンがひいきの選手たちの名前をいっぱいに書き込んだ。こ

第11ステージ、シャルディースのゴール

れはそもそもイタリアの慣習だったのだが、のちにヨーロッパ中で模倣者を生み出すことになる。大歓声と無数の声援がイタリア人選手たちを奮い立たせ、なんでもいいからアタックしなければならないという気持ちにさせた。胃痙攣から回復したロンコーニも集団から飛び出したが、これはすぐに吸収された。野心家のセゲッツィもようやく自由に動けるようになり、すぐに飛び出しに成功した。そして一緒に飛び出した地域チームのコーガンとユルバン・カフィ（1917～91（1942-52）一二勝、仏選手権一勝）とともに追走を開始した。しかしすでに遅すぎた。嵐のような歓声の中、ジノ・シャルディースは一分以上のリードを保ってサン・レモのゴールラインをトップで通過していった。

自転車競技が大好きなイタリアのことである。多くの人々がリヴィエラ（サン・レモ周辺の海岸。十九世紀からリゾート地として有名）に集まっていた。自転車競技連盟や過去のチャンピオンたちはもちろん、自転車関連企業の多数の代表者や、選手の家族、それにバルタリ夫人もいた。観衆たちは、こうした有名人たちの一番後ろに慎ましげに立っていたファウスト・コッピの姿を発見した。主催者たちは即座に彼を舞台上に引き上げてインタビュー攻めにした。質問に答えて彼は、確かにインパニスやロンコーニに強さを感じるが、相変わらずバルタリが優勝候補ナンバーワンだと思うと明言した。コッピは、この永遠のライバルが長くハードなアルプスの山岳ステージでライバルたちをすべて疲労困憊させ、ステージ最後の登りでアタックするときには、それについていける選手はもう誰もいないだろうと予想した。ジャーナリストも選手たちも、おそらくはこの予想をもうすこし真剣に受け止めるべきだったのだ。なに

サン・レモに姿を現したコッピ

しろバルタリのことをコッピほどよく知る者はいなかったのだから。
サン・レモに集まった何千もの観衆の大部分は、バルタリがこのステージを勝つことを願っていた。しかし専門家たちはこの「偽のジノ」の勝利を本物のジノの勝利と同じぐらいの満足感で心にとどめた。第二次世界大戦の敗戦国であるイタリアは、この時代、国際社会の承認を得ることが大切だった。そんな中で、フランスに住んでいるイタリア人選手の勝利は両国の友好関係の完璧なアピールだと思われたのである。イタリアの新聞はこぞって幼少時代からフランスで育ったシャルディースだが、心には常にイタリア精神を留めていると書きたてた。このように称えられた彼が二年後にフランス国籍を取得することはまだ誰も予想していなかった。
メイン集団はシャルディースから二分遅れてゴールし、アルプスステージを目前に控えて自重したはずのバルタリだが、このときの集団スプリントには加わった。この小さなアピールでこの日の責任を少しでも果たそうと考えたのかもしれない。レース後の彼はすべての表敬訪問を断り、ラジオのインタビューも、今日は「たいしたことをしなかった」からと言って受けなかった。
しかしバルタリがホテルへ直行したのは彼の慎み深さからではなかった。もちろんできるだけ体を休めたかったというのが一番の理由で、翌日にはツールは決定的な段階に入るだろうと思ってのことだった。

ボベはルイゾンの名を留める

今日、選手の医学的なケアは自転車競技に不可欠な要素とみなされている。ツールに参加するのにチームドクターを連れて行かないスポンサーなど存在しない。だが一九四八年にはまだそれは話題にもならなかった。そもそもツール公認の医者すらいなかった。その役割は七十四歳になるアンリ・マンションという人物が果たしていた。彼はかつてソワニエ[*1]として勤め、公式の称号はディレクター・スポルティフ[*2]だった。彼は夕方になると活動を始め、各チームが滞在しているホテルを見回り、あちらこちらで痛むところがあればマッサージを施し、必要があれば軟膏や薬を配った。

＊1　当時のソワニエは選手たちのレース期間中の生活上の世話をし、補給食を作って渡し、マッサージも受け持った。

＊2　現在では各チームに複数いるチーム監督の意味で使われるが、ここではどれかのチームに所属しているわけではない。

通常アンリ・マンションはその作業を目立たずに行ったが、サン・レモからカンヌへのステージの朝には突然注目の人となった。すべてのジャーナリストがボベの状態について詳しいことを知りたがったからである。マンションは、前夜イタリアの医師が二人来て、ボベの足の化膿したおできを切開したこと、その際、新たに二〇〇ミリグラムのペニシリン注射をしたことをジャーナリストたちに伝えた。結果は大変満足すべきもので、状態は大幅に改善されもう問題にはならない、スタート前に追加で痛み止めの注射をすることになっている、と言うのだった。おでき(フルンケル)の原因を聞かれて、マンションはこう答えている「過労、不必要な栄養、それとたぶん能力を高める薬の多用だな」。

今日であればそのような見立ては間違いなくトップニュースだ。しかし一九四八年には、マンションの発言は、ただ「ついでのように」触れられただけだった。おでき(フルンケル)「膿瘍」は、何よりも抵抗力が落ちた人間がかかりやすい炎症である。そして、糖尿病患者やアルコール中毒患者に最も多く見られる。また三つ目のグループとして、頑固な膿瘍が珍しくない自転車競技の世界では、興奮剤に手を出す選手たちに発症することが多いというのが常識だった。

だからマンションが言ったことは突飛なことではなかった。しかし、もし仮にそうだったとしても、マスコミはこれにたいして注目しなかった。ドーピングを「暴露」することは、当時はまだ大してニュースにならなかった。能力を高める薬の服用は大目に見られていた。イタリアの観客などは登りでちぎれた選手たちを、もっとシンパミーナ(覚醒剤アンフェタミンのイタリア語によるスラング)を飲めと言って応援したものである。

もちろんこうした行為を批判的に伝えるジャーナリストはいたが、しかしそれはもっぱら外国人選手のケースに限られていた。たとえばガゼッタ・デッロ・スポルト紙は、イタリア人選手にはベルギー人のように「有害な興奮剤」を乱用するようなものはいない、と得意げに決めつけた。ヘット・フォルク紙のジェローム・ステーフェンスも、自国の何人かの選手がこの「悲しむべき習慣」を犯していることを否定しなかった。しかし彼によれば「鞭がはいったかのように、一定時間最高能力を発揮するために」ある種の薬を常用しているのはなによりフランス人たちだ、ということになる。

アンリ・マンションは「能力を高める薬」と言ったが、しかし正確に言えばそれは正しくない。今日のＥＰＯやテストステロンのように持続力を高めたり、アスリートとしての能力を上げるためのドーピング薬は一九四八年の時点ではまだ知られていなかった。この時代に用いられた薬の効果は、せいぜい疲労状態での痛みの緩和や耐性を高める程度だった。最も一般的だったのがアンフェタミンである。これは爆発的に利くと言われて、フランスでは「爆弾（ラ・ボンブ）」、イタリアでも「爆弾（ラ・ボンバ）」、オランダでは「原子力（アトーム）」と呼ばれていた。

実際に選手たちはこのように人工的な手段を用いて自らに拍車をかけようとした。そんな中でブリック・スホッテは「自然な」やり方を大切にし、他の選手たちとは違って、能力を高める薬を用いない選手の一人とみなされていた。同じことはバルタリにも当てはまった。彼によれば「聖母マリアへの信仰心によって、あらゆる痛みや疲労にも耐えることができる」のだから、ドーピングなど必要なかった。加えてバルタリはチームメイトたちをも無理やり教会へ連れて行こうとする、ある意味ではお節介な宗教的情熱の持ち主で、他の選手たちにドーピングをやめさせようともした。スタン・オケルスがピレネーの初日のステージでアンフェタミンを服用しようとしたところ、バルタリが彼に向って大声をあげ、オケルスはびっくりして錠剤を取り落してしまったほどである。

アンフェタミンは選手にとって力尽きそうな瞬間に服用すれば大きな効果を持った。問題は繰り返し規則的に服用すると逆効果になることがあるということだった。つまりアンフェタミンによって、肉体は自然な状態よりもはるかに大きな緊張を受けることになったのである。遅かれ早かれしっぺ返しを受けることになるのは避けようがなかった。そういうわけで、誰かが興奮剤に手を出していると言うことは、その反動が出るのは時間の問題だということを暗示していた。そして、これがボベのツール総合優勝への信頼性があまり高くなかった理由でもある。すでにピレネーの二日目が終わった時にいくつかの新聞は、彼が「頻繁に興奮剤を使いすぎる」と書いていた。そしてそれはモラルの面から非難したのではなく、彼の優勝候補としての評価の低さを説明したものだったのである。ボベ自身はいつでも決然としてドーピングを否定していた。しかしこのレッテルはなかなかはがせなかった。

スタート地点のサン・レモで、バルタリがまるで凱旋パレードのように数千のファンを従えて出走のサインをしに現れたのに対して、ボベの方は実に同情を誘うような姿だった。たしかに前日よりはずっと良くなったように見えたが、その右足には包帯がぐるぐる巻きになっていた。ほとんどだれも、彼がこの日もマイヨ・ジョーヌを守れるなどとは信じなかった。前日のようにのんびりとしたレースにはなるはずがなかったからだ。コースのほぼ半ばに第一カテゴリーのトゥリーニ峠[*]が待ち構えていたのである。この峠はツール・ド・フランスで初めて通過することになっていて、ヴィエットやラザリデスやテセール、カメッリーニのようにこの地方出身の何人かの選手をのぞけば、どのような峠なのかを誰も知らなかった。そして、この登りは少なくともトゥルマレ峠なみにハードだという噂も広まっていた。半病人のようなボベがライバルたちのアタックに耐えられる可能性は、とてもなさそうだった。そしてアタックがないはずはなかった。

＊　標高一六〇四メートル。イタリアとの国境近くにある峠。二〇一七年現在ツールでは三回

ゥリーニ峠、ロンコーニ、後ろにバルタリ、カスクのロビック、ジェミニアニ（左から）

登場しているが、一九七三年を最後にコースになっていない。

予想通り、最初にアタックしたのは総合二位のロヒェル・ランブレヒトだった。スタートして三〇キロ地点にこの日最初の登りがあり、そこで集団をあっという間に引き離した。山岳ポイントが設定されていないカスティヨン峠*の登り口では、すでにメイン集団は五〇秒遅れていた。ランブレヒトはバーチャルでマイヨ・ジョーヌを取り戻した。バルタリは回顧録に、このときランブレヒトについて行って、ボベの状態を試してみたいと思ったと書いている。しかし、それを思いとどまったのは、人々の批判を恐れたからだ。つまり、仮にこのステージに勝ったとしても、人々は、この勝利は確かに素晴らしいがバルタリはボベの不調に付け込んだのだと言い、新聞もそう書きたてるに違いなかった。すでに半分開いていた扉を蹴破って入ったような、問題のある勝利だ、と。

＊ 標高七〇七メートル。二〇一六年現在ツールでは過去五回登場しているが、一九五二年を最後にコースになっていない。

おそらくバルタリは、頭の中でこのような考えを反芻したのだろう。しかし、彼がこの状況でランブレヒトと一緒に逃げる可能性は、いずれにしても非常に低かった。バルタリという選手はいつでもスロースターターで、序盤でアタックしたことはほとんどなかったからである。彼の戦術はほとんどいつでも、前日にコッピが語ったようなやり方だった。最初にライバルを疲れさせ、それから仕留める、というわけである。

そしてサン・レモ〜カンヌの第12ステージは、この戦法を用いるにははなはだ都合が悪かった。このステージは一七〇キロの距離しかなかった。これは一九四八年の基準では非常に短いステージである。

そして、この日唯一の難関となるトゥリーニ峠はすでに七六キロ地点にあった。頂上を通過した後は、ゴール前四〇キロにある小さな登りで中断されるまで、ただひたすら長い下りが続いていた。

だからこのステージは、バルタリにとって長期的に見た場合にのみ役に立ち得るものだった。ひょっとしたら、彼はトゥリーニ峠で、あるいはそれより早く、ライバルたちが逃げをうち、ゴール前に再び捕まることを期待していたかもしれない。そうなれば彼らは力を余計に使うことになり、この後の日々でその影響が出るかもしれない。そしてカスティヨン峠の中盤で、よりにもよってボベがラザリデスのアシストを受けてカウンターアタックしたとき、自分の願い通りになったと、バルタリは信じたに違いない。だからマイヨ・ジョーヌを捕まえようとするそぶりも見せず、悠然とロビックやインパニスのいる集団に留まったのである。つまり傷ついているボベよりもこの二人の方が危険だと思ったのである。

　ランブレヒトのボベとラザリデスに対するリードはトゥリーニ峠のふもとで一分半になっていた。メイン集団から逃げたルクセンブルクのキルヒェン、若鷲（ベルギーBチーム）のデュポン、地域チームのモリネリス、ティエタールが四分差で追っていた。互いに牽制しあっているバルタリ、ロビック、インパニスの遅れは、この間に六分まで広がっていた。この峠の中盤で、二人のフランス人は疲れて速度の落ちたランブレヒトを捉え、頂上をトップで通過した。無論その際、ラザリデスはキャプテンがボーナスタイムの一分を獲得できるように先行させた。モリネリスが二分半の遅れでそれに続き、ランブレヒト、キルヒェン、デュポンは三分半遅れた。その間にバルタリ、ロビック、インパニスのトリオはいくらか挽回して、遅れは五分半になっていた。

　ロビックはチームメイトが逃げているのだから追うはずはなく、インパニスと言えば他の二人に主導権を渡していたので、バルタリの立場は非常に苦しいものになった。他のイタリア人選手たちは、すでに大きく遅れていたからアシストを期待することも出来ない。彼が当てに出来る唯一のものは自分のダウンヒルの能力だけだった。もしランブレヒトのグループを捉えることが出来れば、すべては彼の願い通りと言っても良かった。

　しかしトゥリーニ峠からの下りのうち最初の何キロかはまだ未舗装だった。そしてバルタリは、よりにもよってこの区間でパンクに見舞われた。考えられる限りで最悪の地点である。というのは、この峠道は非常に狭く、伴走車は登りの前で待たなければならなかった。最後の選手が登り始めるまで、車はほぼ一五分立ち往生させられたのである。かくしてバルタリは、パンクしたタイヤを自分で交換しなければならなかった。どの選手もそうだが、彼もこの作業を完璧にこなした。それにイタリアチームの自転車のホイールは、すでに蝶ねじではなくクイックリリースで外すことができたので、修理には一分半もかからなかった。おそらくどんなメカニックもこれ以上早く交換は出来なかっただろう。

それでも監督のビンダが乗る車が近くにいなかったことは大変なデメリットだった。この年初めて、チーム監督がパンクした選手に替えホイールを手渡すことが許可されたからである。しかしこれ自体はせいぜい数秒の違いだった。というのは、渡されたホイールにはタイヤが張られておらず、選手は替えのタイヤをリムに装着しなければならなかったからである。ツールの主催者たちが新しいルールを取り入れたのは、選手たちにトラブルによるタイムロスを軽減させるためではなく、彼らの安全性を考えたためだった。つまり新しいホイールなら替えタイヤは新しい接着剤で固定できたからである。前のタイヤの接着剤の名残は溶けやすく、接着力が弱いだろうという配慮である。また下りではリムはしばしば非常に熱くなり、選手たちは通常アルミニウムのものよりも木製のホイールを好んだ。

さて、この新しいルールの恩恵をこうむれなかったので、タイヤの固定が甘いホイールで走らなければならないことを、バルタリは苦々しく感じていた。この日は非常に暑かったので（この時間帯で、温度計は四〇度を示していた）、新たなトラブルの危険性はますます大きくなるように思われた。戦前のバルタリならあらゆるリスクをかけていただろうが、年齢を重ねると共に慎重になっていた。それゆえ、彼は下りでも最大限の慎重さで走り、当然のことながら遅れはどんどん大きくなっていくことになった。その遅れはボベに対してだけではない。バルタリの不運をありがたく利用したロビックとインパニスに対してもそうだった。

バルタリが不安な気持ちを抱いて慎重に下っていた間に、ボベはラザリデスがパンクした後は一人で先頭を逃げていた。カンヌはすでにそう遠くない。そしてルイゾンは賢明にもソロで逃げ続けることをやめ、チームメイトを待った。その直後にフランスナショナルチームの二人はランブレヒト、モリネリス、キルヒェンに追いつかれた。五人はビーチに到着し、情熱的な歓声を上げる非常に印象的な観客たちによって迎えられた。カンヌ近郊の海岸リゾート地ヴィルヌーヴ＝ルベとアンティーブの間は街道と平行して鉄道が走っていた。フランスとの国境沿いのイタリアの町ヴェンティミーリアからパリへの急行列車が五人の選手を追い抜いた。フランスの参加者たちの脇を通り過ぎることに気が付いて、すぐにブレーキをかけ、数キロにわたってこの先頭を行く五人と併走した。旅客たちは窓から身を乗り出し、マイヨ・ジョーヌを着ているのですぐにわかるボベの名前を連呼した。

カンヌでボベはスプリントに勝利してフランスの勝利を確かなものにした。一分後にインパニスとロビックが、ブリューレ、ティエタール、ジェミニアニその他数人と一緒にゴールした。多くのジャーナリストが、ボベの集団が競技場に姿を現したときにストップウォッチを押した。誰もがバルタリの遅れた時間をできるだけ早く知りたがった。バルタリはトゥリーニ峠を下ったあと、オケルス、カメッリーニ、テセール、ロンコーニのいるグループに戻っていた。そこでアシストを見つけようと思ったのである。しかし、この日はその役を果たす気があり、かつ、それができる選手はだれもいなかった。暑いときには常に最高の走りを見せるロンコーニも、最初の二週間の寒さと雨により、体力をかなり消耗していた。最後の数キロではなるようになれとばかりに、テセールが自宅のあるカーニュ（フランス南東部、地中海に面し、イタリアとの国境近くにある町）でアタックした時も反応しなかった。ボベがゴールしてからほぼ八分が過ぎて、ようやくバルタリもカンヌの自転車競技場に現れた。

勝利の後ですら、バルタリはめったにうれしそうなそぶりを見せることはなかった。しかし今回は、彼の苦々しげな表情がすべてを語っていた。彼は恐ろしいぐらい腹を立てていた。なにより自分自身に対して。まるで素人のように、ボベの仕掛けたブラフにはまってしまったのだ。このときのボベは「脚に吹き出物ができていただけだったのだ」と、のちにバルタリは回想録で書いている。さらに公式のタイム計測では遅れは八分ではなく一三分だと聞かされて、彼の怒りはさらに高まった。すでにビアリッツでボベに対して大盤振る舞いをしたタイムキーパーのウルズレ氏（一一一頁参照）が、今回はバルタリの遅れを五分ばかり増やしたのだった。ビアリッツに続いてカンヌでも最初はすべての抗議が無視された。しかし今回はゴデ自身がストップウォッチで計測していたおかげで、二時間後に結果は修正された。

フランスの新聞が、われらがルイゾン・ボベの復活を称讃するために、最大級の表現を見つけようと一所懸命になったのは想像に難くない。「立派な」、「ずば抜けた」、「輝かしい」、「堂々たる」、「圧倒的な」、「衝撃的な」、「桁違いの」、これらが最もよく見られた形容詞のうちのいくつかである。ジャーナリストのジョルジュ・ブリケはこう書いた、ルイゾンは女の名前だが、今、ボベは男であることを証明した、今後彼は「ルイ」と呼ばれるに値する。だが、彼の提案は顧みられることはなかった。むしろ、この日からはルイゾンという愛称が一般に受け入れられるようになった。彼をその後もルイと呼んだのは彼を個人的に嫌っていた人たちだけだった。たとえば、ボベの軽率な反ユダヤ的発言に怒った総合ディレクターのひとりフェリックス・レヴィタンのように。

いずれにせよ、今やフランスは新たなスターを手に入れたことは明らかだった。ボベがツール・ド・

フランスに何度も勝てる一級品だと断言したのはダンテ・ジアネッロだけではなかった。フランスナショナルチームは一致団結して、マイヨ・ジョーヌを着ている彼のために走らなければならないと、すべての人が口をそろえた。「フランスは何ものにも代え難い闘士を見つけたとジャック・ゴデは書いた。だが、ボベの大いなる未来を予言する解説者たち自身が、ボベが一九四八年のツールをすでに「勝ったも同然」だとみなしていたかというと、そうではなかった。特に外国のジャーナリストたちはボベの復活にかなり懐疑的だった。イタリアの日刊紙イル・テンポのマルチェッロ・ゴリは多くの同僚の意見をうまくまとめている。彼はこう書いた「確かにペニシリンはパフォーマンスに影響を及ぼす薬ではないが、それでもこのペニシリン漬けのステージ」は必ずや深刻な反動をもたらすにちがいない。

ほとんどのジャーナリストがボベの勝利の可能性に対して非常に慎重だったのに対して、バルタリのチャンスに関してはずっとはっきりした意見を持っていた。バルタリはトゥリーニ峠でワーテルロー[*1]を経験したのだ、かつての怪物めいた登坂力はめっきり落ちていた、というのがマスコミの大部分の意見だった。ベルギーチーム監督カレル・ファン・ヴェイネンダーレの息子のヴィレム[*2]は、バルタリはありふれた二流選手のように登ったとまで書いた。

＊1　一八一五年、ワーテルロー（ベルギー）でイギリス・オランダ・プロイセンの連合軍にナポレオンが破れた戦い。ナポレオン最後の戦闘。

＊2　ヴィレム・ファン・ヴェイネンダーレ（1908～73）スポルトヴェレールト紙（九九頁参照）のジャーナリスト。

しかし、こうした評価は、それがもっぱらステージの結果に基づくものであり、それぞれの解説者が自分で見たわけではなかったのだから、いい加減なものだったと言えよう。なにしろトゥリーニ峠のふもとですべての車はストップしなければならなかったのだ。そもそもが、この登りで目撃者になれたジャーナリストは、オートバイの後ろに乗せてもらえたスタディオ紙（一九四五年から七七年までイタリアのボローニャで発行されていた日刊スポーツ新聞）のチーフディレクターのルイジ・キエリチだけだったのである。そして彼は明らかに、バルタリがなぜこれほど慎重に下っていくのかを理解していなかった。

バルタリが遅れた理由が何であれ、現実は厳しいものだった。彼のボベに対する遅れはほとんど二二分に及び、ほとんど挽回不可能に思われた。カンヌ到着後、イタリアのジャーナリストたちの間では当然のことながら、沈んだ雰囲気が支配した。ほとんど全員が、フランスチームは非常に強くなったので、彼らを打ち負かせるとしたら一人しかいないと考えた。つまりファウスト・コッピだ、しかも彼を最強のイタリア人たちがチームになってアシストできれば。

それにもかかわらず、イタリアのジャーナリストたちのコメントは奇妙に穏やかなままだった。ガゼッタ・デッロ・スポルトだけはやや嬉しそうに、バルタリのカンピオニッシモとしての命運は尽きたと断定した。グィド・ジアルディーニはこう書いた、たとえそれがどれほど心を打つものであれ、老匠はいまだに自分の時代が終わったことを、そして「イタリアではとうに失ってしまった山岳王の王笏がもう二度と自分のものにはならぬことを」理解できないのだ、と。他の新聞はいくらか慎重で、判断を控えて読者をがっかりさせないように努めていた。まずはバルタリがカンヌからブリアンソンへの大アルプスステージでどう走るか、特に十年前に彼がツール・ド・フランスで優勝した時に勝利を確実なものにしたイゾアール峠*をどう越えていくかを待つことにしよう、というわけである。

＊　二三六〇メートル。ツール・ド・フランスの定番峠の一つ。現在頂上近くにはファウスト・コッピとルイゾン・ボベの記念プレートが飾られている。

しかしこのクイーンステージに向かう前に、選手たちは一日の休息日を過ごすことになっていた。日付は七月十四日、フランスのナショナルデーである。疑いもなく、フランス各地で新たなスター、ルイゾン・ボベのために乾杯が繰り返されることになるだろう。

スポーツと政治は無関係である。今日こんな決まり文句を信じている人はあまりいないだろう。一九四八年にはそれは注意深く触れないようにされた幻想だった。だからツールに帯同していたジャーナリストたちはみんな、スポーツと直接関係のない事柄を暗示するのは徹底的に避けていた。彼らの一九四八年七月の記事を通読しても、ツール・ド・フランス開催中にイスラエルが独立のために戦い[*1]、西側諸国はソ連によるベルリン封鎖に対抗して空輸作戦を始め[*2]、チトー[*3]がスターリンとたもとを分かちコミンフォルム[*4]から除名され、フランスのシューマン内閣[*5]が解散することなど予感すらさせない。記者たちはスポーツと政治を慎重に切り離し、ツールのキャラバン隊がフランスとイタリアの国境で停止しなければならなかったことは伝えたが、それが国境の関税署員たちのストライキによるものであることには触れなかった。

＊1　一九四八年から翌年にかけて行われたアラブ諸国とイスラエルによる第一次中東戦争のこと。五月に始まったこの戦いは六月からひと月ほど休戦するが、七月九日に戦闘再開した。

＊2　一九四八年六月、ソビエト政府が西ベルリンに向かうすべての鉄道と道路を封鎖した。これに対抗して、アメリカ空軍とイギリス空軍が西ベルリン市民のために食料や生活用品など

の物資を翌年九月まで空輸した。この空輸作戦が開始されたのはツールが始まる四日前である。
＊3　ヨシップ・ブロズ・チトー（1892〜1980）はユーゴスラビアの政治家。そのカリスマ性により、多民族国家ユーゴスラビアが分裂せずに済んだとされる。
＊4　ソ連共産党の指導に基づき、東欧及びフランスとイタリアの共産党の連絡機関。ユーゴスラビア共産党が追放されたのはツールが始まる二日前。
＊5　ロベール・シューマン（1886〜1963）による第一次政権はツールが終了した翌日に解散している。

スポーツが小さな、それだけで完結した世界で行われているという考えは、言うまでもなく、いつでもたんなる幻想にすぎない。これがカンヌでの休息日ほど如実に明らかになったことはなかった。すでに一九四七年に社会状況、政治状況がツール・ド・フランスの推移に直接影響することは分かっていた。そしていま、それが逆方向に働きかけることがあるのがはっきりしたのである。

七月十四日はフランスでは祭日である。カンヌでも、夜遅くまでさまざまなお祭りが開かれていた。しかし、イタリア陣営の雰囲気がそれによって盛り上がることはほとんどなかった。バルタリのチームでは、このメンバーでツールに参加したのが本当によかったのかと疑い始める者も出てきた。たとえばベヴィラッカがその一人である。彼は国に戻ればチームのキャプテンだったが、ツールではここまでほとんど活躍できていなかった。このチームでツールに勝てれば、イタリアの勝利という輝きは自分の上にも及ぶのだから悪いことであるはずはなかった。しかしいま、バルタリが敗れたかに思われるとき、彼は本気で自分をアピールする場を求めようと考え始めた。

まだ少しだけでもバルタリに期待しているイタリアのジャーナリストたちの多くは、この間もバルタリの不調の原因は一過性のものにすぎないことを願っていた。何人かは彼の妻のアドリアーナに原因があると言う仮説まで立てた。ある記者は、彼女が夫に涙ながらにどうか慎重に走ってくれと頼んだとまで書いていた。だから、これこそバルタリが下りで自信なさ気な走り方をした理由だというのである。デ・マティノス記者はガゼッタ・デッロ・スポルトでさらに大胆な解釈を施した。「バルタリは余りに多くの人間に愛された。多すぎる愛というのは往々にして罪に通じるものである。愛、それはファンのことだけではない」。こうした臆断は古来信じられている女性と交わると戦士の闘争力が弱まるという俗説の現代版にすぎない。随伴するキャラバン隊に女性の同乗が原則として禁じられていたのも、こうした理由あってのことだった。主催者はこの件に関してはただ一つの例外だけを認めていた。つまり救急車に乗る三人の女性看護師である。さらにユマニテ紙*の女性レポーターマリー＝ルイーズ・バロンが帯同することを、主催者は認めざるを得なくなった。この先例を見逃さなかったのがアントランジジャン紙（一八八〇年以来パリで発行されていたフランスの日刊新聞。この年を最後に休刊する）で、二日間女優のアナベラ（1907〜96　サイレントの時代から、主に戦前活躍したフランスの美人女優）を臨時ジャーナリストとして派遣したが、こうした例がツールの主催者たちに、この件に関して緩和措置を取らせることにはならなかった。密かに婚約者を車に乗せたあるジャーナリストは、即刻記者証を取り上げられた。

＊　フランスの日刊新聞。この時代はフランス共産党の機関紙として多大な発行部数を誇った。現在は党から独立している。

ビンダはイタリアの人々がバルタリの不発に終わった原因をあれこれ推測しても、それにほとんど関心を払わなかった。彼が見るところでは、それは単に年齢の問題だった。三十四歳の男にとって、同じシーズンにジロ・ディ・イタリアとツール・ド・フランスを両方走るのは多すぎなのだ。選手は年を取れば、それだけ回復に時間がかかるものだ。むろんバルタリがこの後控えているカンヌからブリアンソンへのステージに勝つことは充分にあり得ることだ。しかし彼は次の日にそのツケを支払わなければならなくなるだろう。それがビンダの見立てだった。

バルタリ本人は監督のペシミズムを全く共有していなかった。コッリエーリによればトゥリーニ峠での不調がバルタリに自信を失わせることは一瞬たりともなかった。それどころか休みの日にも相変わらず自分自身に腹を立てていた。彼の気分が少し持ち直したのは朝のマッサージで専属マッサーのコロンボが、バルタリの筋肉はツールが始まって以来初めて最高の状態になったと話した時だった。

彼の機嫌がさらに良くなったのは二通の電報が届けられた時である。一通は後にローマ法王パウルス六世になるモンティーニ猊下からのもので、聖なる父の名において彼を祝福していた。二通目はイタリア首相のアルチーデ・デ・ガスペリ*からで、アルプスのステージを前に彼の成功を願うものだった。もしバルタリが、フランスナショナルチームが前日の彼の敗北にどのような反応をしたかを知っていたら、彼の気分は間違いなくより一層晴れ渡っていたことだろう

＊ 1881～1954 イタリアの政治家。首相在任期間七年以上で、戦後イタリアで歴代最長。欧州連合の父の一人に数え入れられている

いうまでもなくボベは、前日の勝利で自分がチームのエースであることを証明したと信じていた。テセールもロビックもヴィエットも二〇分から三〇分も遅れていて、もはやチャンスはなさそうに思われ

ボベに塗り薬を届けたアルシャンボー

た。もしボベが一度でも強く主張したら、ひょっとしたら、自分がキャプテンの役目を果たすことを、みんなに納得させることができたかもしれなかった。しかし、それにはまだ若すぎたし経験不足だった。食事のときの話し合いでも、彼はほとんど黙っていた。自分の成績がすべてを物語ると思っていたのだが、それは大間違いだった。彼のチームメイトたちは相変わらず彼を過小評価していて、彼が崩れるのを待っていたからである。そして、彼らのこういう態度がボベの敗北を加速させることになった。

このような状態に介入するのが監督のアルシャンボーの役割だったはずだった。しかし、レース開始当初にはまだ少しはあったはずの彼の権威というものが、この間に完全に失われてしまっていた。だからボベのチーム内でのポジションは、バルタリの敗北によっても固められることはなく、むしろ弱められてしまった。少なくともチームメイトたちから人望を集めることには失敗した。ファンの間で多大な称讃をひきおこした「おでき事件」も、選手たちからは幾分かの疑いとともに見られた。たとえばヴィエットはこう言った「たしかに痛かったとは思うよ。でも俺たちはみんな痛みと闘っているんだ。唯一違うのは、おれたちはそれで泣いたりしないってことさ」

さらに影響が大きかったのは、突然みんなが再び自分の勝利の可能性を考えたことだった。アンタッチャブルだと思われていたバルタリが敗れた今、多くの選手にとって総合優勝への道が開け

地図を手にアルプスの作戦を練るランブレヒトとカメッリーニ

たのである。たとえばロビックがそうだった。彼は常々自分がツール・ド・フランスに優勝するだろうと吹聴していたが、今や一層確信をもつようになった。カンヌへのステージで、彼は初めてバルタリに対してタイムを稼いだ。ボベやランブレヒトとの二七分という差は、彼の考えでは問題なく取り戻すことができるものだった。ボベの没落はそう遠いものではないし、ランブレヒトはクライマーではなかった。そもそも一九四七年のツールでも、ピレネーのふもとではちょうど同じぐらいのタイム差で遅れていた。

そして今回は体勢を立て直すための山岳ステージが一つだけではなく二つあった。

ボベが一日中自室に閉じこもっていたのに対し、ロビックはまるで新たな勝者のように振る舞った。いくつものインタビューに答え、サインをしまくり、海辺では小さなロバにまたがり、数人のジャーナリストを連れて友人の農園に出かけ、カメラの前で山羊にミルクを与え、さらにはサナトリウムを訪問して、患者たちにツールのことやこの後のステージに対する期待について語った。

テセールも同じく自分にチャンスがないなどとは毫も信じていなかった。いずれにせよ自分自身のためのレースがしたかったし、ボベのために犠牲になるつもりもなかった。ルネ・ヴィエットは休息日を利用して鍼灸師のところへ出かけ、痛みの出た膝の処置をしてもらった。そしてリタイアをほのめかした。ただし、彼は毎日のようにそう発言していた。バルタリの意外な弱さも彼に新たな希望を与えていた。ただ、ここまでの順調とはとても言えない状況を一発でひっくり返し、ハッピーエンドを迎えるためには輝かしいステージ優勝が絶対に必要だった。バルタリと同様、彼はイゾアール峠を自分の峠だと見ていた。たしかに一九三九年にはここでツール・ド・フランスの勝利を逃すことになったが、しかし一九四六年のモナコ～パリ*ではこの峠をトップ通過していた。前のステージの始まる前にはアポ・ラザリデスにボベを最大限サポートするよう励ましたが、それは翌日のブリアンソンへ向かうステージでは自分自身のためにラザリデスのアシストを期待してのことだった。つまり、ボベには確実なアシスト選手としてはポール・ジゲしかいないということだった。しかも彼は山岳ではあまり役に立たないアシストだった。

＊　一九四六年、ツール・ド・フランスが財政的にまだ開催できなかったため、代わりに一度だけ開催された五ステージからなるステージレース。ツールと同じくナショナルチームによって争われた。総合優勝したのはアポ・ラザリデスで、ルネ・ヴィエットが二位、ジャン・ロビックが三位、リュシアン・テセールが四位とフランス人が上位を独占した。四五頁参照。

ベルギーナショナルチームではみんながレイモン・インパニスのチャンスに賭けていた。風邪の兆候が見られたため、彼は大事を取って一日ホテルの部屋で過ごした。しかしこれを別にすれば自分は絶好調だとジャーナリストたちには言っていた。オケルスはパンクなどのトラブルに備えて、彼のそばを一分たりとも離れることはないだろう。同じことはファン・ダイクにも言えることだった。むろん彼がついてくることができればの話ではあったが。

その他のベルギー人選手たちはタイムアウトだけは避けるようにと言われていた。監督のカレル・ファン・ヴェイネンダーレは、チームのエースをサポートできるなら、彼らが厳しい山岳コースで大きく遅れても構わないと考えていた。この点ではすべての選手が同意見だった。たとえばトゥリーニ峠で大きくタイムを失い、総合で一八位に落ちてしまったブリック・スホッテも、トップテンでゴールするために全力を尽くすが、自分はクライマーとしては残念ながら大した選手ではないから無理だろうと言っていた。

選手たちがカンヌで翌日の自分たちのチャンスに思いをはせていたころ、暑いローマではこの後のツール・ド・フランスの行方を左右することになる事件が勃発していた。一一時三四分、国会の会議後イタリア共産党書記長のパルミロ・トリアッティ*が、名目上は秘書だが事実上の愛人ニルデ・ジョッティと議事堂のドアの前で落ち合った。二人はアイスクリームを食べに行こうと、議事堂の裏手の階段を下りていた。トリアッティはネクタイをはずそうとわずかに立ち止まった。その瞬間、二十四歳の法科学生アントニオ・パランテが彼に近づき拳銃を取り出すやトリアッティの胸に向かって三発撃った。トリアッティはよろめき倒れた。ニルデ・ジョッティは彼の体の上に身を投げながら「人殺し、人殺し！」と叫んだ。

＊　1893～1964　大戦中はソ連などに亡命していたが、戦後は暴力革命を否定、ソ連とは距離をおいた穏健な形で社会主義社会の実現を目指した。

男はさらに四発発射したが、すべて外れた。直後に彼は無抵抗の状態で二人の警官に取り押さえられた。議会の警衛が、何が起きたのかを見ようと外へ出てきた。そして中へ引き返し叫んだ。「トリアッティが射ち殺された！」

トリアッティはすぐに病院に運ばれ、一時間半後に医師たちが緊急手術を始めようとしている頃、暗殺のニュースがラジオを通じて国内中に広まった。イタリア中で自発的に仕事がサボタージュされた。農民と労働者は中央広場でデモを行い、工場は占拠され、右派の政党事務所は投石で壊された——最初の暴動が勃発した。

ずっと意識があったトリアッティは側近たちに「馬鹿なことをするな、落ち着け」と戒めた。一時一五分に麻酔がかけられ、銃弾の摘出手術が始められた。記者たちや共産党のメンバー、それに首相のデ・ガスペリも病院に集まり医師の報告を待った。何十万ものイタリア人がラジオの前でじっと坐っていた。もしトリアッティが死亡したら、この国に何が起こるか誰にも分からなかった。なんだって起こり得る。革命や内戦状態だってあり得ないことではない。数ヶ月前から、イタリアでは強い社会的政治的緊張状態が続いていた。

一九四七年五月までイタリア共産党は政権の一翼を担い、おおむね穏健な政策を取っていた。だが野党に下野してからはどんどん過激になっていた。ここには国際的な展開も大きな影響を与えていた。与党キリスト教民主党[*1]はマーシャルプラン[*2]とそれによるアメリカの経済援助に賛成していた。このプランを受け入れて、イタリアがアメリカの影響下に陥ることを強く恐れていた共産党は、それに大反対だった。

＊1　一九四五〜九三まで存在した政党で、この間のイタリア首相のほとんどがこの政党に属した。カトリックの精神に基づいた中道保守政党。
＊2　第二次大戦で荒廃したヨーロッパの復興と、経済的困窮により共産主義化することを防ぐことを目的としたアメリカの経済援助計画。

トリアッティが歓迎し、キリスト教民主党が非難したチェコスロバキア共産党による政権掌握後[*1]、この二大政党はより一層激しく対立することになった。それゆえ、一九四八年の国会選挙はイタリアの将来に、とてつもなく大きな意味を持っていると考えられた。共産党は社会党と一緒に左翼連合を形成し、これにより多数派を占める見込みだった。これに対してキリスト教民主党は、左翼の有権者たちを地獄落ちや劫罰で脅すカトリック教会の支持が頼りだった。両陣営はありとあらゆる機会を利用した。人気のあるスポーツ選手たちも選挙戦に無関係ではいられなかった。キリスト教民主党はビンダやバルタリやコッピに選挙人名簿に名前を載せたいと申し出た[*2]。コッピは同じ申し出を左翼連合からも受けていた。この中でビンダだけが承諾したが当選はしなかった。バルタリとコッピは「愛国的に」投票するという声明を出すにとどめた。ただし、これは共産党には投票しないと言っているに等しかった。

＊1　一九四八年二月、チェコスロバキアで共産党による政権が樹立された。
＊2　このときのイタリアの選挙システムは上院が小選挙区と比例代表の混用、下院は比例代表だった。

選挙結果は左翼連合を失望させるものになった。キリスト教民主党が得票率47％で絶対多数の議席数を得たのに対し、左翼連合は30％しか得られなかったのである。これに対して共産党は簡単に敗北を認めることを拒み、敵側の大がかりな脅しやごまかしによるものだと主張した。議会では首相のデ・ガスペリとトリアッティの間で激しい論争が行われ、トリアッティは武力革命までほのめかした。

この数ヶ月の出来事を考えれば、共産党員たちがトリアッティの暗殺を復讐すべきシグナルと見なしてもおかしくはない。これに対して――一九二四年に社会主義者のジャコモ・マッテオッティ[*]を暗殺させたムッソリーニの範に習い――右翼がこれを、決着をつけるべき時と見なすのではないかという恐れもあった。翌日デ・ガスペリ首相が議会で政府声明を発表しようとしたとき、左翼の議員たちは彼を殺人者呼ばわりし、彼の手は血にまみれていると激しく罵った。

＊ 1885～1924 イタリア統一社会党の書記。台頭するファシズムを批判したが、ファシストに暗殺された。ついでながら、彼の名前は自転車レース、トロフェオ・マッテオッティに冠されている

三時一〇分前に医師団は手術が成功裏に終わったことを発表し、人々は大いに安堵したのだった。トリアッティは相変わらず危険な状態だったが、生命の危機は脱したようだった。それにもかかわらず騒乱状態が国中を覆った。あちこちで警察は武装を解かれ、電話局、ラジオ放送局、武器の貯蔵庫が占拠された。多くの町で共産党支持者たちが権力を掌握し、暫定政府が打ち立てられた。

医師団の報告を聞いた後、デ・ガスペリは病院から戻り、即座に緊急国会会議を招集した。誰よりも強硬手段を主張したのが内務大臣のシェルバ＊だった。同様に共産党幹部も集まった。みんな非常に怒っていた。しかし、武装蜂起は入念に準備しなければならないということなのか、感情的になるのではなく理性的に熟慮すべきということなのか、どちらにせよ、ほとんどが暴力的手段には反対した。だがもちろん、全員が翌日のゼネラルストライキを宣言するということでは意見が一致した。

＊ 1901～1991 マリオ・シェルバ 内相時代にはネオ・ファシストや左翼労働者の抗議やストライキに対して強硬な対応をしたことで有名。後にイタリア首相になる。

カンヌにいたイタリア人の多くはフランス時間一二時＊にニュースを聞いた。昼食のためにホテルのラ

ウンジに降りていったとき、バルタリは興奮したジャーナリストたちの集団に行き会った。彼らのほとんどは帰国せよと指示されていた。そしていま、さようならを言うために集まっていたのだった。しかしバルタリは記者たちがもう自分に希望が持てなくなったために帰ろうとしていると思った。怒りで顔を赤くした彼は、もし自分がこのツールに総合優勝したとしてもおまえたちのインタビューには応じないと息巻いた。記者たちは彼を落ち着かせて、イタリアで何が起きたかを伝えたのだった。

＊　一九四八年はフランスではサマータイムが導入されていて、翌年導入することになるイタリアより一時間遅れた。

暗殺事件のニュースはバルタリをひどく動揺させた。彼の故郷フィレンツェは「赤い」町つまり共産党が優勢な地域だった。武力衝突が起これば自分の家族がとばっちりを受けるかもしれない。自分は急いで家に帰るべきなのではないか。記者たちは、まずは事の成り行きを見るべきで、軽挙妄動を慎むべきだと彼を説得した。バルタリは妻に電話をしようとしたが、フィレンツェは電話がつながらない状態だった。

人々の緊張はカトリック・アクション＊の責任者バルトロ・パスケットの訪問によって少しだけ和らいだ。彼は緑をイタリア国旗の色でデコレーションした巨大なケーキを持ってきた。バルタリはチームメイトたちに、みんなで浜辺へ行って、どこかの日陰でこのケーキを食べようと提案した。ホテルでじっとイタリアからのニュースを待つ気にはどうしてもなれなかったのだ。むろん自転車選手の胃は抵抗力がなく、厳しい山岳ステージの前日にケーキをたくさん食べることが良いわけがないのは分かっていた。彼らはケーキと一緒にヴェルモット一瓶とタバコひと箱をもって出かけたが、どう見ても賢いことには見えなかった。しかし今は例外的な事態だった。

＊　十九世紀に始まるカトリックの信徒の宣教、福祉、教育、出版などの事業を行うための運動組織。

六時にようやくバルタリとチームメイトたちはホテルに戻ってきた。その直後に彼を呼ぶ声がした、「お電話です、イタリアから」。バルタリは妻がやっと電話を掛けることができたのだと思った。しかし驚いたことに電話の声はデ・ガスペリだった。バルタリは首相とは一九三五年にカトリック・アクションで知り合い、その後友人となっていた。デ・ガスペリは彼の調子を尋ね、ツールに勝つことができるかと聞いた。バルタリは、レースはこの後一週間半あるし、まだどんなことでも起こりうると答えた。首相がそれとなくほのめかしながら、バルタリの総合優勝の可能性を改めて尋ねたとき、彼は電話の意味を理解した。これは国家の大問題なのだ。だが、バルタリは最善を尽くすと約束しただけだった。しかし同時に彼は翌日のステージでは90％の確率でステージ優勝することを請け合った。首相は彼に成功を祈り、会話は終わった。

この有名な逸話の面白さは、バルタリのツール・ド・フランスでの勝利が、国民を落ち着かせるために役に立つとデ・ガスペリが信じたことではない。おそらくこのとき同じことを考えたイタリア人はたくさんいただろう。注意すべきはデ・ガスペリが危機的状況の頂点で、フランスにいるバルタリに電話を掛ける労をいとわなかったことである。この時点ではすでに最初の死者が出ていて、事態は刻々と緊迫の度を増していた。首相が側近たちとの協議を中断してバルタリを励ましたことが、この時代のイタリアで、自転車競技が担っていたとてつもなく大きな価値を、最もよく証明するエピソードであろう。

同じように注意すべきは、デ・ガスペリが次のステージの国家的な意義を語ることで、バルタリのモチベーションを高めることができると信じていたことである。ジャック・ゴデも書いたように、バルタリはそのキャリアの中で危機的な状況にいた。もしアルプスで敗北を喫したら、残された道はファウスト・コッピを後継者として王位を移譲するしかなかった。バルタリ自身もそうなれば引退するしかないと公言していた。いずれにしても、彼はどんなことがあってもツールを最後まで走ることを約束していた。それが選手たちや主催者に対して敬意を表すことだった。

すでに純粋にスポーツとしてだけでも、バルタリの肩には十分な重荷が背負わされていたのに、デ・ガスペリはさらにイタリアの命運まで彼に委ねたわけである。世の中には強いプレッシャーに押しつぶされてしまう人がいる一方で、それによってとびぬけた能力を発揮する人もいる。デ・ガスペリはその長い政治的経歴の中で、不必要なリスクを冒すようなことは決してしなかった。彼はカンヌに電話をかけたとき、自分が行っていることをはっきりとわきまえていた。それは間違いない。バルタリとは長年の知り合いだったから、彼の気質を知っていたのだろう。

ツールの創設者アンリ・デグランジュは、レースは選手たちが超人的な能力を発揮できた時にしか、本当の意味でドラマチックにはならないと信じていた。二〇年代の終わりまで、三〇〇キロを超えるステージは珍しくなかった。選手たちが暗くなる前にゴールできるように、スタートはしばしば真夜中になった。カンヌ〜ブリアンソンのようなステージは、まさにこうした英雄の時代にぴったりだった。それは二七四キロという距離のためだけではない。二〇〇〇メートル級の三つの峠を越えなければならなかったからである。しかもこの時点で選手たちはすでに、現在であれば間違いなく山岳ポイントがつくような登りをいくつもこなしてこなければならなかった。それらの登りは一九四八年にはまだポイントを与えるほどではないと判断されたとはいえ、こうした小さな登りがこのステージをさらにハードなものにしたのは言うまでもない。暗くなる前にブリアンソンに到着するために、スタートは朝六時に設定されていた。ということは、選手たちは四時には起きなければならなかったということである。

バルタリはすでにこれまでも何度か、時間通りにスタートのサインをしに来なかったことがあったため、ペナルティを科されていた。だが今回は最初に姿を見せた選手たちの中に彼がいた。忠実なアシストのコッリエーリを別にすれば、彼に付き添ったのは四人のファンだけだった。サン・レモでのスタート前となんと対照的なことだろう。あの時には町の半分の人間が彼に付き添っていたというのに。もちろんこれは早朝だったからとも言えたが、それだけが理由ではなかった。まだ暗い時間だというのに押しかけた大群衆の前に防護柵が設けられていたからである。この群衆の多くは不思議なことに夜会服を着ていた。人々は一晩中お祭り騒ぎをした挙句、シャンペンの瓶を携えてスタートを見に来たのだった。そこにはたとえばカンヌで撮影中だったアルレッティ（1898～1992 フランスの大女優。「天井桟敷の人々」などで有名）を主役にした映画「マダムとそのインディアンたち」（セルジュ・ド・ラロシュ監督の映画らしいが、詳細不明）の撮影チームもいた。

バルタリは奇妙なことに上機嫌だった。十年ぶりにやっとイゾアール峠と再会するのだ。最初のツール・ド・フランス総合優勝はこの峠で決定的なものになったのである。* イタリアチームのキャプテンはこの峠の神秘的な意味を、神を信じるのと同じように固く信じていた、とゴデは多少の誇張を交えて書いている。バルタリ自身はダンテ・ジアネッロに、もしもう一度「イゾアール峠ではジノ・バルタリがナンバーワンだ」と言ってもらえるなら、ツールに勝てなくてもそんなに辛くないだろうと語っていた。

＊　一九三八年、第14ステージでバルタリはイゾアール峠をはじめ、ほとんどすべての峠をトップ通過してステージ優勝して総合で逆転、二位に一七分以上の大差をつけた。

ロビックも同じようにとても上機嫌だった。彼にとっても、ツールの開始以来待ち望んでいたステージがやって来たのだ。「今日の三つの峠は幸運を運んでくれるだろう。負けるわけにはいかない」と彼は言った。天気が悪くなり気温が低くなるのだけが彼の不安だった。カンヌが地元で、それだけによく知っているはずのアポ・ラザリデスは、コオロギの鳴き声がするから快晴になるだろうと保証した。し

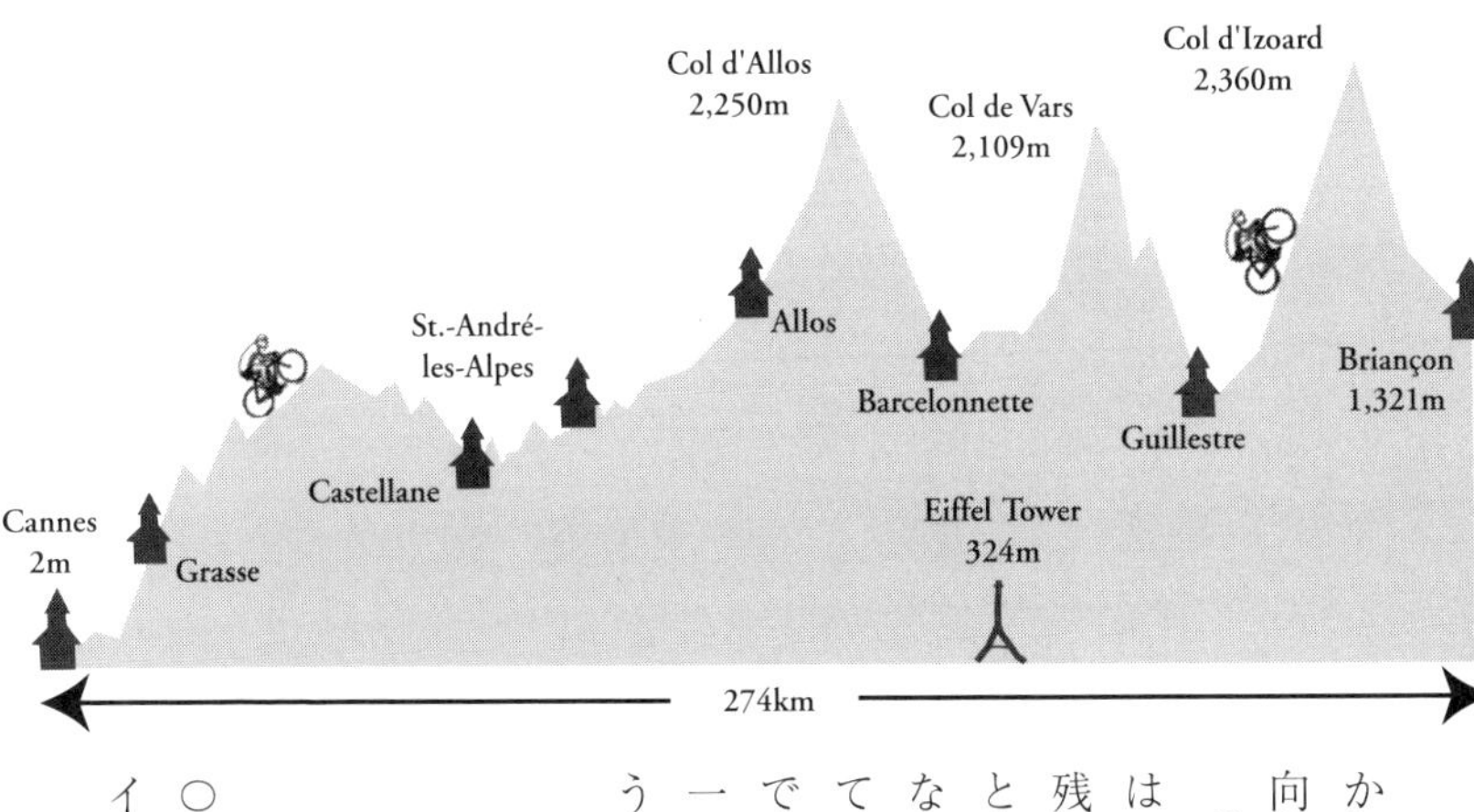

かし、この予想は海辺では当たったかもしれないが、選手たちは内陸に向かわなくてはならないのである。

　ボベは見るからに緊張していたが、体調はよく自信に満ちていた。彼はロビックがみずからのチャンスを求めて走ることを容認していたが、残りのチームメイトにはそばにいてくれることを期待していた。それはともかく、多くのジャーナリストの注目はこの日の有力選手三人にではなく、多くのコンサートホールやハリウッドのたくさんの映画に出演していたスターのモーリス・シュヴァリエ[*1]に向けられていた。彼はこれまで自転車レースというものを見たことがなかったが、フランス通信社[*2]が一〇万フランを出して、このあと二日間のツールの印象を執筆してもらうことになっていた。

＊1　1888～1972　フランスのシャンソン歌手にして、ハリウッド映画にも多数出演した往年の名優。

＊2　世界最古の報道機関であり、AP通信、ロイターについで世界第三位の規模を有す。日本ではAFP通信と呼ばれている。

　スタートは少しだけ遅れた。六時一五分、まだレースを続けている七〇人の選手が出発した。おでき（フルンケル）に苦しみ、前日のステージでも危うくタイムオーバーしそうだったブランビッラがすぐに遅れ、そしてリタイアした。カンヌの町の市門の前でコースはすでに実質登りになっていた。集団のスピードがスローダウンすると、トニ・ベヴィラッカが集団から抜け出した。これはイタリアチームが練っていた戦略の一部だった。ベヴィラッカはクライマーではなかったが、もしリードを十分に取れれば、最初の二つの峠、アロス峠とヴァール峠の間の二〇キロの平地で貴重なアシストとして機能するかもしれなかった。

ボベがみずからベヴィラッカのアタックをつぶしにいったことから、彼がいかにナーバスになっていたかが分かる。インパニス、ランブレヒト、ブリューレ、テセール、ラザリデス、スホッテ、そして他の何人かもすぐに反応した。これに対してバルタリは慌てることなくプロトンに居坐り続けたが、これは彼を一瞬たりとも見逃すまいとしていたロビックも同様だった。この間にヴィエットが集団から後れ、ラザリデスは彼をメイン集団に引き上げるために後退を余儀なくされた。後にヴィエットは自分の不調が完全にメンタル面によるものだと説明したそうである。つまり、自分の故郷のカンヌを離れなければならないのが辛く、できればすぐに回れ右をしたいぐらいだったというのである。

そうこうするうちに空には雲が多くなり、氷のように冷たい風が吹き始めた。そのせいで、最初の逃げが失敗に終わり、その後はもう新たな冒険を試みようとする者は誰もいなくなった。選手たちは皆大集団の中に籠もり、プロトンはアロス峠*のふもとまでまとまったままで進んでいった。登りが始まったとき、明らかに不調を脱したヴィエットが先頭に出てペースを上げた。メイン集団はあっという間に削られていった。続いてテセールがアタックした。これにインパニス、ブリューレ、ラザリデス、オケルス、ネリが反応した。フランスナショナルチームの選手たちは綿密に考え抜かれた計画に従って動いているように見えたが、実際は完全に場当たり的だった。

＊ 二二五〇メートル。一九一一年以来、特に第二次大戦前は毎年のようにコースに組み込まれていた。

ロビックはバルタリの後輪にぶら下がるように位置取りして、ライバルが変速するためにペダルを逆回転させるのを＊今か今かと伺っていた。無防備になるこのわずかな瞬間を利用しようと思ったのである。その時が来たとき、ロビックは全力でアタックし、あっという間に逃げグループに追いついた。そこからもう一度スピードを上げると峠では二〇秒のリードを奪った。バルタリは頂上を七位で、ほぼ一分強の差で通過した。ボベはすでに数分遅れていた。

＊ バルタリの使っていたカンパニョーロの変速方法については六三頁参照。

下りの最初の数キロはひどい状態だった。この区間はまだ未舗装で砂利道だった。それだけでなく、数日来の雨によってぬかるんだところもあった。伴走車のドライバーたちは、カーブでブレーキをかけようとすると車が横向きに滑ってしまうので、道がどれほどぬかるんでいるかに気が付いた。アントランジジャン紙の車は谷に落ちてしまった。乗っていた四人は無事だったが、二人は重傷だった。

サドルに坐ったまま石をよけて走るために、ほとんどの選手が歩くような速度で下って行った。それでも落車や機材故障が頻発した。ボベもパンクし、ラザリデスに止まるよう指示した。しかしそれは無視された。ラザリデスは、自分はヴィエットのアシストだと思っていたから走り続けた。そんなことがあってもマイヨ・ジョーヌは一分程度しか時間をロスしなかった。ジゲが彼にホイールを渡してアシストしたからだ。

ロビックは下りの技術が秀でていた。彼はリスクを冒して走った。ゴールまではまだ一四〇キロもあったが、前年にはピレネーで単独の長距離の逃げを決めていた。[*1] フランスのジャーナリストたちは興奮して車のタラップに立ち、リードを広げられるように大声で励ました。追走者たちは下りでまとまったが、組織的な追走はとてもできる状態ではなかった。ヴァール峠[*2]のふもとでは二分の差になった。登りの中盤で、もう一度その差は広がった。

＊1　前年の第15ステージで、ロビックは二位のヴィエットに一〇分の差をつけてステージ優勝している。

＊2　二二〇九メートル。この峠も二〇年代からは毎年のように登場していたが、二十一世紀に入ってからは二度しか登場していない。

舗装区間が終わると、追走者たちのスピードは一気に落ちた。雨が激しく降り始めた。気温は零度近くまで下がっていた。フランス・ソワールの記者のアンドレ・コストは、バルタリがパリをスタートして以来初めて陰鬱な顔をしていないことに気が付いた。「泥が垂れている彼の赤い唇の両端が上に向かって歪んでいた」かつてコッピが言ったように、バルタリは笑っているときが最も危険なのだ。

他の選手たちがもっと軽いギアにチェンジしようとしているとき、バルタリはより重いギアへ変速した。そしてサドルから腰を上げると二〇〇メートルほどダッシュして振り返った。再びサドルに腰かけて片方の足を横へ曲げると短時間惰性で走って、しばらく同じペースを保ってから再びダンシングを始め、一気にスピードアップした。このようなやり方を真似できた選手はいなかったし、誰も真似しようともしなかった。だがこのスタイルは非常に効果的だった。バルタリの調子が良い時には、このようなインターバル走行を何キロにもわたって繰り返し、速度を極端に上げ下げした。

このアタックに抵抗しようとしたのはテセールだけだった。しかし泥で変速機が動かなくなり、すぐに抵抗をやめた。バルタリがロビックを視界にとらえるまでには大した時間はかからなかった。もはや捕まえるのは簡単なことだった。しかしどうすべきかを長く悩むことはなかった。イゾアール峠の登りが始まるまではあと三〇キロだ。ロビックをそこまでの間に振り切ることができなければ、彼は間違いなくずっと自分の後ろに付きっぱなしになるだろう。そこでバルタリはいつも通りの戦略を選んだ。まずはライバルを疲れさせ、それからとどめを刺すのだ。

バルタリが自分のすぐそばまで追いついてきていることにヘアピンカーブで気づいた時、ロビックは即座にペダルを一層力強く踏み、再びリードを広げようとした。バルタリはそれに反応せず、徐々に再び忍び寄っていった。ロビックは改めて踏み込み、バルタリは彼に希望を持たせるのだった。これは繰り返し何度も行われた。「悪魔のような狡猾さ」とパリジャン・リベレ紙のフェリックス・レヴィタンは書いた。一九四六年のツール・ド・スイスでも、同じやり方でバルタリはフィルミン・トルエバ（1914～2007（1934-46）四九勝、スペイン選手権一勝。初代ツール山岳王ヴィセンテ・トルエバの弟）の心を削いだのだった。そして今回も少なからぬ効果をあげた。

単独走行が長く、繰り返しスピードを変えたうえに、氷のような雨で体が冷えて疲れ切ったロビックだったが、ヴァール峠の頂上ではバルタリに対してなんとか三〇秒のリードを保っていた。テセールがほぼ二分の遅れで、そこに寒さに強いスホッテ、ヴィエット、ラザリデス、カメッリーニが続いた。ランブレヒトと、チームメイトに見捨てられたボベはすでに三分半遅れていた。

アロス峠と同じく、下りの最初の何キロかがぬかるみ状態で、ロビックはもうリスクを冒すだけの力もなかった。勾配がいくらかなだらかになっても彼は足を休めていた。一方のバルタリはペダルを踏み続けていた。しばらくはロビックから五、六〇メートルほど後ろを走っていたが、ロビックが力を使い果たしていることを確信した時、長い直線でスピードを上げて追い抜いた。バルタリはその回想録で、このときロビックがショックを受けているのが分かったと書いている。この瞬間に初めて、彼はこのツールでは勝てないことを悟ったのかもしれない。

パリをスタートして三〇〇〇キロ、この距離はバルタリにとってはこの瞬間のための準備にすぎなかった。ついに全力を出す時が来たのだ。二日前のトゥリーニ峠で見せた逡巡は、この下りでは微塵も見せなかった。アンドレ・ルデュックが、鳥肌が立ったと言うほどの大胆かつ「アクロバットのような名人芸」でバルタリは下って行った。かつてツールで二勝しているルデュックだったが、バルタリを車で追おうとしたのに、あっという間に視界から消えてしまったという。

バルタリは下りきった時にはロビックに対してすでに一分のリードを奪っていた。カメッリーニが三分半遅れの三番手、下りでバルタリと同様にリスクを冒したボベがさらに一五秒遅れ、直後にヴィエットとランブレヒトが続いた。スホッテ、テセール、ラザリデスの三人はパンクに見舞われ、かなり遅れた。同じように二回パンクしたうえ、指が凍えてリムからタイヤをうまく剥がせなかったインパニスは、オケルスのアシストがあったにもかかわらず、ほとんど九分近い遅れとなった。

この間にあらゆる戦術的なくびきから解放されたバルタリは、猛スピードでイゾアール峠の登り口の集落ギエストルの街を駆け抜け、補給所では補給食の入ったサコッシュを受け取りもしなかった。本来は止まっても問題はなかったはずなのだが。結局、この間に意気消沈したロビックに追いついたボベ、ヴィエット、カメッリーニ、ランブレヒトに対して、バルタリのリードはすでに五分半に広がっていた。しかしバルタリはこの瞬間、おそらくアドレナリンが過剰に出ていたのだろう。彼には一秒ですら命に係わるほど重要に思えたのだ。

イタリア人記者が彼に食べ物を提供しようとしたが、あいにく持っていたのはソーセージパンだけだった。これでは消化が悪く、登りでは胃に負担になってしまう。もしバルタリに救いの天使が現れなかったら、カロリー不足で悲劇的な結果になっていたかもしれなかった。だが一人の観客が彼に三本のバナナを手渡したのだ。コッリエーリはそれが神父だったと言っているが、それはおそらく怪しい。しかし、いずれにしてもかなり太っ腹な観客だったことは間違いない。一九四八年当時、バナナはとても高価なものだったからだ。一キロで一二七フランだったというから、ガソリン四リットルやレキップ紙三週間分と同じぐらいの値段である。

バルタリの後方では、この瞬間にもドラマチックなシーンが演じられていた。ギエストルを過ぎてすぐにボベのクランクが破断したのである。監督のアルシャンボーは彼のすぐ後ろを走っていたから、すぐに車を停車させ、メカニックが代車を車から出した。だが、ボベにはかなり小さかったので、ハンドルとサドルの調整をすぐにはじめた。アルシャンボーはその間に規則に従って「つるつるの」リムに新しいタイヤを嵌めていた。どうやらだいぶタイムをロスしそうだと思われたとき、ボベが突然泣き出したのである。そして止まっていたジャーナリストたちにみずからの悲運を嘆きはじめた。すすり泣きながら彼は「この世に公正さなどない」と言った。

ボベはこの事態を偶然による運命の一撃と見なしたが、事態はそう単純ではなかった。というのは、山岳ステージを前にして、彼は自転車をできるだけ軽くしようとしていたのである。特に、重いクランクを中空のものに交換させていた。軽くはなったが、頑丈さを犠牲にした。わずか数十グラムのためにトラブルの可能性をあえて受け入れたわけである。言葉を換えれば、彼はみずからの運を試して破れたのだ。もちろん不運ではあったが、避けられない不運ではなかったはずである。

ボベが代車の調整のために失ったタイムはどのぐらいだったかは何とも言えない。イタリア人ジャーナリストたちはせいぜい四分程度と見積もったが、フランスの同業者たちは絶対にその倍の時間はロスしたと主張した。信憑性があるタイムとしては五分五秒というものがある。その場にいたフランティレールのジャン・ランベルティエ*がストップウォッチで計ったタイムである。いずれにせよ、メカニックが行わなければならない複雑な処理と比べれば、タイムを計るのは特別手数がかかるものではなかった。

残念だったのは、すべてがもっとずっと簡単なはずだったということだ。ボベはチームキャプテンだった。彼がマイヨー・ジョーヌを来ていたのである。だから、彼についている監督の車がサイズの合った代車を積んでいなければならないはずだった。あらゆる方面からアルシャンボーが激しい非難の声にさらされたのも不思議ではなかった。チームにはさまざまな身長の選手がいて、代車は一台しか積むことを許されていないのだから、一六一センチのロビックにも一八〇センチのボベやテセールにも乗れる自転車でなければならなかったのだ、そう監督は言い訳をした。

* 新聞の名前かと思われるが不詳。なおランベルティエはこの後フランス・ソワールの記者になる。

記者たちは仰天した。アルシャンボーはこのツールの期間中に規則が変更されたことを聞いていなかったのだろうか（六九頁参照）？　他のチーム監督車が自転車を二台積んでいるのを見なかったというのか？　これまでもフランスのチーム監督には統率力が欠けているという非難が繰り返されていた。しかし今は、そこに判断能力も欠如していることが明らかになった。

ボベが泣きながら再び自転車に跨った頃、バルタリはすでにかなりの距離を稼いでイゾアール峠のふもとに通じるケラス渓谷に入っていた。この峠の登りは、一九四八年には現在よりもずっと厳しいものだった。最後の数キロはまだ未舗装だったし、雨が降ればぬかるみ状態になった。いくつかの区間は15％以上の勾配で、カーブもまだずっと不規則で急なものだった。それ以外にも、この年のツールがイゾアールへやって来たときの天候は嵐だった。雹と雪混じりの雨が交互に降り注いだ。

コッリエーレ・デッロ・スポルト紙（一九二四年から現在まで続くイタリアの日刊スポーツ新聞）の主幹グイド・リーギは数日前に、残念なことにツールの報道から叙事的なものが失われてしまった、と書いていた。それは不思議なことではなかった。アンリ・デグランジュが語ったような目もくらむばかりのヒロイックな比喩は、第二次世界大戦という衝撃の後では色褪せ、悲劇を語る無味乾燥な描写と数字の前にたじろがざるを得なかった。しかし、イゾアール峠を登らなければならないという異常な状況を描くためには、再び三〇年代の仰々しい口調がふさわしかった。

記者たちは適切な比喩的表現を求めて互いに争った。「ヴェルディの歌劇『リゴレット』[*1]第三幕の舞台にふさわしい」とか、「黙示録的ヴィジョン」とか、「ギュスターヴ・ドレ[*2]（1832～88）の挿絵によるダンテの地獄の描写」などなど。バルタリもそこに情熱的に加わっている。彼の回想録では、この日、彼がいかに新たに偉大な者たちのもとに上り詰めたかが描かれている。風雨やぬかるみがより一層劇的な

表現を与えたのかもしれない。

＊1　道化師リゴレットは娘が恋した好色な領主を殺そうとするが、娘が領主の身代わりになり死ぬという悲劇。
＊2　フランスの挿絵画家。ダンテの「神曲」をはじめ聖書やポーの「大鴉」やミルトンの「失楽園」などの挿絵で有名。

バルタリはイゾアール峠のふもとに向かう途中の軽い登りで、すでにじわじわとリードを広げた。しかし本来の登りに入るとリズムが崩れた。バナナが消化されるまで長くはかからなかった。彼はいよいよ空腹に苦しめられた。それにもかかわらず、頂上に向かって泥をかき分けるように突き進んだ。使命を帯びた男のように。悪天にもかかわらず多数の観客が峠道を埋めていた。車で来た人もいたが、ほとんどは自転車で来ていた。

バルタリは峠の頂上までパンクに見舞われなかった僅かな選手の一人だった。これは幸運だったからではない。この日のステージのために、彼は特に重いタイヤを用いていた。それでもトラブルに無縁だったわけではない。まずチェーンがはずれ、その後、結局パンクに見舞われてタイムロスした。

イゾアール峠のバル
イゾアール峠を越えるバルタリ

下りで監督のビンダの車がついて行けず、指がかじかんで自分で修理出来る状態ではなかった。だからメカニックが新しい自転車を持ってくるまで無駄にタイムロスをしたのである。特にリムが雨で濡れていたので、接着剤がうまくくっつかなかった。そのせいでバルタリは二日前のトゥリーニ峠でのように非常に注意深く下った。リードが非常に大きかったので、わざわざリスクを冒す必要はなかった。

バルタリがブリアンソンの町の北東にあるシャン・ド・マルス広場でゴールラインを越えたとき、この瞬間に相応しいとはいえなかったが、歌劇「トスカ」*のアリア「歌に生き、恋に生き」がスピーカーから流れた。バルタリは手を上げることができないほど空腹で凍えきっていた。ビンダは即座に彼をレインジャケットでくるむと車に乗せようとした。表彰式のためのポディウムガールが困ったように彼のところへ寄ってきて、花を受け取ってもらおうと差し出した。「これは教会に持って行ってくれ」と、バルタリは車に乗り込みながら言った。

＊　プッチーニのオペラ。恐怖政治下、恋人の命と引き換えに身体を求められた歌姫の悲劇を描く。「歌に生き、恋に生き」はこのオペラのクライマックスで歌われるアリア。

驚いたことに二位でゴールにやって来たのはブリック・スホッテだったが、このときにはすでにバルタリはホテルの部屋へ向かっていた。この日は純粋な能力よりも持久力や抵抗力、耐久力が試される日だった。その上、山岳でもスホッテはだれにも後れを取らなかった。彼は途中でインパニスを待つべきなのか、かなり迷っていた。監督のファン・ヴェイネンダーレがゴーサインを出し、やっと彼はこのセンセーショナルな追走を始めた。イゾアール峠の最後の一二キロではバルタリよりも二分以上遅かった。しかも峠の頂上では、前輪をぬかるみに突っ込んで落車した。しかし下りで猛然とスピードを上げ、ブリアンソンの町に着く前に登りで失ったタイムを取り戻した。

次にゴールにやって来たのはカメッリーニとヴィエットだった。二人とも三十四歳で、若い選手よりもこうした悪条件にうまく対応することができた。登りではスホッテよりも速かったリュシアン・テセールが五位、そのあとにジャン・デ・グリバルディ（1922～87（1945-54）四勝、のちに監督として名をなす。二五五頁参照）とクラビンスキが続いた。ギイ・ラペビーはニコニコしながら八位でゴールした。彼はパリで一五〇〇フランで購入した新品のレーサーパンツがずり落ちて困ると文句を垂れたが、目標は達成できたので上機嫌だった。もう誰も彼のことを「絹でできたロード選手」などと陰口をきくことはなかった。

キルヒェンとパスクィーニがゴールした後、観客たちはいらいらと時計を気にし始めた。総合でのバルタリの遅れは二一分二八秒だった。ステージ優勝とヴァール峠およびイゾアール峠の山岳賞でボーナスタイムは二分一五秒あった。つまりボベがマイヨ・ジョーヌを守りたければ、一九分一三秒以上遅れるわけにはいかないのだ。だからボベが約一八分以上遅れて、ポール・ネリとロヒェル・ランブレヒトと一緒にゴールラインを越えるときには、がんばれの声援が巻き起こった。

イゾアール峠の下りの中間地点ではボベよりも六分前にいて、暫定的にマイヨ・ジョーヌになっていたランブレヒトだったが、その後落車し、痛さと失望から涙を流した。ボベもそれより良かったとは言えない。彼の顔は疲れ切って青白く見えた。倒れてしまわないように誰かが支えてやらなければならないほどだった。彼もバルタリのように直接ホテルに帰った方がよさそうだったが、マイヨ・ジョーヌとしてウィニングランをしなければならなかった。

疲労困憊状態でブリアンソンに到着したのはボベだけではなかった。レイモン・インパニスはバルタリに二四分遅れて、凍えきってゴールラインを越えた。頭を振りながら彼はうめいた、「犬みたいだ」。その直後にロビックもゴールした。彼は惨めさですすり泣きながらイゾアール峠を文字通りよじ登り、峠直前では疲れだけが原因で自転車から転げ落ちた。観客たちが、彼が再び自転車に乗るのを手助けした。もしラザリデスのアシストがなければ彼はブリアンソンにたどり着かなかっただろう。アンドレ・ブリューレは下りで彼を追い抜いたとき、寒さのあまりロビックが蒼ざめているのを見て、友人として彼に温かい飲み物を手渡してやったが、それも効果はなかった。ロビックは心配して顔を覗き込むラザリデスの肩を抱きながら一人にしてくれと頼むのだった。「真っ二つに壊れたおもちゃ」とベルギーのある記者は形容した。

ロビックに遅れること七分でロンコーニがゴールした。彼もまた完膚なきまでに打ちのめされた優勝候補の一人だった。彼のグレガーリ（アシスト）のセゲッツィとアッティリオ・ランベルティーニ（1920～2002（1947-52）〇勝）はイゾアールで彼に付き従って励まし続けたが、ロンコーニは疲れ切っていて、下りでこの二人のアシスト選手からも千切れ、彼らから一〇分も遅くゴールした。

それでもロンコーニがブリアンソンに到着した最後の選手ではなかった。途中で五回もパンクしたジエミニアニが、観客からバルタリが優勝したと聞かされたのは、まだイゾアール峠の登り中盤でのことだった。ここからゴールするまで、彼はまだ一時間も走らなければならなかった。それでも登りの最後の数キロで、自転車に乗ることができずに泥の中を押しながら登っているたくさんの選手に追いつけた。彼らはほとんどが完全に一人一人別々に登っていた。遅れた選手たちが、できるだけ力を温存しながら制限タイム内にゴールするという唯一の目標のためにグループを作るグルペットのシステムは、一九四八年にはまだなかった。遅れた選手たちは各々独力でゴールをめざすのが当たり前だった。バルタリがゴールしてからほぼ二時間、最後にブリアンソンにたどり着いた選手はジャック・プラ、第四ステージのラ・ロシェルでステージ優勝した選手である。途中リタイアは七人、レースには六三人の選手が生き残った。

ホテルに着くとバルタリはまずイタリアの現状を尋ねた。だが、記者たちも大した情報を持っていなかった。嵐によって電話回線が途切れていたため、彼らも数時間前からなにも知ることができなかった。わかっていたのは、この朝にも新たに暴動が起きたということだけだった。いくつかの街では警察と軍隊を派遣しなければならなかった。多くの地域でデモと集会が行われたが、フィレンツェも含めた国の主要な場所ではまだ穏やかさを保っていた。公的生活はストライキによって麻痺していた。食料品店だけは昼の一二時まで開ける許可が出た。しかしその後は何もなかった。工場やオフィスは閉められ、公共交通は止まっていた。旅行者たちは駅で足留めされ、公衆電話もほとんど通じなかった。新聞は発行されず、あちらでもこちらでも停電していた。唯一機能していたのがラジオだった。

しかし、ブリアンソンでバルタリがゴールラインを越えたとき、故郷ではレースの経過についてほとんど知ることができなかった。実況中継するためのレポーターをフランスへ送ろうと考えた者が、だれもいなかったからである。わずかな数のアマチュア無線愛好者が、フランスの放送局やラジオ・ルクセンブルクの長波を受信して事情を知っただけだった。

イタリア時間で五時半、バルタリがブリアンソンに到着した十分後に、イタリアのラジオ局ラジオジオルナーレがニュースを伝えた。どの国でもそうだが、ニュース報道はいつでも内外の最も重要な出来事を要約しながら始まり、そこにもっと詳しい個別のニュースといくつかの重要な報道が続くものである。スポーツ関連のニュースは通常なら一番最後になる。だがこの日はラジオ局のディレクターは、最初にして最後のことだが、この規則を破ることを決断した。何百万人ものイタリア人がイタリアの危機について最新の情報を待ち焦がれていることを知らなかったはずはない。しかしデ・ガスペリ首相と同じく、彼もまたツール・ド・フランスのポジティブなニュースが情勢を沈静化させる効果を持ち得ると判断した。そして、以下のような言葉でニュースを始めることにした

こんばんは、スポーツファンのみなさん。フランスからファンタスティックで信じられない、うれしいニュースが飛び込んでまいりました！　ジノ・バルタリの歴史的快挙です！　雪に覆われたアルプスの山頂で、伝説的なクライマーとしての能力を取り戻し、ライバルたちをはるか後方に置き去りにしたのです。今日の厳しいアルプスの山岳ステージ、序盤で逃げたフランスのロビックは大敗北を喫し、三〇分近く遅れてゴールしました。同じくフランスのボベはわずかな差でマイヨ・ジョーヌを守りましたが、バルタリに対しては二〇分も遅れました。

マスコミの一部からはすでに年を取りすぎているとか、燃え尽きているとレッテルを張られていたわれらがチャンピオンは、明らかに絶好調で、ツール・ド・フランスに初めて勝った一〇年前と同じように強く、また決断力もありました。さて、トリアッティ書記長の最新のニュースです。状態はだいぶ良くなりました。担当医は遅くとも月曜日には退院できるだろうと言っています……

このニュースの効果は期待をはるかに上回った。ミラノの大聖堂前広場には何千人もの人々が抗議デモのために集まっていたが、ラジオが流れていたバーからあっという間に広まり、あちこちで歓声が上がった。共産党支持者もキリスト教民主党支持者も、そして取り締まるべき警官たちも肩をたたき合った。同様のシーンは多くの町で見られた。

イタリアの国会議事堂、ローマのモンテチトーリオ宮殿では緊急会議が開かれていて、議員たちは文字通り殴り合いを始めそうなほどに激高していた。五時半、テネンゴという議員が議場に飛び込んで叫んだ、「バルタリが勝った！ マイヨ・ジョーヌ獲得も同然だ！」国会の場でも、意見の相違はすべて瞬時に忘れられた。政治的に対立した者たちがお互いにお祝いの言葉を述べ合い、左翼も右翼もこう叫んだ「イタリア万歳！」

十六世紀に設立された有名なファーテベネフラテッリ病院に入院していたトリアッティ書記長は、息子のアルドと話しているところへ、廊下から突然騒音が聞こえてきた。彼は息子に何が起きたのか見てくるように頼んだ。直後にアルドが病室に戻ってきて、「バルタリがアルプステージの初日に勝って、ボベまであと一分に迫った」と告げると、スポーツファンのトリアッティは満面の笑みを浮かべた。

「パパ・パチェッリ」と呼ばれ、バルタリが世界一すばらしい人と呼んだ教皇ピウス十二世は超俗的な印象を人々に与えていた。しかし、結局のところ彼もまたイタリア人であり、普通の市民と同様に愛国心を持っていた。だから、たとえば一九五〇年、ジロ・ディ・イタリアでイタリアチームが結束できず、外国人の勝利を阻止できなかったとき*には、激しく怒り悲しむ姿を見せることになる。だから教皇がフランスからの勝利のニュースを聞いて大喜びしたことは不思議ではない。バチカンのスポークスマンが伝えたところでは、「教皇は繰り返しツールのニュースをお尋ねになり、ジノ・バルタリの偉業に満足なさった」という。

＊ この年、ジロで史上初めてイタリア人以外の選手、フーゴー・コーブレットが二位バルタリに五分以上の差をつけて優勝。

バルタリのステージ優勝の効果は圧倒的で、いまでも多くのイタリア人が、彼が国を革命から守ったと信じているほどである。しかしむろん、これは誇張だ。バルタリのブリアンソンへのぶっちぎり優勝に対するリアクションは、むしろ共産党員が蜂起しても革命が成功する見込みは薄かったということの証明であろう。つまり、ツール・ド・フランスのニュースが、危機的状況にあっても、短期間にせよ他のことすべてを忘れさせることができたのは、本当の革命的な気分が醸成されていなかったからこそあり得たことにほかならない。共産党の指導者たちのほとんどは時間の経過と共に同じ思いを感じ始めていた。そして一か八かの賭に出るのは避けたいと思い始めていた。それ以外にもまた、バルタリの勝利に対する熱狂で、イタリアに見た目以上に強い一体感が作られたことは明らかだった。

一九四八年、イタリアは国が二つに割れていた。西ヨーロッパの国々でここまで対立している国はなかった。社会的な差がイタリアほど大きな国はなかった。教会がこれほど強大で共産党がこれほどたくさんの党員を有している国はなかった。地理的にも、工業化された近代的な北部と、近代化から取り残され農業生産にいそしむ南イタリアのように、これほど激しいコントラストがある国はなかった。

対立は非常に強く、その対立は社会のあらゆる面で現れた。それは有名なグアレスキ*のドン・カミッロの物語で最もよく表現されている。その第一巻はこのツールが始まる二ヶ月前に出版されている。

* 1908～68 ジョヴァンニーノ・グアレスキはジャーナリスト、風刺作家、小説家。神父のドン・カミッロを主人公にしたシリーズは八回も映画化された人気シリーズで、終戦直後から六〇年代前半のイタリアの一地方が舞台。主人公の神父のカミッロと共産党員の市長ペッポーネのやりとりは当時のイタリアの伝統的価値観と社会的・政治的分裂の様相を映し出している。

このような二極化は芸術や文化も含めた社会のあらゆる領域で感じられた。自転車競技の世界でもそこから逃れることはできなかった。それどころか、コッピとバルタリこそは、戦後の最初の時代に国を二分していた対立の、紛れもない代表者と見なされていた。トスカーナ出身のバルタリは伝統と教会の味方であり、五歳若いコッピは北部出身の内向的な男で、現代風な雰囲気を体現していた。コッピのライバルは公然とキリスト教民主党を支持していたから、二極化のならいとして、たいていのイタリア人の目にはコッピは共産党員か社会党員のように見えた。実際は全く違っていたが、ここではそれは関係なかった。

二人のカンピオニッシモは、イタリアの作家クルツィオ・マラパルテ（1898～1957）が、非常に有名になったエッセイで、この二人のチャンピオンのライバル関係が国を二つに分断し「どちらかに肩入れすることを避けて通ることは、イタリア人である以上できない」と書いたぐらい、戦後のイタリアの対立の分かりやすいシンボルになっていた。そしてこのマラパルテの言葉は何百回も引用されるほど的確な表現だった。

しかしバルタリとコッピの対立は絶対的なものとはかけ離れていた。一方では彼らは激しいライバル意識があったが、他方ではお互いに密接につながりがあり、死力を尽くし合いながらもお互いを失うまいとするドン・カミッロとペッポーネのようだった。ファンたちにとっても、彼らはまずは何を置いてもイタリア人であり、その次に敵だった。だから一九四九年に彼らが共同でライバルを蹴落としたとき、*その人気が最も高まったのも不思議なことではない。そして「国家としての名誉」よりも自分たちの対抗意識を重視してしまった一九四八年の世界選手権以上にブーイングを浴びたことはなかった（二一七頁参照）。同様に、二人の選手を写した写真は、争っているシーンではなく、助け合い、飲み物を分け合っているシーンばかりなのも偶然ではない。

＊　この年、二人はツールに同じイタリアチームで出場し、優勝コッピ、バルタリは二位になった。

こうしたことを勘案すれば、マラパルテは間違っていたことは明らかである。コッピとバルタリのライバル関係は国を二分したのではない。むしろ逆である。彼らは国の一体感を高めたのである。二人のチャンピオンの対決は社会的・政治的に対立している者たちに話し合いのきっかけを与え、それによって対立が押さえつけられるのではなく、純化された形で表現できるようになった。同時に両陣営共に、バルタリとコッピが体現しているイタリア自転車界の優秀さを誇りに思うことができたのである。

バルタリがブリアンソンで勝ったとき、だからこそキリスト教民主党員と伝統主義者だけが喜びの叫び声を上げたわけではなく、すべてのイタリア人が喜んだのである。アルプス最初のステージでの勝利が実際に内戦を防ぐことに貢献したとすれば、その理由は一つしかない。どんな対立よりもイタリア国民としての感情のほうが強いことを、彼があらためて強調したからである。イタリアのジャーナリストでキリスト教民主党の代議士ライモンド・マンツィーニ（1901〜88）が日刊新聞「イタリアの未来」に、一九四八年七月二十五日に書いたように、バルタリは「祖国の歴史で最も希望のない時代の一つで、唯一の幸福な事件を実現した。これによってイタリア人たちは最終的な協調を見いだしたのである」。

一九四八年ツールでのカンヌ～ブリアンソンのようなステージは、これが最後のことである。アルプスが嵐になることはあるし、当時と同じように悪路も見られるかもしれない。だが、グランツールでここまでひどい条件下でレースが行われることはもう考えられない。今日なら一九四八年のような状況になれば、なにより選手の安全性を考えて、主催者がステージを中止するかコースを短縮するだろう。もし主催者が何らかの理由によってそれを怠れば、選手たちがすぐに中止を発議することだろう。たとえば一九九九年のスペイン一周（ブエルタ）では、激しい雨で滑りやすくなったコースの一部がカットされなければストライキを起こすと脅した。主催者たちは選手たちの強引な要求に譲歩せざるを得なかった。

一九四八年にはそのようなアクションを起こすことは考えられなかった。社会は今日よりもはるかに階級的だった。ほとんどすべての選手にとって、主催者の権威に諄々と従うのは当然のことだった。コースが危険すぎるとか、天候が悪すぎるからといって反抗することなど思いつくはずもなかった。そのステージを走りきれそうに無ければ、選手たちに残された道はただひとつ、リタイアすることだった。そしてマスコミや観客からひどい罵声を浴びないように祈ることだった。だから一九四八年のツールで、まだ残っている六三人の選手たちは、地獄のようなステージの後にもう一つ地獄が待ち受けているというのに、抗議の声など挙げるわけがなかった。

選手たちが起きた六時、外は雨だった。しかしありがたいことに雨の勢いは急速に弱まった。八時二〇分前、スタートの合図が発せられたとき、まだときどきパラパラと雨が落ちたが、太陽も出始めた。空には見事な二重の虹が架かっていた。しかしそれでも、天気予報はレース日和とはとても言えるものではなかった。北西から雲が集まり、山の頂はミルクのように白くなっていた。山頂で雪が降り出している確実なしるしだった。この地域を良く知る人たちはひどい悪天になるだろうと予言した。

ほとんどの選手はそんなことを気にせず、せいぜいマイヨを二枚重ね着する程度だった。そもそも防寒に特化した特別な衣類などまだなかった。厚手の手袋ですらわずかな選手しか持っていなかった。「七月のフランスへ行くのに、そんなもの誰が持っていくもんか」とイェフケ・ヤンセンは語っている。最悪の事態に備えていた唯一の選手がギイ・ラペビーである。ホテルを出るときに、今日の最初のガリビエ峠*では雪が降っていると聞いたのである。彼はホテルに引き返し、大きな保温用温湿布を膝とふくらはぎとくるぶしに張り付けた。この情報を伝えなかったことで、彼はあとからチームメイトの怒りを買うことになるのだが、ラペビーは難しい状況にあった。つまり、この情報源は兄のロジェで、これは規則に違反していた。こういう干渉を防ぐために、ゴデはかつてのツール総合優勝者をレースの周辺から排除したいと考えていたのである。

＊ 二六四二メートル。一九一一年以来ほとんど毎年のように登場している数々の伝説に彩られた峠で、21世紀になってからも、二〇一七年現在十回コースになっている。三方向からのアプローチすべてで登りが35～40キロ続くことで有名。

前日の成績から、優勝候補筆頭がバルタリなのは衆目の一致するところだった。それを阻止できる唯一の選手がボベだ、というのもほとんどの解説者の意見だった。たしかにランブレヒトも総合順位ではまだ非常に有望視されていたが、いかんせんひどい状態なのが見て取れた。腕の傷はかなり痛そうだった。実際一晩中寝ることができなかった。そして、当然のごとく、この日のレースが始まると四〇分後には集団から遅れていった。テセールは前日のイゾアール峠で強い印象を残したが、ボベとバルタリに対する遅れが大きすぎた。ロビックが前日の敗北のリベンジを果たす可能性もかなり低かった。彼は気管支炎気味だったし、メンタルでの落ち込み方はそう簡単に克服できそうになかった。ボベとバルタリだけが元気で、スタート前には握手しながらお互いの健闘を祈った。

最初の一五キロは寒かったが日が照っていた。しかし登りが始まるとプロトンは霧の壁に突入した。同時に雪混じりの雨が降り始めた。これがボベにとって攻撃の合図になった。彼はラペビーや地域選抜のゴーティエ、ジェミニアニ、ボナヴェントゥールと逃げた。誰も反応せず、すぐにリードは数百メートルになった。ほとんどのフランス人記者にとって、ボベの早期のアタックは意外なことではなかった。すでに前日の晩に、スタートしたらすぐにアタックするつもりだと公言していたのである。バルタリはいつでも最初はゆっくりと走っている。だからこのやり方で、序盤に決定的なリードを奪えるかもしれない。これ自体は素晴らしい戦略だった。バルタリの弱点はステージの前半にあるのだ。実際ファウスト・コッピは何度もこの弱点を突いて成功している。特に一九四九年のジロ・ディ・イタリアの有名なクネオ～ピネローロのステージがその好例だろう。* ただ、違うのは、その時のコッピは一九四八年のボベよりもずっと強かった。

＊　第17ステージ、コッピは六〇キロ地点でアタックし、一九二キロ、七時間以上を単独で逃げて、二位のバルタリに約一二分の差をつけて優勝した。ちなみに三位の選手はそのバルタリから七分以上後にようやくゴールしている。

イタリアチームのみんながボベのアタックに驚いたのは、フランス人記者たちがボベの発言を記事にしなかったおかげである。翌日になって、このときのことをバルタリはわが目を疑ったと述べている。まだ二五〇キロも残っているのに、逃げに勝利を賭けようなんていう奴がいるとは。勇気があるのか、ただの思い上がりなのか？

監督のビンダはバルタリのように落ち着いていられなかった。車の中からコットゥールに、すぐに集団の先頭に上がってキャプテンを逃げグループまで引き上げろと叫んだ。しかしコットゥールは前日に激しい落車をしていて、集団に付いていくのにすら全力を出していた。ビンダは完全に興奮してしまって、哀れなコットゥールを罵りつづけた。ビンダの興奮が全く無駄だっただけに、このシーンはばつの悪さを増大させた。つまり、逃げグループが二分のリードを奪ったとき、バルタリは大して気合いを入れる風もなく、チームメイトのヴォルピ、パスクィーニ、コッリエーリを引き連れて追走を開始したのである。

バルタリがスピードを上げるとその影響はすぐに出た。なるほど、スピード自体は驚くほど速かったわけではなかったが、前日の苦闘が影響してかなり多くの選手たちがすぐに集団からちぎれた。その中には完全に気力がなえたコットゥールがいた。同様にヴィエットも勢いを失った。そしてラザリデスも守るべき親分に付き従うために下がっていった。監督のアルシャンボーはボベが最も重要なアシストを失うことになるにもかかわらず、これを黙認した。その直後にロビックもメイン集団を離れざるを得なくなった。

ガリビエ峠への門のような位置にあるロータレ峠*の頂上では、逃げグループのリードは三〇秒になっていた。そして一キロ後で吸収された。その瞬間にテセールがアタックした。そこにジェミニアニが付いた。ボベは付いていこうとしたが、すぐに諦めた。いうまでもなく、二人のフランス人のアタックはチーム戦略の基本にもとるものだった。後にボベは回顧録の中で、これこそまさに謀反というものだったと非難している。これを謀ったのはアルシャンボーだったという噂がある。監督はマイヨー・ジョーヌのボベをあまり信頼していなかったので、テセールを総合で上位に行かせた方が良いと考えた、というのである。テセールによれば、それはナンセンスだということになる。フランスナショナルチームでは、もうとっくにチームの戦略など話し合われていなかった。むしろアルシャンボーは、各選手が勝手に自分のためにレースを走ることを黙認し、もはやそれを変えるつもりはなかったというのである。さらにテセールは、このときのアタックは特別な意図があったわけではないと強調している。これはもっとずっと単純なことだったのだ。つまり寒いのが得意だったし、ガリビエは大好きな峠だっただけだ、そう彼は主張している。ボベがいつの間にか遅れていったことにも気が付かなかった。もし気付いていれば、トゥールーズへのステージでもそうだったが、彼を待ったはずだ、と。

＊　二〇五七メートル。この峠はブリアンソンからガリビエへ向かう途中、ガリビエまであと三キロの地点にある。

ガリビエ峠は高度があるが、それほど険しいわけではない。主催者はまだ一級の山岳カテゴリーに入

れていなかった。この時のガリビエを恐ろしいほど困難なものにしたのは主に天候だった。あたりは真っ暗だった。選手たちは伴走する車のヘッドライトの明かりの輪の中だけでしか見えなくなった。雪片が大きくなり峠の上の方ではマイナス四度になっていた。しかも強い風のせいで体感温度はさらにずっと低く感じられた。ほとんどの選手が、せいぜい薄いレインジャケットを着ている程度で、寒さに蒼ざめていた。観客が温かい飲み物を手渡してくれたが、もらえるのはもっぱらフランス人選手だけだった。唯一の例外は小柄なスタン・オケルスだった。彼はカスクをかぶり、さらにベルギーナショナルチームのマイヨの上にジャケットを着ていたせいでロビックと間違えられたのである。

これに対して、バルタリは時とともに露骨に不親切な対応を受けることになった。ボベとマイヨ・ジョーヌを争うことになった今は、通常のブーイングを浴びるだけではなく、時には雪玉が投げつけられた。しかし彼もびっくりしたことに、こんな状況下でも熱いコーヒーを何杯か口にすることができた。観客からもらったのではなく、ラペビーがくれたのであるる。こんな荒れた条件のもとでは、選手たちはお互いをライバルとしてではなく、むしろ運命共同体とみなすのである。それ以外にも、ラペビーにとってバルタリはライバルなどではなかった。このイタリア人は彼にとっては別格扱い（オー・コンクール）だったのである。

同じようにレイモン・インパニスも困難な状況にあった。前日バルタリから二五分以上遅れるという壊滅的な結果であったにもかかわらず、彼はまだ総合六位につけていた。このツールに勝つことはもう出来ないと分かっていたが、最終的に五位以内に入れるかもしれない。しかし監督のカレル・ファン・ヴェイネンダーレはもはや彼を信頼せず、彼に総合で三〇秒ほど遅れているブリック・スホッテに期待をかけていた。しかし、それをインパニスが知るよしもなかった。

最初、インパニスは調子が良いと感じていた。ロータレ峠ではカメッリーニ、ファン・ダイク、キルヒェン、ティエタールと共に一分に満たない遅れでボベを追っていた。ドラマはガリビエ峠への登り、半分ほどのところで始まった。監督カレル・ファン・ヴェイネンダーレの息子で、同じようにスポルトヴェレールト紙に寄稿していたヴィレムによれば、インパニスは突然自転車から降りるとレインジャケットをくれと頼んだ。「彼はさめざめと泣きながら叫び続けた『俺はやめる。こんなの俺にとって何にもならない。寒すぎる』そして泣きつきながら訴え続けることで少なくとも五分は失った」。ファン・ヴェイネンダーレ・ジュニアによれば、このシーンはすぐこの後にまた繰り返され、インパニスの妻がクロワ・ド・フェール峠（二〇六四メートル。一九四七年以来、ツールでは一九回登場（二〇一七年現在））の頂上で待っていると教えてやらなかったら、きっとリタイアしただろうと言う。

インパニス自身はこの話を完全な作り話だと言っている。そもそも自分の妻がフランスに来ているなんて言われたって信じるはずがない。だって妻は赤ん坊と一緒に自宅にいたし、外国へ旅行することなんかできるはずもないんだ。今でもガリビエ峠の途中で自転車から降りて大きくタイムロスしたことをはっきりと覚えている。しかし全く違う理由からだ。つまりパンクだったのだ。寒さで指がかじかんでうまくタイヤを外すことができなかった。チームメイトの助けを借りたかったが駄目だった。明らかに、チームメイトと彼の関係は、フランドルの新聞が書くほど良好ではなかったのである。一人二人と彼の横を通り過ぎていった。インパニスはタイヤに噛みついて歯で剥がし、やっと替えのタイヤと取り替えることができたが、こんどはハブの蝶ねじをねじ切ってしまった。こうして、結局、マテリアルカーを待たなくてはならなかったのである。もちろんこれは戦闘意欲を著しく失わせるものだったが、しかし彼は一瞬たりともリタイアを考えたことはなかったと言い切っている。そうなると、当時ヴィレム・ファン・ヴェイネンダーレが書いた話は一体何だったのかという疑問が湧いてくる。単にジャーナリストのファンタジーだったのか？　それともこの記事で、意図的に、彼の父がインパニスを切り捨てた決断を援護しようとしたのか？

一九四八年、ガリビエ峠の頂上は今日の地点とは違ってトンネルになっていた。現在ではこのトンネルの横にアンリ・デグランジュの記念碑が建っているが、このときはまだ完成していなかった。それでも責任者のゴデやスペシエール、ルデュック、ジアネッロ、シャルル・ペリシエら昔の名選手たちや関係者が、未完成の記念碑に花を捧げて黙禱するために立ち止まった。そしてみんな歯をガチガチ言わせながら暖かい車の中へ戻った。

このトンネルに最初に入ったのはテセールとジェミニアニだった。二分足らずの後にエキゾチックな

ガリビエ峠の下り

レインジャケットを着たアンドレ・ブリューレが続いた。この奇妙なレインジャケットのおかげで、彼は気ままなファンタジスタとして記者たちの印象に強く残ることになった。しかし、彼がこのジャケットを着たのはみずからのオリジナリティを出すためではなかった。それはパラシュートシルクでできた特注品で、他の選手たちが来ている通常モデルよりも軽く通気性のあるものだった。ブリューレに一五秒遅れてバルタリ、ボベ、オケルスがやって来た。ラペビーとスホッテもそれほど遅れてなかった。これに対してロンコーニ、インパニス、そしてロビックはすでに一〇分以上遅れていた。ヴィエットとラザリデスはまるで先頭を走っているかのように歓声で迎えられたが、実際にはこの間に一五分以上遅れていた。

トンネルのおかげで選手たちは一瞬とはいえ寒さから解放された。しかしトンネルを抜けると切るような北風が顔に吹き付けた。そして道路の悲惨な状態がこれに付け加わった。第7ステージのオービスク峠と同様、まだアスファルト道路の準備段階だったのだ。その結果として、この数日の大雨と雪のせいで道路上には巨大な泥の穴ができていた。場所によっては深さ三〇センチものぬかるみができていたのである。

ゴデはこの場所で、最終走者が通過するまで伴走するキャラバン隊の車両を待たせることにした。これ自体はとても賢明な判断だった。列をなして進む車がぬかるみの中で止まって渋滞がおき

ガリビエ峠でリタイアしようとするロビック

れば、選手たちはそのせいで立ち往生しなければならなかっただろう。他方で、パンクした選手たちにとってはとんでもない災難だった。監督もメカニックもそばにいなくなって、みずからのかじかみこわばった手でタイヤを変えなければならなかったのだ。登りならまだ観客があちこちにいて手伝ってくれたが、下りでは観客はほとんど皆無だった。ジェミニアニはタイヤ交換に五分以上かかった。それでもまだ早い方で、ベルギーチームのマティウやデュポン、あるいは他の多くの選手たちも簡単な修理に一〇分以上かかったのである。

トラブルに合わずに済んだ選手たちはみずからの幸運を喜んだ。だが彼らだって、ありとあらゆる困難を耐えねばならなかったのである。道路がひどい状態だったから、オートバイも降りて押さなければならなかった。ほとんどすべての選手がかなりの距離を、自転車を押して進まなければならなかった。走行可能な区間も滑りやすかったり、泥の下のとがった石のせいで、まったく油断ならなかった。さらに選手たちの手は冷え切ってしまって、まともにブレーキをかけることすらままならなかった。数えきれないほど落車が起きた。トンネルの中で滑って転んだロンコーニは自転車を降り、マッサーが長いタイツを用意してようやくまた走り出した。「俺はフランスを走ってるつもりだった。だけどどうやら北極に来てたらしい」と彼は呻きながら言った。それでもさらに走り続けた。

ヘンク・デ・ホーホ

もっとひどかったのがロビックだった。彼はロンコーニと同様、寒さに強くなかった。すでにトンネルの直前で一度疲れ切って転んでいた。下りが始まるとまたすぐに止まって、もう走れないと嗚咽を漏らした。たまたまそばにいた観客が彼を毛布でくるみ、体をこすって温めてやった。一人の女性が彼にウールの手袋を渡した。ヴィエットとラザリデスが追い抜いて行ったときに、ロビックは再び自転車に乗ってチームメイトたちの後について行こうとした。リタイアしようと本気で思ったのはロビックだけではない。南西チームのダニエル・オルツ（1924～2013（1948-50?）二勝）も諦めてやめようと、ゼッケンを外し始めた。だがオートバイのドライバーが彼にアドバイスした、ここでリタイアしても乗せてくれる車が来るまではかなり待たなければならないから、下の谷まで自力で走って行った方がいい、と。そこでオルツはゼッケンを再び付け直して走り続けた。そして一時間以上遅れたが結局ゴールまでたどり着くことになった。

オランダ人のヘンク・デ・ホーホはパンクした拍子にひっくり返ってぬかるみに転げ落ちた。ヴィム・デ・ロイテルが助けようと止まった。だが二人ともパンクしたタイヤをリムからはがすことができなかった。彼らは自転車を手に、煙突から煙が上がるのが見えた山小屋へ駆けていった。迎え入れられた彼らは、自家製の蒸留酒を生のまま一杯グイッとやって暖炉の火で手を温めた。そして借りられるような長ズボンがないかと住民に尋ねたが、残念ながらそれはなかった。たっぷり一五分温まった後、彼らは再びコースに戻った。だが直後にデ・ホーホはチェーンを切ってしまい、もう一度落車した。デ・ロイテルは制限タイム前にゴールするために単独で走り続けた。デ・ホーホはマイヨが破れ、泥で真っ黒になりながらマテリアルカーを待った。「俺はどんな風に見える?」と、彼はヘット・フォルク紙のヴィリー・ホフマンスに尋ねた。この英雄的な姿に心底感動したホフマンスは、のちにその記事の中で書いた、「毅然として男らしく、見事に見えた」と。

ほとんどの選手たちはガリビエ峠からの下りに、登り以上の時間をかけた。先頭に立ったボベとバルタリは、谷ですでに通過予想時間よりも三〇分も遅れていた。そのすぐ後にラペビー、キルヒェン、スホッテ、テセール、ピオ、ファン・ダイクが追いついてきた。オケルスとカメッリーニが三分遅れで続き、ヴィエット、ラザリデス、ロビックは二二分、インパニスは二六分遅れていた。この間に幸いにも天候が少し良くなった。気温はなんとか氷点下ではなくなった。時々まだ少し雨が降ったが、時には太陽が顔を出した。

三時間半が過ぎてやっと最初の選手たちが、スタート地点のブリアンソンからまだ八三キロしか離れていないサン゠ジャン・ド・モーリエンヌの村に到着した。そこからクロワ・ド・フェール峠への登りが始まる。この峠は標高二〇五八メートル、一級山岳としてこの日の最もハードな障壁になっていた。事前予想ではこの峠で今年のツールが決まるという意見が大勢を占めていた。四キロほど登ったところで、予想通りバルタリがアタックした。即座にボベが反応し、ブリューレと共同で捕まえた。少し後には他の選手たちも再び追いついた。すぐにバルタリは二回目のアタックを試みたが、今回もボベとブリューレが粘り強く追った。さらに三キロ行ったところでバルタリが三度目のアタックを試みた。今回こそはうまくいったように思われた。彼はあっという間に三〇秒のリードを奪った。しかし今回もボベとブリューレが全力を振り絞って追いつくことができた。

クロワ・ド・フェールへ向かう
ブリューレ、バルタリ、ボベ

フランス人記者たちは完全に我を忘れた。フランス・ソワール紙の昼版のツール途中経過は、バルタリがヘアピンカーブごとに「まるで競技場を走るように」アタックするが、ボベとブリューレはスピードの変化にことごとく反応している。しかし、誰も気づかないまま、二人のフランス人選手はまんまと罠にはまっていった。クロワ・ド・フェールのふもとからゴールまではまだ一八〇キロもあった。そしてバルタリはこの距離を単独で逃げることなど考えていなかった。彼が短いアタックを繰り返したのは、単にボベのチームメイトのテセールを振り落とそうとしただけである。そうすればマイヨ・ジョーヌは丸腰になる。そしてそれが成功した今、あとは二人の同行者を少しずつ挑発するように刺激して疲れさせてしまえばいいのだ。この後すぐに彼は動き出そうとした。もちろんみんなバルタリのトレードマークになっていたこの戦術を見抜き始めていた。ただ、このステージはプロフィール的にバルタリの戦術には向いていないと考えていた。最もきつい山がゴールのすぐ手前にあった前日のコースなら理想的だったが、クロワ・ド・フェールの後には第一級カテゴリーの登りはもうなかった。

クロワ・ド・フェールの頂上ではもちろん今回もボーナスタイムが与えられた。一位と二位にはそれぞれ一分と三〇秒のタ

クロワ・ド・フェールへ向かう
バルタリ、ボベ、ブリューレ

イムが差し引かれ、これは言うまでもなくバルタリとボベには大きな意味を持っていた。ただし総合タイムで三〇分以上離れているブリューレにはあまり関係なかった。だから先頭の三人が協定を結ぶのは考えられることだった。ブリューレはボーナスタイム争いに加わらないことを約束し、その代わりに見返りをもらうことにした。今日ならこうした申し合わせでは、おそらく数百ユーロが相場だろう。しかし一九四八年には額はそれほど高くなかった。ブリューレは二人の同行者からそれぞれ数本のタイヤをもらうことで手を打った。バルタリはすでにその晩に数本のタイヤを彼のところへ持って行った。しかしボベからはもらえなかったと言う。

ボベは、バルタリが登りのスプリンターとしてはほとんど最強だということが分かっていたので、峠の一キロ前からアタックしてあわてさせてやろうとした。バルタリとしては、即座に反応して捕まえることができたはずである。しかしそれは彼の戦術計画に合わなかった。その代わりに彼は二、三〇メートルの距離を保って、ボベに、全力を振り絞ればトップ通過出来るという幻想を与えることにした。そして最後の瞬間になってようやくバルタリはライバルを追い抜いた。「バルタリはやっとのことでボベをスプリントで下した」とフランス・ソワール紙は書きたてた。

クロワ・ド・フェールへ向かう
ボベとバルタリ

これはもちろんそんな単純なことではなかった。しかしそれでもバルタリはボベの作戦と能力に強い印象を受けた。「おまえは大した選手だな」と彼は敬意を持ってボベに言った。このスプリントはかなり激しいもので、三番目に峠を通過したブリューレは一〇〇メートル以上、三五秒の遅れをとった。さらに追走グループは三分半遅れだった。この間にカメッリーニとオケルスが追走グループに追いつき、一方テセールは脱落していた。

クロワ・ド・フェールの下りはガリビエの下りよりは天候状態がはるかによかった。そうは言ってもやはり寒く、時々突風が吹いて選手たちの顔に霙（みぞれ）が降りかかった。他にも数日来の雨のせいで、雨水の流れが小川となって道路を横切り、そこには砂利が溜まっていた。こうした場所のひとつでバルタリはパンクに見舞われた。ここまではすべてが計画通りに進んでいたのに、予期せぬ不運――なにより監督ビンダの車は今回も選手たちについてこられなかった。バルタリはかじかんだ指で修理をし、チーム監督がかなり遅れて彼に追いついたときは、怒りのあまり地面をけり上げた。この停車で二分以上が費やされ、同行者はとっくに視界から消えていた。

ボベにとっては前日の不運をすべて取り返せるチャンスだと思えた。この日最もきつい登りはなんとか越えた。そして自分

滝のようなクロワ・ド・フェールの下り

はブリューレのアシストを期待できるのに対して、バルタリは激しい風の中を単独で走らなければならないのだ。ブリューレはボベのチームメイトではなかったが、彼との共同を拒む理由はなかった。このリードをエクスまで守ることができれば、ボベはスポーツ競技の不文律の決まりに従って、自転車のステージ勝利をブリューレに譲ったことだろう。

下りが残り五キロの時点でバルタリは四〇秒つめたが、二人に対してまだ一分半のリードを奪われていた。彼らを捉えることがうまくいっても、かなりの労力を要するだろうし、彼の戦術がうまくいかなくなる可能性も高くなるだろう。ビンダ監督は自分が何をすべきか分からなかった。彼はガゼッタ・デッロ・スポルトの主幹のアンブロジーニとスタディオ紙のチーフディレクターのキエリチに、後から来る選手たちがすでにかなり迫っていないか見てきてほしいと頼んだ。彼らは、バルタリの後方一分半以内にバルタリに協力してくれそうな選手が七人いるという情報を携えて戻ってきた。ビンダはいささかの躊躇の後、バルタリに後ろを待てと指示した。

バルタリに追いついた選手たちで、ツールで優勝できると本気で考えるような選手は一人もいなかった。しかしステージ勝利や総合で順位を上げたいと願っていた。それ以外にもこの集団には三人のベルギー人が混じっていた。彼らは高額の賞金が掛けられているチーム順位での勝利を狙っていた。だから先行する二人をできるだけ早く捕まえることが全員の関心事だったのである。協力しなかったのは、アンドレ・ブリュールと同じパリチームのクレベール・ピオと、ハンガーノックを起こして、ちぎれないことだけで精いっぱいだったギイ・ラペビーだけだった。

この中でもっとも働いたのはフェルモ・カメッリーニだった。当初、これはかなり奇妙に思われた。彼のチームのエース、ロヒェル・ランブレヒト*はこの集団にいなかったからである。しかし、彼には別の理由があった。つまり、バルタリが賞金の良いツール・ド・スイスに出場しないことにしたとき、カメッリーニを自分の代わりに推薦したのである。カメッリーニはそれにとても感謝し、いつかこのお礼がしたいと公言していた。その瞬間が今まさに来たのである。

＊　二人はそれぞれイタリア人とベルギー人だったがスイス人、イタリア人、ベルギー人、ポーランド人の混成チームのインターナショナルチーム所属。

前を行く二人のリードは急速に縮まり、捕まるのも時間の問題であることがはっきりした。それにもかかわらず、フランスチーム監督アルシャンボーはほとんど捕まる寸前になって、やっとボベに力を温存するように合図した。「努力が無に帰するのを目にするのは辛いことだ」とビンダは頭を振りながらキエリチに言った。

このステージの最後の障壁はポルト峠*だった。この峠は確かに標高一三二五メートルしかなく、カテゴリー二級の山岳だったが、峠道は一四キロ続き、標高差は一一〇〇メートルもあった。峠のふもとのグルノーブルに、この日二つ目の食料補給ポイントが設置されていた。山岳ステージではいつでもそうだが、補給はハードな登りの直前に置かれていたのである。これは選手たちをある種のジレンマに陥らせるものだった。サンドイッチは胃に負担になるし、重量が増える。だから、何かしら狙う選手たちは軽い食料を少しだけ取って、残りは投げ捨てた。バルタリはバナナ数本、チキン、一握りの角砂糖にあえて手を付けなかった。その代わりに同行者たちがサコッシュをどうするかを確認した。

＊ 一九六〇年代から七〇年代にかけてツールによく登場した。二〇一七年現在一八回コースになっている。

再び雨が激しく降り始め、先頭グループはグルノーブルの郊外へ向けてゆっくりと進んでいった。コースが登り始めた瞬間に、バルタリはギアをチェンジアップして、まるでゴールスプリントのようにダッシュした。ボベもすぐに反応したがライバルに近づけなかった。今回はクロワ・ド・フェールで見せたような見せかけのアタックではなく、正真正銘の攻撃だった。バルタリがこれまで蓄えてきた精神的肉体的な力をすべて振り絞ったのはこのツールで二度目のことだった。後にクレベール・ピオは、このときのバルタリは時速三五キロは出ていたと語っている。これに対して自分たちは二〇キロも出ていなかっただろう。おそらくこれはかなり正確な数値だったと思われる。というのは、集団は二キロで二分半以上の差をつけられてしまったからである。ボベは遅れを取り戻せる差に収めようと絶望的な努力をしていた。しかし無駄だった。たしかにバルタリのチェーンが外れて止まった時に一分縮めたが、残りの登りで一キロごとにほぼ三〇秒ずつ失っていった。

その間にも集団はばらばらになっていった。最初にちぎれたのはギイ・ラペビーだった。グルノーブ

第14ステージ、ポルト峠を先頭通過するバルタリ

ルで大急ぎで何かを食べたのだが、効果があったのは一瞬のことだった。ゴデが追い抜くとき、彼の方を無関心な目で見た。「俺はまだやめないぞ！」ラペビーは叫んだ。彼は一メートルごとの距離を刻むように、前を行く選手の後輪だけに集中して、その距離がそれ以上広がらないように必死に戦っていた。同時に持てる力をすべて発揮できるように、考えられる限りのやり方で精神力を鼓舞していた。幼い息子のセルジュがポルト峠の頂上で腹をすかして泣いている、だから俺はできる限りの速さでそこまで登ってボトルを渡してやらなければならない、そんな空想までした。頂上に近づいたころに、彼は徐々に再び力を取り戻した。疲れ切って小さな穴に転げ落ちたブリューレを追い抜くと、頂上ではボベのグループに一分程度の遅れまで挽回した。

バルタリに遅れること六分半でボベが頂上に着いたとき、数千人の観客の声援を受けたが、彼は自分のマイヨ・ジョーヌが失われたことを悟った。一人ではライバルに太刀打ちできないし、チームメイトのアシストを期待することもかなわなかった。これはアポ・ラザリデスが頂上二キロ前で追いついてきて、一五秒のボーナスタイムを狙ってきたときに辛く意識させられた。

ラザリデスが突然どこからやって来たのかは長い間人々に疑義をひきおこすものだった。グルノーブルでの公式タイム計測によれば、アポは先頭グループに対して一〇分以上遅れていた。つまり彼はポルト峠で鎖を解き放ったバルタリよりも四分も速かったことになる*——新たな伝説の材料であり、すぐにこれは大きな反響を生んだ。何年にもわたって、ラザリデスは戦後のフランスで最高のクライマーだという名声を得た。ただし、第一級の山岳で頂上をトップ通過したことはついになかった。ヴィエットは彼の忠実な弟子が、もし序盤で自分をアシストするために下がってなかったら、きっと彼がこのステージを取っていただろうと発言して、人々の驚嘆をさらに煽った。何人かのジャーナリストはポルト峠の登りを見て、もしアルシャンボーが第一ステージでラザリデスを見捨てなければ（六〇頁参照）、彼がこのツールで優勝していたかもしれないとすら言い出すのだった。他の解説者たちは、次回のツールでは彼をフランスナショナルチームのエースに据えるべきだと主張した。

＊　一〇分遅れて登り始めたラザリデスがバルタリから六分遅れたボベに追いついたわけである。

この事件で最も注目すべきことは、ラザリデスが突然先頭グループに浮上したことではなく、マスコミが、当てにならないことで有名な公式タイム表示に対して、全く疑問を持たなかったことのほうである。このケースでも正確な計測など不可能だったはずである。まずなによりも、オランダのフォルクスクラント紙とフランドルのフォルクスガゼット紙*によれば、ラザリデスとヴィエットのグループの遅れは数秒程度だったという。これはベルナール・ゴーティエも証言していることである。彼はグルノーブル出身で、ラザリデスとヴィエットと一緒にこの町を通過した。彼の言うところでは、登りに入る前に

先頭グループに追いついた。それどころか彼はそこでアタックしようと思ったが、バルタリに先を越されてしまったと言うのである。

＊　一九一四年〜七八年まで発行されていたベルギーのオランダ語の日刊紙。

この証言がなかったとしても、冷静にポルト峠での中間計測を見れば、公式のタイム差表示は間違っていたことがわかるはずである。そうでなければ、ラザリデスだけではなく、決して「山の山羊（クライマー）」ではなかったゴーティエですら、バルタリよりも速く登ったことになってしまうのだ。だが、おそらくこの事実は記者たちの興味を引かなかったのだろう。新たな伝説以上に読者にアピールすることはないからである。

ラザリデスの追走はおそらく一般に語られるほどセンセーショナルなものではなかったのだろうが、しかしそうだとしても、ヴィエットと彼がかなり大きな遅れを取り戻したことは注目すべきことだった。少なくともロビックにはそれはかなわなかった。クロワ・ド・フェール峠ではまだ

タリ二度目のパンク修理を手伝うビンダ

ラザリデスはロビックをひいていたが、最終的にはチームメイト二人は彼をおいて行かざるをえなかった。疲れきり、低体温症と空腹に苦しみながら、ロビックは地域チームのアルフォンス・デュヴリース（1922～2011（1944-52）一勝）と一緒に二〇分以上遅れてポルト峠を越えた。観客からはますます敵意に満ちた声を浴びせられて、惨めな気持ちはさらに高まった。観客たちは、見た目にもわかるほど疲れ切ったボベが、それでも絶望的な努力をして、力に満ち溢れたバルタリに対する遅れを最低限にとどめようとしているのを目にしていた。フランスの自転車ファンの新たなアイドルが、いままさにツールを失おうとしているのである。ロビックはこの敗北のための理想的なスケープゴートだった。というのも、一般的な評価では、前日の彼のエゴイスティックなソロアタックがバルタリの攻撃を誘発したことになっていたからである。

ポルト峠の頂上でついにロビックはキレた。トレーラーから観客の一人が、すべては当然の報いだ、と叫んだ時、ロビックは自転車を放り出してその男に向かって出てこいと怒鳴った。男が拒否するとロビックはトレーラーに乗り込んで男に掴みかかった。周りにいた人たちがなんとか収めたが、ロビックが戻ろうとして自分の自転車を探すと、百メートルも離れたところに転がっていた。このハプニングの一部始終を見ていたのはデュヴリースのチーム監督だったマルセル・ビドー*だった。そして彼がロビックにレースを続行するよう、こんこんと説得したのだった。

＊ 1902～1995（1923-39）一三勝、仏選手権一勝、選手として以上に、一九五二～六八年のフランスナショナルチーム監督として名を成した。

ロビックがフラストレーションを爆発させている間に、バルタリの方はすでに次の登り、クーシェロ

ン峠*の頂上に到着していた。この峠は山岳賞が設定されていなかった。この時までにラザリデスがバルタリに対して何秒かタイムを取り返していた可能性はある――ここでもタイム計測は当てにはならないが。しかし、そうだとしてもラザリデスはかなり疲れていた。だからこの峠で再び数分のタイムを失った。そしてヴィエットを待つことにした。

＊　一一三九メートル。一九四七年以来一三回登場したが、二〇〇〇年以来コースに入っていない。

バルタリはこの日二度目のパンクに見舞われたが、それでもその勢いはいささかも衰えなかった。イタリアチームのメカニックがタイヤを張り替えている間に、バルタリはこのステージの地図を入念に見直し、自分が今どこにいるのかをしっかりとチェックした。エクスで彼は、最後の登りで他の追走者たちを振り切ったスタン・オケルスに対して、ほぼ六分の差をつけた。観客たちは失望し、歓声もわずかだった。敵意に満ちた声も聞こえたので、ツールの総合コミッセールのボーピュイ大佐（前年度からツールの総合コミッセールに就任した。元フランス軍学校長）は、新マイヨ・ジヨーヌの凱旋走行を取りやめた方が良いと判断した。バルタリはピンクのグラジオラスの大きな花束を受け取り二人のポディウムガールにキスされた――今回は落ち着いてそれを受けることができた――。前日とは違ってすぐにホテルへ戻ることもなかった。ボベとの差を見たかったのだ。ボベは七分以上遅れてゴールした。スホッテ、ファン・ダイク、キルヒェンそして完全に回復したラペビーと一緒だった。ボベは泣きながらゴールラインを通過したが、前日以上の大声援を受けた。彼もグラジオラスの花束を渡され、妻と母から抱擁された。この二人はボベにおめでとうを言うためにエクスまで来ていたのだが、実際には慰めに来たことになった。

バルタリがゴールして一時間、六時一五分になっても、六三人の選手のうち三七人しかゴールしていなかった。ヘンク・デ・ホーホは途中地方チームのアルフレド・マコーリグと合流して、夜の八時にやっとエクスへ到着した。彼らがグルノーブルの補給地点に着いたとき、補給サービスはすでに撤去されていた。二人は食料を求めてかなりの時間を費やした。しかし、幸いにもあちこちからいくらかのパンと数本のバナナを手に入れることができた。

だが彼らはまだ最終走者ではなかった。若鷲（ベルギーBチーム）のアンドレ・ロセール（1924～65（1947-57）四六勝。ベルギー選手権一勝）とマテイスがエクスに到着した時には、町はすでに通常の生活が始まっていた。しかも彼らはフランス語が全く話せず、ゴール地点を見つけることができなかった。チーム監督のポール・ファンデルフェルデは怒りを露わにしながら、二人をレースから排除しないよう審判に詰め寄った。彼の考えでは、このようなすさまじいステージを完走した選手は失格にすべきではなかった。しかしロセールとマテイスは正規のコースを最後まで走らなかったので、ファンデルフェルデの願いがかなうことはなかった。

これに対して、同様にタイムアウトだったデ・ホーホとマコーリグは翌日もスタートすることが許された。このお目こぼしは、二人がトラブルによって大きくタイムロスしたからという理由で公式に認められた。たしかに、チェーンが切れたデ・ホーホにはそれが当てはまったが、パンクが一度だけだったマコーリグには当てはまらなかった。しかし、ファンデルフェルデのアピールは審判を動かすことがなかった。だが、このステージが尋常ならざるものだったことはみんなが感じていた。カレル・ファン・ヴェイネンダーレはこの日の恐怖は後の世代の想像力を越えたものになるだろうと書いた。一九〇三年以来一度も欠かさずツールを見てきたアンリ・マンション（一七〇頁参照）は、この日を悪名高い一九二六年のバイヨンヌ～ルション間のピレネーステージ*と同等の困難さだったと言った。選手たちも、自分たちがなにか特別なことを成し遂げたのだという自覚があった。「これで俺たちは本当の自転車乗りだということを証明できた」とパリチームのロベール・シャパットは満足気に語った。

＊ この年の第10ステージは吹雪と気温低下によって二〇人以上の選手がリタイアした稀に見る悲惨なステージとして知られる。

大したことではないというそぶりの選手はギイ・ラペビー一人だけだった。彼に言わせれば、確かにこのステージはハードだったが、六日間レースの方がはるかにハードだというのだった。彼の仲間たちはこの言葉を、パリのスタート時に聞かされた「絹でできたロード選手」という揶揄に対するリベンジと理解した。彼がそんなヤワな選手ではないことは、すでにだれもが納得していたが、彼は相変わらずアピールし続けていた。

休息日　エクス・レ・バン　7／17土　小さなアンドレアは誇りに思っていい

五〇年前（本書の刊行は二〇〇三年）のツール・ド・フランス。キャラバン隊が滞在する都市にとって、ツールの休息日は一大イベントだった。通常は特別な催し物と歓迎会が続く。チャンピオンを一目見ようと周辺地域から人々が集まり、また可能であればサインをねだろうとする。ビアリッツ、トゥールーズ、カンヌでは大勢のファンが押しかけたが、エクスでは大部分のファンは失望していて、集まってこなかった。ほとんどの選手も街に出て行くには疲れすぎていて、この日を本来の目的のために使おうとした。つまり休養である。

二人のスター、バルタリとボベも二人が宿泊しているホテルの玄関先にすら現れなかった。だが彼らはラウンジで出会い、短い会話をした。居合わせた記者が報告するところでは、バルタリはおおよそ次のようなことを言ったという。「きみには悪いが、今回でわたしの勝利はかなり確かなものになったと思う。しかしきみはまだ若いし、この後いつかきっと勝てるだろう。いずれにしても、きみが頑張ることを心の底から願っているよ」。これに対してボベはこう返したと言う。「ツールはまだ終わってないですよ。しかし昨日のあなたは強かった。脱帽でした。ともかくあなたには『桁違いのレベル』とはどういうものかを教えていただきました」。それから二人の紳士は握手した。

マスコミを前にしたときも二人のライバルはお互いをたたえ合った。バルタリはあらためて、自分のライバルは偉大な選手であり、何年後かにはフランスのカンピオニッシモに上りつめるだろうと繰り返し、一方のボベは「もし私がマイヨ・ジョーヌを誰か他の選手に奪われたのだとしたら、悔しくて頭がどうかなってしまったかもしれないけど、バルタリのような人に負けたことは恥でも何でもない。私たちみんながその前では頭を下げねばならない例外的な選手なんだから」と持ち上げるのだった。

もちろんバルタリの成し遂げたことに対して敬意を払ったのはボベだけではなかった。マスコミは最上級をひたすら羅列し（「すばらしい」「天才的」「巨匠」「史上最高のステージレーサー」）、この先こんな選手にはなかなか会えないだろうと言いあっていた。「雪と雨と氷の地獄から輝かしく立ち現れたバルタリ、汚泥の外皮で覆われた大天使、ぐっしょり濡れたマイヨは並外れたチャンピオンの高貴な魂を隠している」これはゴデが巻頭記事の冒頭に掲げた言葉である。また、ほとんどの記者はバルタリを見くびっていたことを恥じ、一種のへりくだった様を見せていた。

実際にバルタリが強さを見せることを予想していたのは二人の元選手で、しかもそれは偶然ではなかった。その二人はロジェ・ラペビーとシャルル・ペリシエである。あとになってから、これをすでにずっと見抜いていたと主張する解説者はたくさんいた。ガゼッタ・デッロ・スポルト紙の編集部員たちもそうである。サン・レモ～カンヌのステージ後に、バルタリは山岳王の王笏を完全に失ったと書いた同じ記者たちが、バルタリを常に信頼してきたかのような顔をして、「私たちだけが、われらがチャンピオンのすぐそばに付き添っていた私たちだけが、彼の計画とやり返してやるという確固たる信念と、彼の意志の強さと絶好調のコンディションについて最新の情報をお伝えしてきた私たちだけが、決して希望を失うことがなかったのだ」と書いた。グィド・ジアルディーニはそのことを前回の休息日に詳しく書くつもりだったが、残念ながらゼネストのせいでかなわなかったのだと付け加えている。

これは全くの嘘である。ジアルディーニはレキップ紙とベルギーの仏語新聞レ・シュポールにも記事を載せていた。そして休息日にこの二つの新聞でも王笏を失った物語を繰り返しているのである。こうした間違った評価もそれ自体は驚くにあたらなかった。ガゼッタ・デッロ・スポルトでの主張とは違って、ほとんどのイタリア人記者は選手たちのそれほど近くにいるわけではなかった。ムッソリーニのファシズム体制の間にジャーナリストのステータスは法外なほど高まっていた。彼らは自分たちの新しい社会的なステータスを何が何でも見せつけようとした。ツールの間も彼らはすぐに見分けることができた。常にネクタイを締め、時には上流階級の紳士が着用した片メガネ、モノクルまで携えていたのである。彼らの多くは自転車選手を見下すようだった。わずかな例外の一人がトゥットスポルト（一九四五年創刊のイタリアの日刊スポーツ新聞）のルッジエロ・ラディチだった。彼はいつもセーターか開襟シャツをきていて、見た目だけでも同僚とは違っていた。

人々のバルタリに対する称讃に対して、ジャーナリストたちはそれでも、もしボベがクランクを折らなかったら、あるいはもしフランスナショナルチームの選手たちがもっと協調していたらどうなっていたかという疑問にこだわっていた。答えは簡単だった。そうだったとすればバルタリは別の作戦を用意しただろう。ボベ自身は何ら幻想を抱くことなく、単純に自分がライバルに太刀打ちできなかったことを認めていた、「彼はすべてを見ていた。すべてを見越していた。そして私たちほど疲れていなかった。特に私ほど疲れていなかった」。

それにもかかわらず、相変わらずバルタリの卓越性を認めない人間が一人いた。ジャン・ロビックである。彼は相変わらず自分こそ一番だと信じていた。この時点ですでに一時間以上遅れているということも、彼の確信を砕くものではなかった。レキップ紙とのインタビューでも、イゾアール峠で極端に寒くなければ今回も自分が勝つことができたはずだと言っている。なによりピレネーとトゥリーニ峠で、おれの方がバルタリよりもクライマーとして優れていることは証明済みだ。ノーマルな環境ならバルタリにちぎられるはずはない。それ以外にも、いくつかの峠でボーナスタイムを獲得できたはずだから、そう考えれば少なくとも総合二位にいるのはおれだったはずだ。それもせいぜいバルタリから四分遅れ程度で。このタイムは一九四七年のツールで山岳が終わった後におれが取り戻さなければならなかった遅れの半分に過ぎない。* 彼は別の言い方もしている。勝利をほぼ手中にしていたのになぁ。

* 前年のロビックは山岳ステージが終わった時点で、トップに七分半以上の差をつけられていた。

「子ヤギ（ビケ）」の論拠に納得する人間はほとんどいなかった。まず、もしロビックがバルタリについてきていたら、バルタリはきっと何もせずに静観していることはなかっただろう。なによりもマイヨ・ジョーヌのチームメイトとしてバルタリに協力することは許されなかったし、むろんそんなつもりもなかっただろうから。第二に、ロビックは確かに優れたクライマーだったが一九四八年以後になると、コッピやバルタリと同レベルのクライマーであることを立証することはもうできなかった。一九四七年の大ピレネーの第15ステージで二位に一〇分以上の差をつけて勝ったのは確かだが、この年のツールは特別強力なライバルがいたわけではなかったし、それ以外にも彼の勝利はかなり水増しされたものだった。このステージ三つ目のトゥルマレ峠の中盤、ロビックは追走するブランビッラを一〇〇メートルほどリードしていた。その時文字通り空から彼にとっての幸運が落ちてきた。彼のすぐ後ろに小型飛行機が墜落して道をふさいでしまったのだ。おかげで追走する選手たちは残骸を乗り越えなければならず、かなりのタイムをロスした。

　バルタリの成功に対して称讃の嵐があっても、しかし彼がすでにツールに勝ったと万人が納得していたわけではなかった。まだ七ステージ残っていたし、その中には長距離のタイムトライアルが含まれていた。八分のリードでは十分とはいえなかった。カレル・ファン・ヴェイネンダーレなどは、バルタリはマイヨ・ジョーヌを失うだろうと予言していた。むろん彼が最強なのは認めるが、次のステージではすべての強豪チームが彼をつぶそうとするだろう。これは間違いなく彼にとっては災いをもたらすはずだ。彼にはアシストがほとんどいないのだから。

　ベルギーの監督が語った陰鬱な予想もイタリアチームのお祭り気分に何ら影響しなかった。バルタリは今後の問題の可能性を冷静にわきまえていた。それに対して彼のグレガーリ（アシスト）は、すでにツールは勝ったものだと確信していた。彼らがますます調子を上げる可能性をファン・ヴェイネンダーレは見落としていた。大山岳ステージが終わった今は、彼らはキャプテンのバルタリをパリまで連れて行くことができると信じていた。

　もう大丈夫だという確信は、バルタリを祝福するためにやってきて、バルタリのホテルの部屋に数人ずつのグループで通されたイタリア人のたくさんの訪問者たちの間にも広まっていた。この朝バルタリが受け取った三百通の手紙や電報の送り主たちも同様だった。その中にはファウスト・コッピのメッセージもあった「気分良くしていたまえよ、ジノ、ツールはもう決まったんだからね。きみにこそふさわしい勝利だ。いつもそう思っていたんだ。パリで心からきみの勝利におめでとうと言わせてもらうことにするよ」。バルタリが最も誇らしく思った電報は、のちに教皇パウロ六世になるモンティーニ猊下（1897～1978　在位 1963-78）のもので、現教皇の名で送られてきたものだった。彼はそれを訪れた人たちみんなに見せるのだった、「教皇様もあなたの敬虔な気持ちをお喜びになり、あなたが願う祝福を喜んでお授けくださいました」。

イタリア首相デ・ガスペリはバルタリに電報を送っただけでなく、秘書をすぐにエクスへ派遣した。秘書はバルタリに心からの祝福を述べると、政府を代表して感謝の意を表した。彼はイタリアからメッセージも携えていた。そこには内戦の危険は完全に去ったようだと書かれていた。バルタリはアルプスで連勝したわけだが、この二つ目の勝利は最初のものよりもずっと大きな熱狂を生み出していた。ローマからのニュースによれば、労働組合議長のヴィットリオが群衆にむかって演説しているところに、バルタリがマイヨ・ジョーヌを奪取したことを知らせる三台の広報車が街中を走ってきた。広場に集まっていた人たちはほとんどがバーへ殺到してイタリアの勝利を祝って祝杯を挙げたのだった。

しかし、イタリアが再び平静を取り戻した最大の理由は、撃たれたトリアッティがその間に危機を脱したことにあったのは言うまでもない。もちろん、医者たちは彼に新聞を読むことを禁じた。イタリアの情勢についてのニュースに興奮しすぎる可能性があったからだ。しかしスポーツ新聞は読んでも良いことになった。彼がツール・ド・フランスの情報をなんとしても知りたいと言ったからである。

バルタリ自身も電報を打っていた。あて先は九歳になる息子のアンドレアだった。息子はバルタリがフィレンツェの自宅を出発する前に、行かないでと懇願した。みんながお父さんはツールに勝つには年を取りすぎていると言ってるから、と言うのだった。バルタリの電報にはこう書かれていた「お父さんは今でもチャンピオンだぞ」

バルタリのもとを訪れた一人にロンコーニがいた。彼は、おめでとうと言うためだけではなく、ある提案をしに来たのである。二つのアルプスステージが終わった後、若手（カデッティ）チームのキャプテンである彼は、総合成績でトップから一時間半近く遅れた一九位だった。すでに上位の望みがなくなった今、彼の提案は、賞金の一部を提供してくれれば若手（カデット）チームにバルタリのアシストをさせるというものだった。バルタリはこれを断った。多くの記者は、ロンコーニがここまでのステージでバルタリに協力しなかったから嫌われたのだと考えたが、そうではなかった。理由は別の所にあった。バルタリは、同じイタリア人ロンコーニが自分のアシストをするには、すでに疲労困憊状態であることを正確に見抜いていたのである。事実、翌日のステージ半ばでロンコーニはリタイアすることになるのである。

残った三人の若手（カデット）、セゲッツィ、マーニ、ランベルティーニは当然のごとくバルタリのチームの一員とみなされることになった。むろん公式にはレース中は自立した自由な立場にあることになっていたが、この後はイタリアナショナルチームと同じ喜びを味わえたのである。これは一九四八年には特別なことではなかった。極端に人数の少なくなったチームがどこかに吸収されるのは珍しくなかった。その理由は経済的なものだった。二つのチームが合併すれば、それはつまりチームが丸々ひとつ、監督からマッサーや世話役までご帰宅いただけるわけである。主催者側にとってはかなりのコスト削減ができる。だから最後に残っていたブルターニュ出身で西部チーム所属のボナヴェントゥールもエクスの町で残りのツールを北東地域チームの一員として走ることになった。

ジャン・キルヒェンも同様に新しい仮寓を見つけたが、それはまた別の理由からだった。彼はチームで唯一のルクセンブルク人になってしまったのである。他は皆オランダ人選手だった。このチームの監督は高名なスポーツ記者のヨリス・ファン・デン・ベルフ（1882～1953）だった。うまくいったためしはほとんどなかったが、この時代、ジャーナリストがチーム監督を勤めることはよくあった。当然のことながら、彼らが長年にわたってツールについて書いてきたことは、実際に選手たちが生きていた現実とは部分的にしか一致していなかった。ファン・デン・ベルフも、文才はあってもチーム監督の役には全く適していなかった。

おそらく彼も、自分の自転車レースについての知識は、実際の街道上では役に立たないことははっきり自覚していたに違いない。だから決してなんらかの戦術じみたことを展開しようとはせず、レース中は完全に選手たちのやりたいようにさせていた。彼の運転手を務めたピート・ムスコプス（1893～1964（1914-32）プロスプリントで五回の世界チャンピオン）、つまりファン・デン・ベルフの傑作本『チャンピオンたちの周りで』*の主人公が、チームメンバーたちをできるだけサポートできるように最善を尽くしていた。しかしトラックスプリンターの彼には、ツール・ド・フランスをどう走るべきか、あまりわかっていなかった。ツール終了後になってようやく、変速機を使って走ってみようと思うと語った。つまり彼がいつも一緒に走っていたトラックレーサーたちは固定ギアを使っていたので、みずから実際に使ってみれば翌年は選手たちにも、もっと有意義なアドバイスを与えることができるようになると思ったわけである。大変良い心がけである。しかしオランダのロード選手たちにしてみれば、ロードレースの経験豊かな元プロ選手からのアドバイスの方がずっとありがたかったはずである。

＊ ファン・デン・ベルフが一九二九年に書いた本。ムスコプスをはじめ、何人かの自転車のチャンピオンたちについて書いている。

キルヒェンは自分のチーム監督が専門家ではないことに問題は感じていなかった。ひどかったのは山岳ステージで必要不可欠なはずの食料の入ったサコッシュを渡してもらえなかったことだった。オランダ人のチーム監督はルクセンブルク人選手たちを厄介なよそ者とみなし、オランダ人選手の後ろにしか付いて行かなかったのである。登りではオランダ人たちは常に大きく遅れたから、登りの強いキルヒェンが補給ポイントに到着しても、たいていチームスタッフはまだ誰もいなかった。そんなことが最初はルルド～トゥールーズのステージで起き、このときはロビックとラペビーになにか食べ物を恵んでもらわなければならなかった。カンヌからブリアンソンの途上では別のやり方で何か食べる者を調達しなければならず、ブリアンソン～エクス・レ・バンのステージでは組織委員のジャン・ガルノーから食べ物をもらう始末だった。

いずれにしても、キルヒェンはツール・ド・フランス史上最もハードな山岳ステージの大部分を空っぽの胃袋で戦い抜いた。この時点で総合八位だったにもかかわらず、このようなことがもう一度繰り返されればリタイアせざるを得なくなるという不安を感じた。実際そうならずに済んだのは、若鷲（ベルギーBチーム）の監督ポール・ファンデルフェルデのお蔭だった。

この監督は、ある意味でヨリス・ファン・デン・ベルフよりもさらにロードレースについての知識に乏しかった。彼はベルギー車連の幹部で、すでに一九四七年のツールにも同行していた。だが背後ではこんなことがうわさされていた。つまり彼がチーム監督になれたのは、ベルギー車連の会長シャルル・スメルデルスが良く出入りしていたカフェのオーナーだったからだというのである。しかし、彼には情熱があり、選手たちのことをよく考えていた。キルヒェンの冒険譚を聞いた彼は即座に自分のチームに、いや正確に言えばまだかろうじて残っているチームの名残りに加わるように提案した。なにしろこのチームはもうエンゲルスとデュポンしか残ってなかったのである。キルヒェンはむろん同意した。

この決断により彼がレースを続行することになったいま、選手たちはまだ五一人が残っていた。そして、そのほとんどは翌日もアルプスのステージがあることにおびえていた。コースからそう離れていないイズラン峠では雪が二メートルも降り積もっているという話だった。気象学者によれば悪天候はまだまだ終わっていなかった。

四〇年代、ほとんどの西ヨーロッパ諸国では、スポーツ種目はまだ階級としっかり結びついていた。ゴルフやテニス、あるいはホッケーをする者は、ほとんどの場合社会的なエリートに属していた。陸上競技はいくらか民主的ではあったが、自転車選手はもっぱら下層階級出身者ばかりだった。ここには矛盾があった。つまりこのスポーツをするために必要不可欠な競技用自転車は、けっして安いものではなかったからである。

それにもかかわらずほとんどの選手たちが一様につましい境遇の出だった理由は、自転車競技が常に金もうけと密接なつながりがあったからなのは間違いない。歴史上最初の公的なレースは、自転車製造業者と印刷メディアによって主催され、高額の賞金が掛けられた。＊これは特に貧しい家庭の若者にとって、自転車競技をとても魅力的なものにした。なにしろ工場や農場で得られる稼ぎの何倍もの額を得られるのである。こうしてブリック・スホッテは十五歳の時に初めてレースに出場し、五位になって一五ベルギーフランを稼いだが、この時代農場で働くと日当は三フランだった。彼のような若者がそのようにして金を稼ぐにあたり、上流層の持つエートスを気にすることがなかったのは当然のことである。上流層の考えでは、紳士たるものがスポーツをするのは愉しむためで、それで金を稼ぎ、収入を得ようとすれば、それだけで紳士ではなくなるのである。

＊　史上初のロードレースは一八六九年のパリ〜ルーアン（一二三キロ）とされる。主催は雑誌ル・ヴェロシペデ・イルストレと自転車メーカーのミショーで、優勝賞金は一〇〇〇フランだった。

ブリック・スホッテ

職業スポーツと結び付けられた道徳的なイメージは五〇年代以後になって、やっと変化が見られるようになった。だが、一九四八年にはまだこのイメージがあって、ツールに参加している選手たちはパン屋や小作農、大工や保線作業員や土木作業員の息子だった。そしてまれに商店主の息子が混じっていた。しかし明らかな例外も存在した。それがジャン・デ・グリバルディである。彼はピエモントの貴族の出だった。パリ出身のロベール・シャパットとともに、彼は高等教育を修了していた。まちがいなくその社会的な出自が、彼が自転車競技の世界でどこか浮いていた理由だった。そしてレースになると彼はいつでも集団の後方を走ることになった。なぜかを問われると、自分にとっては走れるだけで満足で、一位になろうが最下位だろうがどうでもいいことなのだと答えた。野心が欠如していたにもかかわらず——それを隠れ蓑にしていたかどうかは、全くどうでもいいことだろう——彼はカンヌ〜ブリアンソンの殺人的な第13ステージで六位になって、非常に優れた選手であることを証明している。

七月十八日は、おそらくデ・グリバルディがその出身を理由に自分はツーリストだと称する必要のない、年に一度だけの日だった。つまり誕生日だったのである。そして彼が誕生日を勝利で祝いたいと思ったとしても、誰もそれを悪く取りはしなかった。ただ、残念なことに、誕生日だから勝ちたいと思っていたのは彼だけではなかった。バルタリもまたこの日が誕生日だった。コースとしては彼に向いているとは言えなかったのだが、彼もまたこのステージをぜひとも勝ちたいと公言していた。コースは二級カテゴリーの峠が二つだけで、それを越えた後もゴールまではかなり遠かった。ひょっとしたら、内心は山岳賞のボーナスタイムで十分だと思っていたのかもしれない。もっとも彼はこうも言っていた、ラザリデスやジェミニアニのような連中が山岳賞を狙っても、それに張り合うつもりはない、と。

朝七時、選手たちが出走サインに現れたとき、多くの人々がバルタリを祝福するためにスタート地点にやってきた。しかし彼らはまだいくらか待たなければならなかった。バルタリがゴデに、日曜日なので早朝ミサに出席したいから遅れると知らせてきたのである。ゴデはそれを承諾するしかなかった。もはや自分だけがツールのボスなのではないことはわかっていた。やっとバルタリが姿を現すと、あっという間に関係者や選手たちに取り囲まれた。そこにはボベの妻や母親まで加わっていた。彼らはみんなバルタリを祝福しようとした。短い間だが、なにか祝祭的なムードが漂った。バルタリは明らかに感動していた。

リラックスした雰囲気の原因はおもに最悪のものはもう終わったと思われているせいだった。たしかにエクス・レ・バン～ローザンヌはまだ山岳ステージとされていたが、前の二つのステージと比べればほとんどお遊びのようなものだった。しかし、それでもこのステージを困難なものにしていたのは、相変わらずの雨とひどい寒さという環境だった。その上、多くの選手たちは前の日々の疲労からまだ回復しきれていなかった。例えばヴィエット。多くの人が驚いたのだが、彼はこの間に総合七位にあがっていた。しかし彼はもうカンヌへ帰りたい、自分の家へ、飼っているニワトリたちのところへ戻って休みたいとこぼしていた。

ファイティングスピリットが限界に達していたのは無理もない。この日の最初の障壁アラヴィ峠*のふもとまでは集団はまとまっていた。スピードをコントロールしていたのはバルタリのグレガーリ（アシスト）だったが、パンクなどで遅れた選手も皆自力で追いつけるほどのゆっくりしたペースだった。登りになってからもそのペースは大きく変わることはなかった。プリモ・ヴォルピが集団の先頭に位置し、頂上二〇〇メートル手前までは誰も仕掛ける者はいなかった。気温は零度をかろうじて越えていた。激しい風が選手たちの顔に雪混じりの雨を吹き付けていた。山岳賞争いのスプリントではバルタリが難なくジェミニアニとブリューレを破り、またしても三〇秒のボーナスタイムを稼ぎ出した。ボベはバルタリを阻止するそぶりも見せなかった。それどころか彼は集団の中盤以降に下がっていて、最前列に上がってきたのはだいぶ経ってからだった。これは良くない兆候だった。なにより、登りでちぎれた選手のほとんどが下り終わった後すぐにメイン集団に追いつけるほどのゆっくりしたスピードだっただけに。

* 一四八五メートル。一九一二年以来三八回コースに組み込まれている（二〇一七年現在）。特に戦前はほぼ毎年のように登場した。

山岳賞が設定されていないモンテ峠（一四六一メートル）でも、前のアラヴィ峠と全く同様に、集団は穏やかなペースで登って行った。唯一の例外がロビックだったが、これはもう計画的というよりも本能的というべきもので、「お約束」のようにアタックした。もし選手たちが思い通りにできたのだったら、スイス国境を越えたすぐのところにあるフォルクラ峠（一五二八メートル。現在のこの峠には以下にあるような17％の勾配はない）も集団のまま登りたいところだっただろう。しばしばアルプスでトレーニングしていたデ・グリバルディを除けば、この峠を知る者は誰もいなかった。主催者から配られたコースのプロフィールマップではなにも恐れるものはないように見えた。だから予防措置が必要だとは誰も思わなかった。特別なギアを用意させた選手はいなかった。峠の前に、この登りはなにか特別なものがあると思わせる兆候はひとつだけあった。ゴデが伴走車に対して、選手たちの間に混じって走ることを禁じたのである。この禁止に根拠があったことはすぐに分かった。なにしろフォルクラ峠はガリビエ峠の下りとまったく同じように通行困難なところだったのだ。

最初の区間は泥濘のために走りづらかったが、それでもなんとかなった。ひどかったのは、最初の短い下りが終わり、道路が二キロにわたって17％の勾配で登りになったときだった。ほとんどすべての車が立ち往生し、同乗者が降りて車を押さなければならなかった。幸いにも喜んで手伝ってくれる観客もたくさんいた。選手たちも同様に自転車から降りると一列になって進んだ。

登るときに最も独創性を発揮したのはアンドレ・ブリューレだった。彼はシクロクロスの選手としても経験豊富だったので、自転車を肩に担いで駆け上っていった。これでも十分な速さが得られないと思った彼は、ヘアピンカーブになった時に道路からはずれて草地をショートカットして上った。彼はこの戦法を続けたが、ついに壁にさえぎられて引き返さなければならなくなった。これはちょっとしたエピソードにすぎなかったが、それだけでは終わらなかった。パリを出発して以来、ジャーナリストたちは

フォルクラ峠のロビック

記事にコミカルな色合いを付け加えたくて、気分屋として知られているアンドレ・ブリューレが本領発揮するのを待ち焦がれていたが、これまでは無駄に待たされていた。みんなが驚いたのだが、壊滅的な結果に終わった第一ステージの後は、彼は文句も言わずにアシストの役割りに甘んじ、模範的なチームメイトぶりを発揮していた。だが、今ついにマスコミの期待がかなえられたのである。ブリューレに冠された気まぐれ者（ファンタスク）という称号に恥じぬ脱線行動だった。これに対して、同じように優れたシクロクロスの選手だったジャン・ロビックが、友人の手本に倣ったことを伝えた新聞はほぼ皆無だった。

ブリューレはここまで一四のステージで「疑わしきは罰せず」の原則が適用されて目立たずにいられたが、ついに有罪判決が下された。レキップのクロード・ティレ記者は「もし彼が奇矯な思いつきを実行しなければ、きっと総合五位以内に入れただろう」と書いた。「彼の力から、来年はフランスナショナルチームの一員になれたかもしれない。しかし、彼にそのような責任を負わせてみようと思う者がいるだろうか？」ツールを主催する新聞が明確に非難した以上、誰もそれに反対できなかった。

ここまで奇抜ではなかったし、まったく別のタイプであったとはいえ、ヴィエットの行動も型破りだった。彼はこの登りを自転車に乗ったまま登り切ったわずかな選手のうちの一人だった。しかし、自転車に乗ったままとは言っても非常にゆっくりだったので、彼の左右で自転車を押しながら登る選手に次々と追い抜かれた。彼はどんどんと後方に取り残されていったが、そんなことを意に介さなかった。彼にとってこれは名誉の問題だったのだ。そのプロとしてのキャリアのなかで、彼は自転車を押して登ったことは一度もなかった。だからこの「記録」を、どんなことがあっても途切れさせたくなかったのである。

バルタリはヴィエットほど名誉に対する意地はなかったが、彼もまた自転車に乗ったまま重すぎるギアで、ぬかるみを耕すように上って行った。彼の前の先頭グループには三人の選手がいた。一人はデ・グリバルディで、適切なギアを装着していた唯一の選手である。残りの二人は、バルタリが予想した通り、ラザリデスとジェミニアニだった。しかしトリオのリードはわずかだったので、下りですぐに再び吸収された。パンクして遅れた何人かを除けば、プロトンはフォルクラ峠を過ぎて四〇キロ以上走ったところで再び完全に一つになった。ヴィエットも再び追いついた。しかし闘争心はかけらも残っていなかった。最終的には再び遅れていくことになった。

ツール・ド・フランスはすでにスイス国内に入っていた。冷雨が降り続き、スイス人観客にとっては歓声を挙げることのできる同国人選手はもう残っていなかったにもかかわらず、ツールに対する関心は非常に高かった。ほとんどの人の目はバルタリに集まっていた。ツール・ド・スイスとチューリヒ選手権で優勝した後、*スイス人にとって彼は大人気選手になっていた。それ以外にも数千人のイタリアからの移民労働者が、我らがヒーローに声援を送るためにスイス各地から集まっていた。プロトンはとてもゆっくりとしたスピードだったから、憧れのアイドルに歓声を挙げるだけの十分な時間があった。選手の誰一人としてあえて逃げようとする者はいなかった。何キロにもわたって重大なことは何も起きなか

＊　ツール・ド・スイスをバルタリは一九四六年と四七年に連覇している。またチューリヒ選手権は一九四六年と、この一九四八年も優勝している。

った。

唯一語るに足る出来事は、相変わらず連携のとれないフランスナショナルチームのデモンストレーションぐらいだった。ゴールまで三七キロの地点、ヴヴェイでロビックがパンクした。総合ではすでに一時間以上遅れていたにもかかわらず、すぐにジゲとラザリデスが彼のアシストにまわった。つまりボベはチームメイトたちから、またしても実質一人で捨ておかれることになった。万が一の場合に彼をサポートできるのはテセールだけになった。確かにヴィエットもメイン集団の中にいたが、やる気がなさそうに集団の後ろの方を走っていて、彼から何かアシストを期待することはできそうになかった。

もしコースがローザンヌへまっすぐに向かったら、おそらくトゥールーズのゴールと同様に集団スプリントで終わっただろう。しかし町のお偉方は別のことを望んだ。なにしろツールを町に誘致するために、町は法外な額を支払ったのである。町の投資から最大限の利回りを引き出すために、お偉方たちはゴール地点の周りを迂回するコースを設定してもらった。おかげでジュネーブ湖畔の道をローザンヌに向かっていた選手たちは、この町を目前にして突然右折して、ひどい登りを越えて町の裏側へ向かうことになった。

この時アンドレ・ブリューレがリュシアン・テセールと一緒に先頭にいた。ブリューレはテセールに「あのスパゲッティ野郎」、「あのイタ公を」ぶっちぎってやろうと声を掛けて、一緒にスピードを上げようとサドルから腰を上げた。その時突然バルタリが彼らの横をすり抜けていった。「こっちが止まってるかのようだった」とテセールは言っている。最後までついて行こうとしたのはブリューレだったが、あっという間にマイヨ・ジョーヌとの差は五〇メートルになった。バルタリは一瞬だけスピードを緩め、追走する彼に追いつくチャンスを与えたが、ブリューレにはもう力は残ってなかった。登りきったところでバルタリはほぼ一分リードした。ブリューレはすぐに、テセール、スホッテ、インパニス、キルヒェン、デ・グリバルディ、ヴォルピ、カメッリーニ、そして地域チームのバラタンからなる追走グループに吸収された。

残り二〇キロを残して、しかし、バルタリは勝利を確信したかといえば、まったくそうではなかった。彼は残り距離に関して大きな勘違いをしていたのである。道路標識でローザンヌまでそれほど離れていないことを確認した彼は、もうゴールは近いと思い込んでいた。それでポケットの補給食とボトルの水をすべて投げ捨てていた。湖の北側で、丘を越える長い迂回路を走らなければならないことを知らなかったのだ。町は視界になく、ステージは終わる気配もなかった。さらに、徐々に空腹と喉の渇きを感じ始めていた。

それにもかかわらず、彼のリードはさらに広がっていった。なにより、狭くカーブだらけのアップダウンが繰り返される街道で、追走グループはうまく協力し合えなかったからである。しかしそれ以上に、この間にバルタリに対するリスペクトが高まり、彼を捕まえようとしてもどうせうまくいかないというのがライバルたちの共通認識になっていたのである。だが、ボベとラペビーという総合で二位と三位の選手が追走グループに追いついてこないことがはっきりしたとき、グループはやっと活性化した。特に必死でスピードを上げたのはブリック・スホッテだった。カレル・ファン・ヴェイネンダーレの言葉を借りれば、「ついてきた者たちすべてをこそげ落そうとした」。スホッテは総合で四位にいて、バルタリには届かないまでも、表彰台に上るチャンスなら十分に現実味があった。

腹をすかせていても、バルタリはライバルたちには強すぎた。結局ローザンヌにはほぼ二分のリードでゴールした。後続グループではスホッテがスプリントを制し、総合順位を一つ上げた。彼は監督に対してこれ以上は不可能なほどの喜びを表した。「ブリック、ただ感動のあまり、私はきみを抱きしめたかったのだ、だってきみのその粘り強さはとても素晴らしかったから」と、ファン・ヴェイネンダーレは翌日のスポルトヴェレールト紙に書いた。実際彼には大喜びする理由があった。インパニスがアルプスで脱落し、ベルギー人たちにとってツールが壊滅的な様相を呈する恐れがあった時、フランドルの多くの新聞では第9ステージ、トゥールーズ～モンペリエ間のステージでの彼の不手際の記事が蒸し返されたことがあった（一五二頁参照）。多くの記者の見るところでは、ファン・ヴェイネンダーレはクライマーのオケルスを信頼しなかったおかげで、自転車王国ベルギーから総合で上位になるチャンスを奪ってしまった。スホッテの全く予期せぬ快進撃は、この流れで見れば天からの贈り物だった。

アルプスに至るまでのスホッテは、ひょっとしたらステージ優勝の可能性もあるかもしれないが、ただの良いアシスト選手にすぎなかった。上記のモンペリエへ向かうステージでは、ファン・ダイクのアシストをするためにわざわざ数百メートルも待つようなこともしていた。ブリアンソンのゴールで二位になっているが、それは悪天候という気象条件のせいにされた。しかし今、山岳ステージを終えて、スホッテの調子は日増しによくなり、なんでもできそうに思われた。バルタリは強烈過ぎて、ファン・ヴェイネンダーレがパリへベルギー人の勝者を連れて行くことができなくても、誰からも悪く言われることはないだろう。しかし、スホッテがこの総合順位を守り、あわよくばもう一つ上へ行ければ、今回のツールがベルギーチームにとって惨敗だったと言う者はいなくなるのだ。

フランスのチーム監督はベルギーの同業者に比べて満足できる理由ははるかに少なそうだった。まずなによりも、自分の経営する店から多数の自転車が盗まれたという報告が届いた。この年すでに一度盗難にあっていたので保険がきかず、被害額は二〇万フラン以上と推定された。その上レース中には常に罵声を浴びせられ、罵声だけでは足らぬと言わんばかりに、シャモニーの町では『監督アルシャンボーは銃殺だ』と書かれた横断幕まで掲げられる始末だった。バルタリに四分以上遅れてゴールするボベを見ながら、アルシャンボーはこの敗北も自分のせいにされるだろうと自覚していたに違いない。今回もボベは決定的な時にアシストがいなかったのである。

バルタリがアタックした時、メイン集団はすぐに分裂し、ボベは後ろの集団に取り残された。ラザリデスとジゲとロビックはメイン集団にもう追いつけず、ヴィエットは予想通りすぐにちぎれていった。テセールは前の集団にいたが、まだ最終的に三位以内に入れるチャンスがあったため、後ろへさがるということは全く考えなかった。ボベは疲労しきってゴールした。マイヨ・ジョーヌを失ったことで、彼は精神的にひどく落ち込んでいるようだった。この後、最悪のことが起きるのではないかと、多くのフランス人記者は危惧した。

イタリア陣営では、言うまでもなくお祭り気分が支配していた。なにしろバルタリが三連勝したのだ。イタリアでは改めて大騒ぎになっていた。彼が本領を発揮する山岳ステージではなく、かなり容易なステージでもライバルたちを打ち破ってしまった以上、もはや誰も彼からマイヨ・ジョーヌを奪うことはできないと、すべての人が確信した。しかし、ローザンヌのジノ・バルタリという人から、フィレンツェの自分の自宅につないでほしいと言われたミラノの電話交換所ほど大騒ぎになったところはなかった。電話がつながるまでにはかなり時間がかかった。電話交換手の女性たち全員が誕生日のお祝いをみずからの口で彼に伝えたがったからである。バルタリはそれらすべてを我慢強く耐えた。ひょっとしたらすでに彼は、こんな程度のことは、この後に待ち受けているものに比べたら序の口にすぎないことを予感していたのかもしれない。

一九〇三年、アンリ・デグランジュが最初のツールを開催したのはなぜか？　その理由はシンプルだった。つまり彼は金が稼ぎたかったのである。財政的に傾いていたスポーツ日刊紙ロトの主幹として、新たな自転車レースを主催してより多くの読者を獲得したかったのである。その結果はあらゆる予想を超えるものだった。彼の新聞の部数は第一回ツールの開催中に二万部から六万五千部に増えた。この上昇ラインは翌年以降も続いた。三〇年代の終わりにはツールはドル箱ビジネスになっていた。ピークにはロト紙は七十万部以上も売れた。

解放後、ドイツ占領中も発行していた他のすべての新聞と同様、デグランジュの新聞も発行禁止の処分を受けた。何度かの交渉の末、ロト紙はレキップと名称を変えて発行できるようになり、ツール・ド・フランスも「相続」したが、すでに述べたようにレース主催者の役割はパリジャン・リベレ紙と共同で受け持つことに甘んじなければならなかった。この二つの新聞の違いは非常に大きかった。パリジャン・リベレ紙は普通の日刊新聞で、いずれにしても安定した発行部数を誇っていた。これに対してレキップ紙は完全にビッグイベント頼りのスポーツ新聞だった。平均すれば三十万部ほど売れていたが、ボクシングやサッカーや自転車レースと言ったセンセーショナルなイベントの後ではこの数は倍増した。

フランス人が勝った時は特にそうだった。一部は六フランほどだったたから、総利益は一日約三百万フランになった。*

＊ これが現在で言えばどのぐらいの価値になるか推定は困難だが、目安としてレキップ一部六フランが日本円百二十円と考えれば、一フランは二十円に相当することになる。むろん戦後すぐの混乱状態の中ではそれぞれの物の価値は現在とはかけ離れていることは言うまでもないが。

レキップ紙にとって、ツール・ド・フランスは主要財源だった。レースがハラハラするものになれば売れ行きは爆発的に増えた。だから通常は、結果がある程度見えてくると販売部数も減少した。もちろんフランス人に勝利のチャンスがなくなれば、減少の度合いも大きくなった。こうした動向はツール全体のコースを決める際の方針に影響を与えた。たいていは山岳ステージで決着がつくから、最後の山岳コースはできるだけパリに近い方が都合がよい。だからキャラバンは通常最初にピレネー山脈へコースを取り、そのあとにアルプス山脈に向かった。

一九四八年、主催者たちは山岳ステージ後にパリへの最短コースを取ることをやめた。この決定の最も大きな理由は一九四七年のツール・ド・フランスの大成功だった。このときのレース経過はほとんど完璧だった。四八年とは逆回りだが、ピレネーの後の六つのステージでは常に緊張が（同時に新聞の販売数も）高まり、最終ステージではそれが頂点に達した。それが主催者たちに、山はもう決定的な役割を演じないという幻想を与えた。そして一九四八年も前年度のような奇跡が繰り返されることを願ったのである。つまり選手たちにとってこれは、パリに戻る前にまだライン川西側のドイツとの国境地帯アルザス・ロレーヌとベルギーを走らなければならないということを意味した。

　残念ながら、奇跡というのは繰り返されないから奇跡なのだ。ゴデが後に認めたように、主催者は完全に計算違いをしていた。一九四七年は山岳ステージが終わった後のトップ五人のタイム差は八分以内だった。ところがいま、総合二位はすでに一四分近く離れ、三位は半時間以上遅れていた。前日のバルタリの力を誇示するような勝ち方の後で、その勝利を疑う者はほとんどいなかった。彼を止めるものがあるとすれば不測の事態だけだった。少なくともあといくらか強引に緊張を盛り上げるために、レキップの記者たちはボベの第二の復活の可能性すら演出した。しかし、同時に彼らはボベが総合二位から脱落する可能性も同じように臭わせた。

　最後の山がもっとパリに近ければよかったのに。そう思ったのは主催者だけではない。バルタリもそうだったらとてもよかっただろう。いずれにしても彼は自分の目標をすべて達成していた。ステージ六勝を挙げ、マイヨ・ジョーヌを着ているのだ。それにもかかわらず、すべてが台無しになる可能性をぬぐいきれなかった。バルタリはライバルたちや落車をそれほど恐れていなかった。彼が最も恐れていたのは一九四七年の出来事が繰り返されることだった。エクスへ向かうステージで何人かの観客の態度が示すように、イタリア人に対する敵意はまだ消え去ってはいなかった。

　最初の日々は観客もバルタリを自国の選手たちに対するのと同じように好意的に扱ってくれた。それにはバルタリのムッソリーニ政権に対する態度が関係していたことは間違いない。戦時中、彼がトレーニングと称して、隠れていたユダヤ人たちのための偽造身分証明書を運んでいたことは、まだ一般には知られていなかったが、彼が一九三八年の表彰式でファシスト党式の挨拶*を拒んだことは誰でも知っていた。さらにこの時のツールの勝利を聖母には捧げたが、みんなが期待していたようにドゥーチェ（ファシスト党党首ムッソリーニの称号）に捧げることはしなかった。しかし、ボベからマイヨ・ジョーヌを奪った今、フランスの観衆の好意的な態度はガラリと変化したようだった。だから観客がバルタリの勝利を受け入れるかどうか、はっきりしたことは言えなかった。前の年と全く同様に、何か彼に向けて一撃が放たれる可能性も排除しきれなかった。そんな考えがバルタリを一瞬たりとも落ち着かせなかったのである。

＊　いわゆるナチス式の挨拶。本来ムッソリーニのファシスト党が始めたが、ヒトラーがそれを取り入れて有名にした。

同様にフランスナショナルチームも、ツールがすぐに終わることに反対するつもりはなかっただろう。気の毒なアルシャンボー監督にとって、特にそうだった。新たな惨事がすでに予感された。まだ何か出来そうなのはテセールとラザリデスだけだった。ボベとヴィエットは、総合では確かに二位と九位だったが、二人とも疲れ切っていた。この後、彼らが大きくタイムを失う可能性は非常に高かった。そして実際にそうなれば、地元フランスナショナルチームのチーム賞優勝が不可能になるかもしれなかった。

一九四八年、チーム賞で優勝することの価値は今日とは比べ物にならないほど高かった。対戦しているのが各国の代表チームだったから、ことは単純だったのである。チーム優勝の意味はその賞金によっても裏書きされていた。六〇万フランである。これは総合優勝者の獲得する額と全く同じである。

この「国別対抗カップ」――これがこの賞の公式名称だった――の順位は、各チームの上位三位の選手の総合タイムを足した時間で決まった。ローザンヌではベルギーＡチームのベストスリーはスホッテ、インパニス、オケルスで、ボベ、テセール、ヴィエットに丸々一時間遅れていた。これは大きかったが、まだ六ステージ残っていたから、ヘトヘトのフランスナショナルチームがこのリードを失う可能性も十分あった。それをまだ疑っている者は、スタート地点に立ったボベの様子を見ればいい。普段なら彼は親切で感じが良く、サインをねだる人には誰にでも応じた。ところが、今やかろうじて自転車に乗っているような様相なのだ。彼はアルシャンボーに体調不良だと伝えていた。残された希望は、スタート直後からアタックがかからないことだった。

イタリアチームやフランスチームと同様に、オランダチームも早くパリに到着したいと願っていたはずである。チームのメンバーはまだ三人残っていたが、そのうちの二人は総合順位最下位の選手はレースから排除の規定第四十一条によって失格になる恐れがあった。アルプスステージの恐怖を乗り越えた選手たちをレースから排除するのは冷酷すぎるという抗議も、審判の心を動かすことはなかった。この新しい規則を導入したのは間違いだったと公式に述べたゴデですら、審判団には聞き入れてもらえなかった。特にヘンク・デ・ホーホはその哀れな犠牲者になる恐れがあった。オランダチームは彼に数分のタイムを稼がせようと一致団結した。パリをスタートして以来、このチームで初めてチームワークが感じられるようになった。

ツールの終了を夢見る疲れ切った選手たちにとって唯一の慰めは、このローザンヌ～ミュールーズ間の第16ステージの後、もう山はないということだった。この日の唯一の障害物らしきもの、ヴュ・デ・ザルプ（一二八三メートル。全長約一六キロ。ツールではこの年初めてコースになり、その後二回通過）は、確かに第二カテゴリーに属していたが、ペイルスルド峠やポルト峠に比べればばきつさは半分もないぐらいだった。レースが始まって最初の三時間ではしばしばアタックが繰り返されたが、この登りではほとんどスピードアップすることはなかった。それにもかかわらず遅れだす選手が何人も出た。まずは誕生日を祝ったばかりなのに、この日は体調不良でスタートしたデ・グリバルディが遅れた。彼はその直後にリタイアしなければならなくなった。この朝、またしても、さっさと帰りたいと言ったヴィエットも集団にほとんどついていけなかった。

ゴデの言葉を使えば、選手たちは「羊飼いに扇動される羊の群れのように」バルタリに率いられていた。ミロワール・スプリント誌（一九四六年に創刊され、一九七一年まで続く、フランス共産党系のスポーツ週刊誌）の表現を借りれば、バルタリのステージ三連勝はライバルたちを「集団麻痺」させてしまったかのようだった。こんな中でちっとも苦しんでいないように見えたのがアンドレ・ブリューレだった。彼は頂上数キロ前で集団の休戦協定を破ってアタックした。即座にバルタリが反応した。ブリューレを素早く捉えると、山岳賞争いのスプリントで彼を下して、新たに三〇秒のボーナスタイムを獲得した。オケルス、ラザリデス、ヴォルピ、ジェミニアニが少し遅れて続いた。

しかし、この日最高のクライマー同士の争いはちょっとした幕間劇のようなものだった。骨折りの甲斐あって、集団はこのスピードアップで一気に分解した。こうしてボベが頂上に到着するまでに二分以上時間が過ぎた。彼はダウンヒルを得意としていた。先頭も本気でリードを守ろうとしていなかったから、通常はこのぐらいの遅れなら容易に追いつくことができたはずだった。実際、ボベと同じグループで頂上を越えた地域チームのバラタンは大した苦労もせずに前を行く選手たちに追いつくことができた。しかし疲れるのは登りだけではない。下りも同様に大きなエネルギーを消費する。ボベにはほとんど力が残っていなかった。先頭グループが二〇人以上になった一方で、かつてのマイヨ・ジョーヌの遅れはほとんど三分に広がっていた。

選手に付き添っていたカレル・ファン・ヴェイネンダーレ監督は実際に自分の目でボベが遅れていくのを目にした一人だった。彼の輝かしい時がやってきた。彼はボベを支えているのが調子の悪いロビックとカメッリーニだけしかいないことと、ヴィエットは既にかなりのタイムを失っていることを確認した。要するに、フランスナショナルチームは無抵抗状態で、しかもまだ一三〇キロも走らなければならないのだ。ベルギーチームの監督はクラクションを鳴らしながら古いフォード・マーキュリーをかっ飛ばし、先頭に残っているベルギー選手五人全員といくつか言葉を交わした。スホッテ、オケルス、インパニス、マティウ、ファン・ダイクの五人は即座に先頭に立ち、スピードは時速三〇キロそこそこから一気に四〇キロ以上に上がった。バルタリはベルギー人たちの突然のペースアップに驚いて、スホッテに、何が起きたんだと尋ねた。そして、ボベが数分遅れていると聞くと、即座にチームメイトのヴォルピ、ビアジオーニ、パスクィーニに、ベルギー人たちにできるだけ協力するように指令を出し、時にはみずからも先頭に立ってペースアップを図った。

仮にボベが好調であっても、このベルギー・イタリア連合には太刀打ちできなかったかもしれない。この哀れな状況にあって、彼にはなすすべもなかった。繰り返し水を要求し、ちょっとした登りでは、気の毒に思ったトニ・ベヴィラッカが彼の体に巻きつけた替えタイヤを持って引っ張ってやらなかったら、倒れたのではないかと思われるほどゆっくりになった。

このような状態ではボベの遅れがどんどん広がっていったのも自明のことであろう。最初は一〇キロ

で一分遅れたが、それが一分半になり、二分になった。先頭集団ではベルギーチームが、ほとんどのペース作りを率先して行っていたとはいえ、とてもうまく協調関係が保たれ続けた。ただ一度だけ、それも非常に短期間だったが、リードしているタイムをいくらか失う危険があった。ゴール前一八キロ地点のアルトキルヒで、先頭集団の鼻先で踏切の遮断機が下りてしまったのである。しかし全員がそれを乗り越えた――ただし、越えようとして転んでフレームを壊してしまった気の毒なランブレヒト以外は。彼のチーム監督マルティネッティは、ずっと遅れたカメッリーニのそばにいて、ランブレヒトは再び走り出すまでに三〇分も待たなければならなかった。

ミュールーズの街が視界に入った時、ベルギー人たちはバルタリのそばにやってきて、自分たちのうちの誰かがステージ優勝することに同意してもらえるかと尋ねた。彼らが今日の勝者にふさわしいと主張しない者は誰もいなかったし、バルタリもそれに異論を唱えるつもりはなかった。ただ、スホッテが最初にゴールラインを越えるのだけは嫌がった。スホッテを嫌っていたからではない。逆である。バルタリが彼ほどに好意を持ち、敬意を抱いていた選手というのはあまりいなかった。ただ、総合順位でかなり上位にいる選手が一分のボーナスタイムを得るのを見たくなかったのである。そういうわけでミュールーズの街に入る直前で飛び出したのはヴァル

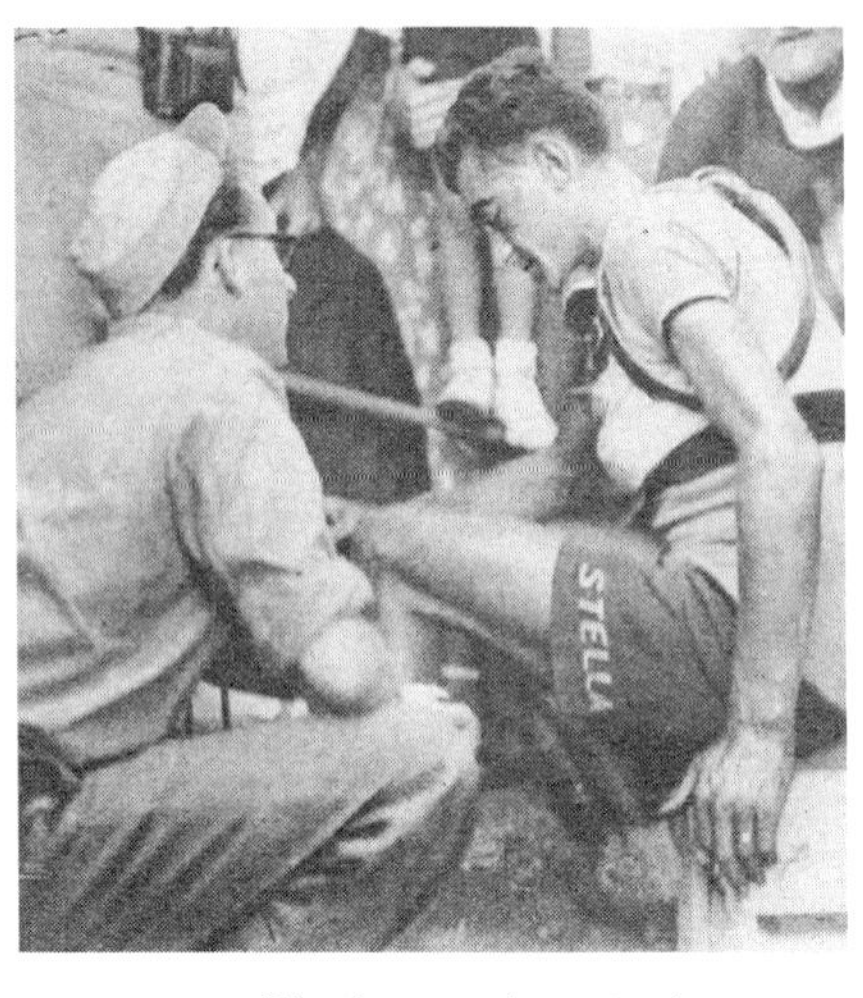

疲れ切ってゴールしたボベ

ト・ファン・ダイクとスタン・オケルスだった。そしてこの順番でゴールすることになった。バルタリを囲む集団は三〇秒ほど遅れてゴールした。

ボベ、ロビック、カメッリーニがゴールに到着したのはそれから二二分ほどしてからだった。かつてのマイヨ・ジョーヌは疲労困憊の体で、もし二人の男が駆け寄って、「ボロ切れのようなボベを自転車から降ろして」やらなかったら、彼は倒れていたに違いなかった。そうヴィレム・ファン・ヴェイネンダーレは書いている。ボベは総合で五つ順位を落とし、同時に彼の個人的なツールは輝きを失った。泣きはらした顔でベンチに坐るルイゾンを見ながら、「あの若者にはふさわしくない」とビンダは頭を振りながら言った。「巣を飛び出すのが早すぎた小鳥」とはゴデの表現である。

ヴィエットは、ジゲのアシストがあったにもかかわらず、三〇分遅れてやっとゴールした。この数日来、彼は膝に激しい痛みを感じ、彼の言葉を信じれば、片足だけで走ってきたのだった。それがどれほど辛いかは、ヴィットリオ・セゲッツィよりも詳しい者はいなかった。彼はヴュ・デ・ザルプの下りで落車して片方のペダルを破損したのに、そのまま走り続けなければならなかった。八〇キロ走った後でやっと代車に交換できた。彼は制限タイムをだいぶ過ぎてからゴールしたが、翌日もスタートすることが許された。

ゴデはフランスナショナルチームの瓦解ぶりを無念の思いとともに見ていた。パリをスタートする時

ファン・ダイク、民族衣装のポディウムガールに祝福される

には無敵と思われたチームだったのに、今ではもう大したものは残っていなかった。国別対抗カップの争いではフランスチームはまだ首位に立っていたが、そのリードはわずか一五分ほどになっていた。残りの五つのステージでこの差はわずかといってよかった――このチームには相変わらず連帯感がまるで見られない以上、ますますその懸念は募るのだった。多くのジャーナリストが疑問に思ったのは、ボベが遅れた時に、なぜラザリデスが下がれなかったのか、ということだった。しかしその答えは甚だシンプルなものだった。彼は何も知らなかったのである。アポ・ラザリデスはミュールーズの三〇キロ前でゴデに「ボベはまだかなり遅れているのか」と尋ねて、彼をびっくりさせた。

ベルギーチームにとっては輝かしい一日だった。無論ジノ・バルタリが最大の勝者ではあったが。新たに総合二位に上がってきたブリック・スホッテに対するリードはたっぷり三二分もあった。レキップ紙の売り上げにとって、この状況は壊滅的だった。ボベの遅れが一四分だった時には、まだフランス人の勝利もありえるという幻想を唱え続ける事は可能だった。しかし今、フランス人最高位のギイ・ラペビーが「カンピオニッシモ」に遅れる事三四分となっては、それを取り戻せると読者に納得させる事は、どんなに想像力豊かなジャーナリストでも無理だった。

ジャック・ゴデがフランス自転車界のニューヒーローの不調を、あれほど激しい言葉でコメントしたのは、ひょっとしたら自分の新聞の経済的な打撃が理由の一つだったのかもしれない。彼の記事には、疲労困憊しているルイゾン・ボベが被害を最小限にとどめようとしている辛抱強さに対する敬意も、一抹の同情心すらもない。彼は「我らが甘ったれ小僧」はひょっとしたら体調不良だったのかもしれないと認めたが、それでも「常識のある奴なら」ヴュ・デ・ザルプの速いとはいえない登りで、決して第二集団にとどまっていなかったはずだと主張した。このせいでボベは、一九四八年のツールの順位だけでなく、今後何年も頼りにすべき信用も危険にさらした。彼のチームメイトたちに敗北の責任を押し付けるのはあまりに単純すぎる。彼らのアシストを受けるためには、彼らの信頼を勝ち得なければならないはずだ。だがその点で彼は無能をさらけ出した。それゆえに、ボベはその敗北の責任を徹頭徹尾みずから負わなければならない。彼は第一ステージでしでかしたミスのツケを支払い、興奮剤乱用のツケを支払っているが、何より、克己心の欠如と性格的な弱さを購（あがな）っているのだ。

　観衆はゴデの厳しい断定に同意しなかった。いや、逆だった。エクス・レ・バンでとまったく同じように、ボベは熱狂的な歓声を持って迎えられた。それはマイヨ・ジョーヌを着ていた時とほとんど変わらなかった。そして、予想通り彼の頬は滂沱の涙でぬれた。彼は、できることならリタイアして家に帰りたいが、これほどたくさんのファンが応援してくれるのだから、失望させるわけにはいかないと述べている。ともかく翌日は休息日だから、パリまでたどり着けるように十分休みたい。

バルタリ、ソワニエをあざむく

ボーナスタイムの与えられる登りがあるステージは、規則によって山岳ステージとされていた。つまりエクス・レ・バン〜ローザンヌおよびローザンヌ〜ミュールーズのステージの後には再び休息日が設けられていた。これは何人かの選手にとってはとてもありがたかったのかもしれないが、ひょっとしたら不要だったかもしれない。むろん一番ありがたいと思っていたのは、前日の絶不調の後で回復の機会を得られたボベだったのは言うまでもない。

アンリ・マンション（一七〇頁参照）の日誌によれば、ボベは肉体的にも精神的にもひどく打ちのめされていた。朝食はほとんど摂れず、おそらく力を込めて行うことは何もできなかっただろう。一日が過ぎていく中で、彼は少し回復し、夕食時にはしっかりと食事が摂れるようになった。これは良い兆候と思われた。

フランスナショナルチームの他の選手たちも同様に、とても絶好調とは言えない状態だった。体調の悪さを訴えなかったのはテセールだけだった。ラザリデスも同じように体調は良かったが、足にまめができていた。ローザンヌで、濡れたレーサーシューズに新聞紙を詰めるのを忘れたせいだった。彼はそれを乾かすため暖房の上に置いておいた。その結果シューズが縮んでしまったのだ。予備のシューズを持って来なかったため、それを履かざるを得なかった。まめはその当然の結果である。ヴィエットは激しい膝の痛みを訴え、自分が「国別対抗カップ」のために必要でなくなれば、すぐにリタイアするとふれまわっていた。これに対してロビックは調子が上がっているのを感じ始めていた。そして、パリへ行く前にリベンジしてやると息巻いていた。彼はテセールと一緒に、翌日のコースを六〇キロほど試走した。

バルタリもコッリエーリと一緒にトレーニングに出たが、それ以外は、いつもの休息日と同様に、大半をベッドの上で過ごした。彼はそこで手紙の返事を書いたり、訪問者を迎えたりするのだった。今回、そうした訪問者の一人にフェルディ・キューブラー（今回のツールに出場しなかった経緯については三二一頁参照）がいた。彼はスイスチョコレートを山ほど持ってきた。バルタリのソワニエのコロンボは、そうした甘いものは絶対に選手にとって有害だと考えていて、見つければ即座にどこかへ隠してしまうはずだった。しかしバルタリはチョコレートには目がなく、コロンボの意見に従うつもりはなかった。だからキューブラーのおみやげを大急ぎで口に放り込んだ。そもそもがバルタリはソワニエのアドバイスに従うことなどめったになかった。彼の原点は、自分の身体はあらゆることに耐えられる、というものだった。かつてコッピはこう言った、もし自分がバルタリの飲むワインの半量でも飲んでいたらとっくに死んでいただろう、と。

金銭面の処理はバルタリが苦手とするものだった。しかしミュールーズではこの課題に自由時間の大半を費やさねばならなかった。いよいよパリが近づいてきた今、選手たちが宿泊してきたホテルはマネージャーたちの出入りがいよいよ激しくなってきた。クリテリウムやケルメスレース、トラックレースの出場契約が結ばれるのである。そうしたレースでは、ツールの英雄たちを実際に自分の目で見ることができるのだ。選手たちにしてみれば、そうしたショウレースは決して軽々しく考えるものではなかった。つまり、彼らはそうしたレースで所得の大部分を稼ぐのである。だからバルタリなどはパリでのスタート前にすでに、チームの全賞金のうち自分の取り分はいらないと公言していたのである。実際、彼はパリでは一銭も手にしなかった。

しかし、大部分はツール優勝時にスポンサーのレニアーノから受け取った賞金によってまかなえたはずである。それがどのぐらいの額だったのかは誰も知らないが、前年、ロビックがジェニアル・ルツィファー社*からもらった振り子時計よりはいくらか高額だっただろうと思われる。それ以外にもバルタリは、タイヤメーカーのピレッリとパーツメーカーのカンパニョーロから賞金を期待できた。特にカンパニョーロは、チェーンが頻繁に脱落するという問題を口外しなければ、彼に報奨金を出すことを約束していた。

＊ 自転車及びオートバイメーカー。一九二〇年代から四〇年代末まで自転車チームのスポンサーで、一九四七年にはロビックはこのチームに所属していた。

それにもかかわらず、彼がツールに優勝することで得られる経済的利益は、ツール終了後すぐに各地で行われるクリテリウムレースの出場によって得られる招待金が主要なものだった。バルタリ自身には商売っ気がほとんどなく、契約条件などはソワニエのコロンボにまかせっきりだった。コロンボはさまざまな料金の一覧表を作成した――バルタリがツールでなした成績に応じてのリストである。最低料金は、バルタリがステージ優勝なしでリタイアしたケースである。最高額はツールにただ勝つだけではなく、とてつもなくセンセーショナルなやり方でそれを成し遂げた場合だった。この場合、招待金は平日で八万フラン、日曜なら一〇万フランとされていた。特にバルタリは、ジョヴァンニ・コッリエーリと、他に一人か二人のチームメイトが一緒に参加することにこだわった。そして、チームメイトの名前はポスターにはっきりと明示するよう求めた。

バルタリの勝利が、誰も予想できなかったほど素晴らしいものになることが確実になった今、彼の要求がただ受け入れられるだけではなく、何人かのレース主催者にいたっては、要求額以上でも支払う用意があると明言した。だからルクセンブルクのクリテリウムでは二〇万フランが支払われることになった。すでにトゥールーズで、バルタリはツール終了後の二週間で一三の契約を結んでいた。そして今さらに盛大な数の契約が加えられた。

いずれにしても、バルタリは要求した高額の金が早急に必要だった。彼の回顧録（最終版）には、ミユールーズでチームメイトたちが、自分たちの働きに対する報酬をすぐに欲しいと言ったことが書かれている。イタリアチームは総額で三〇〇万フランを獲得できるはずで、それは六〇〇万リラ弱に相当した。リタイアした選手も含めれば一〇人いたので、それぞれ六〇万リラ請求する権利があった。バルタリのクリテリウムでの追加収入を見て、チームメイトたちはそれぞれ一〇〇万リラに値上げするのがふさわしいと感じた。しかし経験上、ツールの総務部が賞金を送ってくるのは、通常は何ヶ月も後になることが分かっていた。そこでイタリア人選手たちはキャプテンに、この間の未回収金額を立て替えてもらおうと思ったのだ。だからバルタリは、気が進まなかったが、ローマ銀行に信用貸しを願い出た。ツールはまだ終わったわけではなかったのに、すでに彼はかなりの負債を負った。

ギイ・ラペビーも同様にいくつもの契約書にサインしていた。彼の場合、バルタリほど高い額を要求することはなかったが、それでも提示された金額六万フランは、彼がツールの前に受け取っていた額のほぼ倍に相当した。だが、それ以外にも片をつけなければならないことがあった。兄の存在を、相変わらず主催者側は快く思っていなかったから、彼にはペナルティの不安があった。しかし、ここで彼がゴデの元を訪れた理由はそれではなかった。彼が不快に感じていたのは、自分の名前がレキップ紙でほとんど取り上げられないことだった。ゴデの巻頭コラムでは完全に無視され続けていた。ボベがマイヨ・ジョーヌを着ていた時には、彼の話題で紙面が埋め尽くされるのも仕方がなかった。しかし、今は自分がフランス人でトップにいるのだ。もっと注目を浴びてもいいはずだろう。ラペビーはまた、彼自身が築き上げてきたすべてのものを再び台無しにしてしまう、とゴデを非難した。ツールのスターたちが走るのを見るために、トラック競技にもより多くの人々がやってくるのは、ヴェル・ディヴ競技場の総監督ゴデにとっても嬉しいことではないのか。長い話し合いの後、両者は全面的に和解した。その際、ラペビーの言うところでは二人とも涙を流したということである。

多くのジャーナリストにとってミュールーズでの滞在は、すでに本物の休息のようなものだった。時間のほとんどを、アルプスステージで車にこびりついた泥を洗い流し、車体を再びピカピカにするのに費やした。もちろん、彼らは翌日のタイムトライアルの事前報告を編集部に伝えなければならなかった。しかしほとんどの新聞では、ツールの報告は開会間近のロンドンオリンピックの記事に、少なくとも部分的に場所を譲らなければならなかった。

それに予想そのものもシンプルなものだった。すべてのジャーナリストがインパニスの勝利は堅いという意見で一致していた。一九四七年にも、彼はタイムトライアルで同様に勝っていた。それに、モンペリエの第9ステージの独走で、彼が出場選手中最高のルーラーであることは証明されていた。確かにアルプスで調子を崩していたが、直前のローザンヌ〜ミュールーズのベルギーチームの勝利には彼の力が大きく貢献したことからも、再び元の調子に戻っていることは間違いなかった。

二位になるのは誰かというのは、意見がかなり割れていた。もっとも多く名前が挙がったのは、日に日に調子を上げているように見えるブリューレだった。五年前にはアマチュアのグランプリ・デ・ナシオンに優勝して、タイムトライアルの世界チャンピオン（公式にこのタイトルができたのは一九九四年からである）と見なされたこともあった。しかし彼が本当に、このかなり単調な種目に集中できるかどうかを、解説者たちは疑問視した。実際、ブリューレはタイムトライアルステージを常にかなり退屈なものと考えていたから、それも当然だった。

＊ 不詳。アマチュアでなければ、グランプリ・デ・ナシオンは一九三二年から二〇〇四年まで実施された個人タイムトライアルのレースだが、このレースの優勝者にブリューレの名前はない。

バルタリの狙いについても、かなり雑多な意見が出ていた。彼がタイムトライアルを嫌っているのはよく知られていた。それに加えてすでに彼は、せいぜい風景を思いっきり楽しむつもりだと述べていた。しかし、この間にカンピオニッシモに対する敬意が増大し、多くのジャーナリストが、この言葉は新たな驚愕を予告するものかもしれないと思った。

自転車ロードレースはチーム単位で行われる個人競技である。この定義に含まれる矛盾が、自転車競技では常に最も重要な役割を演じてきた。今日では明らかにチームの面に力点が置かれている。平地のレースでは一人ないし小集団の逃げは、ほとんど成功することはない。自分のチームのスプリンターを勝たせるために、完璧な規律に基づいて猛スピードで逃げを潰しにかかるチームが必ず現れる。これはなにもグランツールだけではなく、ある程度重要なレースであればほとんどすべてそうである。二日とか三日間のステージレースですら、タイムトライアルが必ずプログラムに組み込まれている理由がここにある。登りや長い石畳区間のような極端な条件と並んで、タイムトライアルは、自転車競技の個人競技としての要素が完全に忘れ去られることがないようにするための数少ない種目なのである。

四〇年代、ロードレースは全く違った性格をしていた。厳格なチームシステムによって管理されるおそれは少なかった。そもそも、チームシステムはイタリアにのみ存在したが、それとてまだかなり原始的な段階にあった。それゆえ、タイムトライアルステージというものは、ステージレースに個人競技の要素を付け加えるためには、絶対に必要なものではなかった。だから、それは非常に珍しかった。ジロ・ディ・イタリアでも、毎年のプログラムに入らなくなって久しかった。コッピに容易に勝たせないためにそうなった、というのは俗説にすぎない。

主催者たちがタイムトライアルにあまり積極的ではなかったのは、こうした直接的な必要性が欠けていたからだけではなく、別の理由もある。まず、コースとなる街道が、プロトンが通過する短時間の封鎖ではなく、かなり長時間にわたり封鎖されるというのが大問題だった。それ以外に根本的な懸念があった。例えばグランプリ・デ・ナシオンに三度勝っているアントナン・マーニュでも、タイムトライアルステージにはっきりと反対していた。彼はこの種目はトラックのスプリントやモーターバイクのペーサーを風除けにして走るトラック競技ドミフォンのように、独立した種目だという意見だった。だからツール・ド・フランスで行われるべきではない。通常のステージがチーム主体で争われるのだから、純粋に個人的なステージは総合成績を捻じ曲げてしまう、と言うのだった。ヴィエットも同じようにタイムトライアルに強く反対した。彼はアンリ・デグランジュの書物『頭と腿』を引き合いに出して、自転車競技の魅力は選手が頭と足を使わなければならない点にあると主張した。タイムトライアルではそれは問題外だ。そこでは足だけがものを言うのだ。

一九四八年、タイムトライアルは非常に稀だったため、すでに複数回走ったことがある選手は幾人かのベテラン選手を除いていなかった。それどころか、選手たちの多くは、このミュールーズ～ストラスブールのステージで初めて走ることになった。そうした選手たちの中にはボベやラペビーもいた。こうした経験不足によって、選手たちの間には不安が生じていた。一二〇キロの長さのタイムトライアルは一般的なものではなく、何が起きるのか予測できる者はほとんど誰もいなかった。いずれにしても、一九四七年の、これよりも長いタイムトライアルでは*、ブランビッラが二日後の最終ステージでロビックらのアタックに何ら反応できないほど疲労してしまったことはよく知られていた。

＊　前年度の第19ステージは一三九キロの個人タイムトライアルで、インパニスが優勝したことはすでに触れた。

こうしたリスクを監督のビンダは何としてでも避けたかった。バルタリは勝ちを狙いたいと言っていたが、監督はさっさとその計画をあきらめさせた。彼ががむしゃらに走らなくたって、普通に走ればライバルたちに五分以上遅れることはないだろう。総合での大量リードを考えれば、これくらいなら許容範囲である。最も重要なのは、この後のベルギーを通過する二つのステージに元気で臨めることだ。チームメイトたちにも、力を出し切るなという指令が出ていた。これに反抗した唯一の選手がベヴィラッカだった。彼はタイムトライアルを得意としていて、月並みな成績では自分の名声に傷がつくと思ったのだ。ビンダはそんなことにお構いなしだった。ベヴィラッカの面子など金でいくらでも解決がつくだろうと考えていた。

ビンダがまだ選手だった時、彼は完璧主義者として通っていた。そして監督になった今も同じだった。彼は休息日を利用して、徹底的にコースを下見した。そして、コースが完全に平地であることだけではなく、常に強い風が山から吹いていることもわかった。途中で畑にいる農民に、この風は普通なのかと何度も尋ねた。そして農民たちはそれを肯定した。ビンダは、このステージで選手たちが強い横風にさらされることを覚悟した。そして、最も早い選手でも平均時速三七キロ程度になるだろうと推定した。これは、一二〇キロのレースの勝者のタイムを約三時間一〇分としていた主催者の推定でもあった。これが正しければ、ギアは50×16で十分である。これより重いギアを使えば、しなやかにペダルを回すよりも力づくで踏むような走り方にならざるをえず、これでは翌日に影響が出る危険性があった。

ベルギーチームも同様にコースを調べていたが、別の結論に至っていた。横風を重視せず、ギアは50×15を選択した。このギア比はペダル一回転でおおよそ七メートル進むものである。それどころか、リアギアにはさらに14も付けようと考えたが、それは備品になかった。当時このように歯数の少ないギアは珍しいもので、ミュールーズの町では手に入れることができなかった。

短いトレーニングの後、ベルギーチームはフランスナショナルチームの選手たちと出会った。フランス人たちは興味津々で彼らがつけているギアを見つめていた。だから、翌日、ベルギーチームがライバルたちも同じギアを選択しているのを確認しても驚くことはなかった。しかしフランスチームはそれ以外にも別の装備をしていたのである。その上ボベとヴィエットは特注のタイヤを使用していた。特に軽量化された自転車でスタート地点に現れた。

フランスナショナルチームにはさらに有利な点があった。チーム対抗で首位を守るべき選手三人のスタート順が、それぞれ直接のライバルであるベルギーチームの選手たちの後だったから、途中タイム差を見ながら走れるのである。具体的に言えば、ヴィエットはオケルスの後を走り、テセールはインパニス、ボベはスホッテの後を走る順番だった。この順番は奇妙に思われるだろう。今日であれば、タイムトライアルのスタートは総合順位の逆順になっている。ところが一九四八年にはもっとずっと複雑なシステムだった。バルタリの前は総合二位のスホッテではなく、三位のラペビーで、その前は五位、またその前は七位、九位という順番だった。そしてその前が総合二位の選手、その前は四位、六位、八位、一〇位と遡り、さらにその前が一一位、一三、一五、一七、一九、二一と遡っていった。当時の出走順は、この複雑なシステム以外はほとんどなかった。

朝一〇時にスタートした最初の選手は総合四六位、つまり最下位のヘンク・デ・ホーホではなく、ヴィットリオ・セゲッツィだった。彼はたっぷり一時間以上待たされた。順番はヴィエットのすぐ後だった。彼はほとんど肩に「死神」を乗せて走っているようなものだった。この一九四八年のツールで走る最後のレースになることがわかっていたからである。一つか二つ順位を上げようと頑張ったが無駄だった。しかし、もう少しで失格を先延ばしすることに成功するところだった。前々日のローザンヌ～ミュールーズのステージでは、すでに一人の選手が失格になっていて、さらに他に四人の選手が制限タイムをオーバーしてゴールしていた。* 規定四十一条は、全選手の五パーセント以上が失格になると、執行されないことになっていたので、デ・ホーホは少なくとも一日間の猶予を得られたと思った。

＊ 以下に述べられるようにゴーティエとマルタンが約四一分、セゲッツィは四七分、ボナヴェントゥールに至っては一時間三三分近い遅れでタイムアウトになるはずだった。

だが、規定四十一条を冷酷に適用してきた同じ審判団は、奇妙なことに、タイムリミットオーバーの選手たちを失格にするかどうかを決める時には、ひどく優しくなったのである。今回のケースでも審判団はまたしても慈悲深くなった。実際、イタリアチームのセゲッツィと西フランスチームのボナヴェントゥールはこの恩恵にあずかって失格を免れた。ジョルジュ・マルタン（1915～2010（1939-50）七勝）とゴーティエの二人のフランス人の場合はタイムアウトとはみなされなかった。おかげで、後になってから、総合順位最下位の選手がレースから排除された。それがダニエル・オルツで、無論この決定に非常に立腹することになったのだが。

ヘンク・デ・ホーホは次の生贄になるはずだった。この悲劇的な運命を逃れるすべは、もはやありそうもなかった。彼より一つ前の順位のボナヴェントゥールを追い抜くためには、ボナヴェントゥールが大きくタイムオーバーでもしなければ、ありえなかった。もちろんデ・ホーホは、はなからスタートせずに、自分の体面を保つことだってできた。そうすればレースから排除される対象選手はボナヴェントゥールになるはずだった。だが、その場合、ボナヴェントゥールの直前にいる選手たちが、同じように危険に陥ることになった。そして、そうした選手たちのうちにオランダチームのデ・ロイテルがいたため、デ・ホーホはスタートすることを決意した。彼は何より顔を上げてツールを後にしたいと思ったのだ。

アナウンサーが彼のことを、「今回のツールで最も勇敢な選手の一人」と呼んだのは、彼を喜ばせたに違いない。ブリアンソン～エクスの第14ステージで見せた不屈の精神（二二九頁参照）に報いる称号だった。ひょっとしたら、もっと満足感を味わえたのは、四五キロ地点で、他でもないヴィエットを追い抜けたことかもしれない。追い抜いた直後に、彼はパンクに見舞われ、ヴィエットが再び彼を抜き返した。しかし一五キロも行かないうちにデ・ホーホは再びヴィエットを追い抜いたのである。残念なことに、彼にとって状況は何も変わりはしなかったのだが。ジャーナリストのジェローム・ステーフェンスを通訳に伴って、監督のヨリス・ファン・デン・ベルフはもう一度審判のもとを訪れて抗議したが、なんの効果もなかった。

「ルネ王」は結局完走者四六人中四四位に終わるが、このひどい結果は、フランスナショナルチームが新たな瓦解に向かいつつあることの最初の兆候だった。国別対抗カップで、ヴィエットがさらに後退すれば、彼の代わりになるべきロビックはといえば、これはさらにひどい出来だった。最初の五〇キロはかなり良いペースで走れたのだが、オケルスに追い抜かれ、さらにパンクまでした時、完全に意気消沈してしまった。最終的な彼の順位は四五位、最後から二番目である。テセールも良いとはいえなかった。彼は体調が良くなかった。そしてスタートこそ非常にうまく走り出したが、ステージ後半に入るとやはり下降線をたどることになる。結局三八位に終わり、総合順位でも六位に滑り落ちてしまった。

フランスナショナルチームで唯一明るい驚きはルイゾン・ボベだった。彼はまたしてもその素晴らしい回復能力を示した。スタート前はまたひどい結果になるのではないか、と文字どおり膝が震えていただけに、彼の成績は驚くべきものだった。彼は慎重に50×17の軽いギアでスタートした。五〇キロ走った後で、四分後にスタートしたギイ・ラペビーが後方二〇〇メートルに迫ってきたことが知らされた。ロビックはオケルスが彼を追い抜いていきそうだと知るや、もう戦闘意欲を失ってしまった。しかし、ボベは全く逆の反応をした。彼は追い抜かれるという屈辱はなんとしてでも避けたかったのだ。そこで彼は即座にギアを50×15にチェンジした。明確な目標ができた今、エネルギーが復活したような気がした。すぐに追走者との差は四〇〇メートルに開いた。一方でこれはラペビーにとっても、再びボベを捉えようという新たな目標ができたわけである。ラペビーにも拍車がかかった。こうして相乗効果となって、二人のうちのどちらも夢にすら見ないような素晴らしい結果が生まれた。ラペビーはステージ三位、ボベは八位になったのである。

ベルギー人たちはライバルのフランス人たちよりずっと良い結果を出した。予期したように、国別対抗カップで首位に立つことに成功した。だが、彼らはそれほど満足していなかった。オケルスは期待通

個人ＴＴのランブレヒト

りの走りを見せて五位になった。スホッテも同様に素晴らしいレースを行い六位だった。だがスホッテは総合二位の位置をラペビーに奪われてしまった。もっとも落胆していたのは優勝候補と目されたレイモン・インパニスだった。猛然とスタートした後、なぜかわからないまま、リズムを見つけることができなくなった。結局一六位に甘んじなければならなかった。ベルギー人たちの愛国心にとって慰めになったのは、優勝者が自国の選手だったということだろう。つまり、ロヒェル・ランブレヒトがチームメイトのクラビンスキのタイムを最後の何キロかで追い抜いたのである。彼の使ったギアは54×15で、今日の目で見れば大したものではないが、一九四八年当時はとてつもないものとみなされた。

ランブレヒトは一二〇キロを平均時速四一キロで走り抜けた。これはバルタリがビンダのアドバイスで設定した三七キロよりもはるかに早かった。もし総合でのリードがもっと小さかったら、チーム監督のミスは高くついたかもしれない。バルタリはランブレヒトにほぼ一二分遅れた。しかしもっと痛いのは、新たに総合二位に上がってきたラペビーに、一〇分以上差を詰められたことだった。

このタイムロスはひょっとしたらギアのミスというよりもむしろ気持ちの問題と言えるものだったの

ウィニングランのランブレヒトとクラビンスキ

かもしれない。通常、バルタリはルーラーとは全く違う走り方をした。ルーラーたちは機械のようなリズムで走ることが特徴である。だがバルタリは山岳でも平地でも、ひどく不規則な走り方をした。それでも、必要とあらばタイムトライアルでも良い成績を上げてきた。事実、翌一九四九年にはコッピについで二位になっているし、*その時も、後半はコッピに対して、いくらかタイムを挽回してもいるのだ。違っていたのは、一九四九年は非常にモチベーションが高かったのに対して、今回は、もともと自分の走り方に合っていない種目なのに、さらに適当に手を抜いて走るという戦術をとったことが失敗の原因だった。

＊ 第20ステージ、一三七キロの個人タイムトライアルでのこと。

もちろんタイムトライアルでのバルタリのミスも大した問題ではなかった。総合順位では相変わらず二位に二五分の差をつけていたのである。それでもこの結果は、見た目以上に彼を悩ませるものになった。ミュールーズへのステージで、彼はスホッテに対して、たった一分のボーナスタイムすら与えることを拒んだ（二七三頁参照）。だから、一〇分のタイムロスなど痛くもかゆくもない、と言えるはずはなかった。不機嫌なのはストラスブールでゴールした後もはっきりわかった。彼は自転車から降りず、ヤジの中をそのままホテルまで走って行ってしまった。

バルタリにはブーイングが、ランブレヒトとクラビンスキには称讃の声が、そしてラペビーには大喝采が注がれた。彼がボベと同じぐらいの喝采を浴びたのは初めてのことだった。彼こそこの日のヒーローだった。ゴデは前日の約束を守り、巻頭コラムの大部分をラペビーのパフォーマンスに捧げ、最高の称讃の言葉を書き連ねた。一方、兄のロジェ・ラペビーはホテルに彼を訪ね、お祝いの言葉を述べた。かつてのツール・ド・フランス総合優勝者は居並ぶジャーナリストたちを前に、彼自身はこんな素晴らしい成果を上げたことはなかったと言った。こいつはかつての俺なんかよりずっと優れた選手だ。常にロジェを礼讃していたギイはそれをそのまま受け取ることはなかったが、それでも、彼にとってこれほど大きな喜びはなかっただろう。ロジェは弟を訪問することで主催者から批判されることは承知の上だった。たとえ非難を食らったところで、そうせざるをえなかったのである。

ツール・ド・フランスでは、不死身の選手などいない。調子の悪い日のない絶好調の偉大なチャンピオンであっても、全プロトンが一致団結すれば敗れるだろう。ただ、これまでそんなことは実際にはほとんど起きたことはない。相反する利害があまりに多すぎるからである。一九四八年のツール・ド・フランスでもそうだった。もしローザンヌ～ミュールーズの第16ステージでベルギーチームと協力しあって逃げることができなかったら、バルタリとそのチームメイト達はもっとずっと苦労しただろう。イタリアチームにとってと同様に、ベルギーチームにとっても、この日はボベを追い抜き引き離すチャンスだったのである。バルタリはパリまでこの協調体制が崩れないほうがよかった。そしてそれは、フランスチームが両チームにとって共通のライバルであることからも、理屈上はありえることだった。ベルギーチームにとって地元フランスチームは国別対抗カップの最大のライバルだったし、イタリアチームは、フランスチームが一九四七年の再現を狙う一撃を計画しているのではないかと恐れていた。

そうした同盟を結ぶためにはある条件が満たされなければならなかった。ベルギーチームは自分たちの誰かがツールに勝つ可能性があるのなら、間違いなく自分たち自身のためだけで戦ったことだろう。しかし、個人タイムトライアルの前夜にはこんな想像はもはや幻想に過ぎなかった。バルタリのステージ三連勝以後、彼は手の届かないものに思われ、ライバルたちは二位を目指すようになっていた。彼が無敵だという前提から始めたから、彼は本当に無敵になった。

バルタリにとって非常に快適なこのポジションが、この個人TTの後、突然、怪しくなってしまったのである。一〇分というタイムロスは大したことではなかった。彼の無敵という後光に陰りが出たことの方が重要だった。何人かのジャーナリストは、バルタリの力は尽きたと憶測した。彼は死人のように蒼ざめてゴールラインを越え、もうヴィクトリーランもできる状態ではなかった、というのだ。それどころか、彼はリタイア寸前だと書いた者までいた。他にも、彼は体調不良かお尻におでき(フルンケル)が出来たのだと主張する者もいた。ゴデはこうした説をすべて、全く信じなかった。彼は車でバルタリについていて、疲労の兆候など全く見られなかったからである。彼によれば、このタイムトライアルは、最初にライバルたちを疲れさせ、その直後にアタックするといういつものバルタリの作戦の見本に過ぎなかった。ゴデはまた、マイヨ・ジョーヌがアルデンヌのステージでライバルたちにこの仕返しをするに違いないと信じていた。

噂というものはいつでも勝手に広まってしまうものである。バルタリはゴデの言葉が万人を納得させたとは思えなかった。再び無敵の称号を得るためには、あらぬ噂をみずからの手で払拭するしかなかった。ただ、このストラスブール～メスのステージは、そもそもそうした企てにふさわしいとは言えなかった。登りのない「つなぎ」のステージだったのである。それ以外にも、四五人残っているプロトンの攻撃意欲は最初から申し分ないものだった。土砂降りのために、ストラスブールのクレベール広場でのスタートは一五分ほど遅らせざるをえなかった。選手以外の関係者たちが伴走車の中でのんびり坐っていた時、雨が改めて激しく降り始めた。そして、選手たちは逃げを企てるよりも、むしろ大集団の中に身をひそめる方を選んだ。ジャーナリストたちは異口同音に、最初の一時間は何も重要なことは起きなかったと伝えた。

それにもかかわらず、小さな、しかしどうでもいいとは言えないハプニングは起きた。このステージが最後の適用になる規定四十一条をめぐるものである。この犠牲者はおそらくボナヴェントゥールになりそうだった。彼は若手(カデッティ)チームのヴィットリオ・セゲッツィに遅れること二〇分で、総合順位最下位だったから、「死刑宣告」を逃れるチャンスは、事実上ほとんどゼロといってよかった。どうせ逃れられぬ運命なら、もっと早く終わらせてしまえとばかりに、ボナヴェントゥールはさっさと集団から離脱し、レースをやめてしまおうとした。慌てたのはセゲッツィである。最下位の選手がレース途中でリタイアすると、総合最下位は自分になってしまう。そこで彼も一緒にスピードを落とし、ボナヴェントゥールを励まし、ボトルを手渡し、このステージを最後まで走ってくれと懇願した。しばらく迷った後で、フランス人はとうとう説得に応じ、その後二人の選手は再びメイン集団に追いついた。

スタートして六〇キロ、突然全く新しい状況が生じた。セゲッツィがパンクし、ボナヴェントゥールがチャンスとばかりにアタックしたのである。他の選手たちもすぐにこのアタックに反応し、メイン集団の速度は急激に上がり、セゲッツィのボナヴェントゥールに対するタイム差が本当に危険な状況になった。彼にとって幸いだったのは、すぐにアシストが現れたことである。それも若手(カデッティ)チームのマーニとランベルティーニだけでなく、バルタリを含むイタリアAチームすべてが駆けつけてくれたのである。

そして、まだ、これがすべてではなかった。彼らがメイン集団に追いついた時、バルタリ御自(おんみずか)らボナヴエントゥールの追走を引き受けた。セゲッツィはその選手としてのキャリアの間、ついにチームのキャプテンになることはかなわなかったが、この日は一日中バルタリが彼のグレガーリ（アシスト）になるという喜びをかみしめた。

このデモンストレーションで、バルタリはセゲッツィを助けただけではなく、自分について言われていた調子が悪いという噂を吹き飛ばした。いずれにせよ、これによって、マイヨ・ジョーヌの調子をちょっと試してやろうという考えを、すでに萌芽のうちに摘み取ることができたのである。この結果、ステージの前半一二〇キロは非常にゆっくりしたペースになり、メイン集団は平坦ステージでは初めてだが、通過時刻予定表の時間を大幅に遅れることになった。ザールブリュッケンには予定より四五分も遅く到着したのである。

この町をコースに入れることは一つの冒険だった。この町はまだ完全に瓦礫の中にあり、安全に通行できるように、不発弾処理作業は数日にわたって時間外労働を強いられた。わざわざザールブリュッケンへ迂回していったのもスポーツとは無関係な理由からだった。ザールラント州は一九四八年当時、ドイツ国内のフランス占領区域に属していたが、自治権を有していた。資源に恵まれたこの地域は経済的にもフランスと密接な関係があり、パリの政府はこの関係が一つの政治的な形になることを望んだ（つまり、この地域をフランスに帰属させることを願ったのである）。この望みは一九五五年に住民投票で、圧倒的多数がドイツへの帰属を求めたために潰えたのだが。

それにもかかわらず、一九四八年には、ザールラント州がいずれフランスの県になるかもしれないという幻想はまだ存在していた。ツール・ド・フランスのザールブリュッケンへの寄り道はある意味で文化的な併合の試みであったわけだった。もちろんスポーツ欄にそのようなことは一言だって書かれることはなかった。そうしたテーマはそこでは完全なタブーだった。だが、フランスのジャーナリストたちの報告は、政治的中立とはとても言えないものだった。そうした記事ではザールラントの住民たちは大挙して街頭に集まり「言葉にできないような熱狂ぶりで」ツールを観戦しようとしたことになっている。イタリアやベルギーの新聞も、観客の数の多さには言及しているが、しかしフランス人の同僚が書いたような心からの歓迎ぶりとは一線を画した報告になっている。

プロトンがザールラントに到着したその瞬間、選手たちはこの日初めてまともなスピードで走り始めた。しかし、これは観客の「熱狂的な歓迎ぶり」のせいというよりは、急激に回復した天候のせいだった。雨があがり、時には短時間であっても太陽まで顔をのぞかせた。こうなると、続けざまにアタックが繰り返された。オケルス、クラビンスキ、ブリューレ、ネリ、レミイ、さらに目に見えて回復したロビックまで、プロトンから逃げようとした。しかし、彼らが総合争いでは危険性がない選手たちばかりだったにもかかわらず、バルタリは彼らの逃げを許さなかった。毎回彼はみずから追走を買って出て、逃げたものたちを平定した。それどころか、前日のタイムトライアルで素晴らしい勝利を挙げたランブレヒトが逃げようとした時も、難なく捕まえた。バルタリの調子に対する疑念はもはや完全に払拭され、その権威は再び回復した。

ゴール前四〇キロで、またしても五人の選手が逃げを試みた。今回は、バルタリは無反応だった。彼のチームメイトのジョヴァンニ・コッリエーリが混ざっていたからである。普段、コッリエーリは一瞬たりともバルタリのそばを離れることはなかった。しかし、彼の言葉によれば、今回は一時間だけ自由に走る許可を得たのである。一〇キロ後、オケルスが逃げグループに追いつこうとした。バルタリはそれも許した。オケルスはスピードのある選手だったが、バルタリは「ジョヴァンニーノ」のスプリント力を信頼していた。彼が「シチリアの矢」と呼ばれているのにはそれなりの訳があったからである。コッリエーリはチームキャプテンの信頼を裏切らず、オケルス、ゴーティエ、クラビンスキに対して一車身の差をつけてスプリントを制した。

ロビックを先頭にしたメイン集団は一分半後にゴールした。バルタリは問うような目つきでコッリエーリを見、こちらは勝利のポーズを見せた。カンピオニッシモは自分が勝った時には、めったに喜びを表すことはなかった。いつもはウィニングランの時にも不機嫌そうに見えた。それどころか、熱狂しすぎたファンを花束で殴っている記録フィルムすら残っている。しかし、コッリエーリの勝利には嬉しさを爆発させた。シチリア生まれで、その後プラート*に住んでいた「ジョヴァンニーノ」は、単にチームメイトというだけではなかったからである。バルタリと彼は、コッリエーリの言葉を借りれば兄弟以上の親しさだった。トレーニングは一緒にし、ホテル滞在時は同室になり、個人的な事柄も相談し合う仲だった。

＊ イタリアのトスカーナ州の町。バルタリの住むフィレンツェとは一〇キロ程度しか離れていない。

他のイタリア人選手たちはこの信頼関係を妬むことは全くなかった。バルタリの同室になることは良いことばかりではなかったからである。バルタリの欠点は口を閉じていることができないという点だった。レース中もおしゃべりし、一人で走っている時にはしばしば歌を歌い始めるのだった。朝食時にも夕食時にもしゃべり続け、マッサージ中も寝る時もしゃべり続けた。電気がとっくに消えていてもおしゃべりを続けることすらあった。コッリエーリは、そうしたことに煩わされることなく、穏やかに眠ることができるという特技があった。

喜んでいるコッリエーリを祝福するためには、バルタリは多くの言葉を必要とはしなかった。彼を抱いて一緒に写真に収まり、それ以外は表彰式から身を引いていた。「しゃしゃり出るようなことはしたくない」からと言って、総合トップとしてのウィニングランもしなかった。何人かのジャーナリストはこの謙虚さに別の解釈を加えた。つまり、バルタリはすでに、アルデンヌ地方を横切り、クライマーにさまざまな可能性を提示する次のステージのことを考えているのだというのである。

最後の走者がメスに到着した時、コッリエーリの表彰式はすでに終わっていた。かわいそうなヴィエットは、ゴール直前の小さな丘で、メイン集団のスピードにもうついていけなかった。彼にはジゲが付き従った。ゴデはその様子を、ジゲは「まるでナースのように」ヴィエットをゴールまで甲斐甲斐しく看護した、と書いている。ヴィエットは改めてリタイアを口にした。ステージ後にすぐに家に帰るつもりだったが、残念ながら、カンヌ行きの急行列車に間に合うためには、ゴールインが遅すぎたと言った。さらには、ポストツールのクリテリウムにも出場しない、その資格が自分にはないと言うのだった。「こんなにツールを愛してるのに、俺の愛は報われない」とは、ホテルへ帰る前の彼の弁である。

第19ステージ　メス〜リエージュ249km　7／23金　ベルギーの地でイタリアのお祭り

自転車競技では、レースをハードにするのはコースではなく選手達だ、と言われる。時として、山岳ステージが死ぬほど退屈で、最後は集団スプリントで終わったりする一方で、大した登りのない短いステージが唐突にドラマチックなレースになることもある。メス〜リエージュのステージは、紙の上では、このツールのハイライトのひとつになるように思われていた。コースの大部分がフレッシュ・ワロンヌとリエージュ〜バストーニュ〜リエージュと同じだったのである。この二つのワンデークラシックレースは、選手たちに持てる力すべてを出し尽くすことを要求するとともに、時として大きなタイム差を生み出すこともあった。レースをより魅力的なものにするために、途中に高額な賞金がいくつも掛けられていた。そして、高ポイントの山岳ポイントも設定された。

コースだけではなく、変化に富んだレースになるのは間違いないと思われた。ゴデなどはすでにレース前から「アルデンヌの戦い*」として煽っていた。関係者たちは皆、ベルギーチームの大攻勢を期待していた。誰もが、ベルギーチームはなりふり構わず、このステージを勝ちに来るだろうと信じていた。カレル・ファン・ヴェイネンダーレ監督も、すでに、この日の勝利のためなら「魂の一部を」悪魔に売り渡しても構わないとまで言った。その上、何人かの解説者はバルタリがこのステージで大きく遅れる可能性まで推測した。しかし、本当にバルタリが遅れないまでも、「青い奇兵隊（ベルギーチーム）」が国別対抗カップを獲得し、スホッテをもう一度総合二位に押し上げようと遮二無二なるのは間違いなかった。

＊　ベルギーアルデンヌ地方で一九四四年末から翌年初めにかけて行われたナチスドイツと連合軍の戦い。追い詰められつつあったナチスの最後の大規模な反攻として知られる。

そして、後者の目標はどうやら達成できそうな気配だった。ラペビーが深刻な怪我を負ったからである。ヴュ・デ・ザルプへの登りでバルタリがギアチェンジしようとしてペダルを逆回転させた時、ラザリデスが親切心から軽く彼をプッシュした。一瞬、ラザリデスの自転車はスピードを落とすことになり、彼のすぐ後ろにいたラペビーが落車してアキレス腱を痛めてしまったのである。数日間の休息があれば確実に治っただろうが、無論そんな暇はなかった。一定のペースで走れるタイムトライアルでは、痛みはまだ我慢できたが、メスへのステージでは、雨と絶えず変化するスピードのお蔭で、その痛みはほとんど耐え難いものになった。この日は、右足を包帯でガッチリ固定してスタートラインについた。カレル・ファン・ヴェイネンダーレはこれらすべてを確認の上、自チームの選手たちには、ラペビーを楽にさせないよう指示した。このツールでは、すでにほとんど死んだと思われていた選手が突然復活することが、これまでも起こっていた。

フランスナショナルチームも、もちろんベルギーチームの思惑は先刻承知だったが、最初から諦めてしまうわけにはいかなかった。そして、精神的、肉体的危機を乗り越えたロビックは再び得意の大言壮語を復活させた。「ベルギーの地で勝つことだ。俺はそれがやりたいし、できる」と、レキップのピエール・アブーに話していた。彼はアルプスでの惨敗のリベンジをアルデンヌ地方で果たすと決めた。こ

フランドルの観客

れ以外にも、国別対抗カップを奪回するために、何か仕掛けてみたいと発言した。

　カレル・ファン・ヴェイネンダーレの計画を邪魔する可能性があるのは、なにもフランスチームだけではなかった。スホッテはあらかじめバルタリのところへ行って、彼がベルギーチームのステージ優勝を見逃す気があるか探ろうとした。しかし、バルタリは自分もこのステージを勝ちたいと答えた。ベルギーの炭鉱と鉄鋼産業で出稼ぎに来ているイタリア人たちから、何百通もの手紙を受け取っていたからである。彼らは、もし自分たちの同国人がここで優勝するのなら、そのために何でもするつもりだと断言していた。バルタリはビンダと話し合い、二人ともに、これらの願いを無視するわけにはいかないと感じた。もちろんマイヨ・ジョーヌを危険にさらすことはしたくなかったが、チャンスがあればリエージュで勝利を狙うことにした。

　予想通り、ステージ前半は穏当なペースで始まっ

た。みんなが、一〇〇キロすぎから始まる山のために体力を温存していた。プロトンがルクセンブルク市に近づいた時、ジャン・キルヒェンがバルタリのところへ行き、町を通過する間、メイン集団の数一〇メートル先を走る許可を求めた。バルタリは了承したが、安全のため、イタリアチームを集団の前方に位置させ、このルクセンブルク人を監視できるようにした。しかし、これは余計なことだった。キルヒェンは敵対する気は、これっぽっちもなかったからである。要するに、自分の国の住民たちの歓迎ぶりを楽しみたかっただけだった。天気も良く、ルクセンブルク市のすべての人が、プロトンが通過するのを見るために街頭に出てきていた。彼にとって、これ以上のことを夢見ることはできなかった。キルヒェンは嵐のような喝采を浴び、熱狂的に名前を連呼されて、目に涙をためた。

この日の最初のハプニングが起きたのは、プロトンがルクセンブルクを去ろうとしている時だった。

オケルスが二回続けてパンクに見舞われ、四分遅れた。当初、一人でメイン集団に追いつこうとしたが、うまくいかず、ファン・ヴェイネンダーレは最初にマティウに、そしてすぐ後にインパニスに、チームメイトを待つようにと指示を出した。これは非常にリスクのあることだった。この瞬間、ベルギーの国別対抗カップの対象選手三人のうち二人がメイン集団のはるか後ろを走ることになったからである。こんな絶好のチャンスは、そうそう巡ってくるものではない。なのにフランスチームは何もしなかった。確かにボベ、ラザリデス、ヴィエットの三人はテンポアップを試みようとしたが、大して影響を及ぼさなかった。ロビックとジゲは後ろのほうにいて、アルシャンボー監督も、彼らにチームメイトと協力しろという指令を出すことはなかった。

これを不手際とみなすのはどうであろう。むしろ諦めを意味していたと言うべきかもしれない。そもそも、フランスナショナルチームが、突然、一致協力し合うチームになったら、それは一つの奇跡だろう。いずれにせよ、チャンスはあっという間についえた。なにより話題になったのはインパニスだった。彼はチームメイトたちをメイン集団へ引き戻したのだが、その感動的なやり方に、ジャーナリストたちは先のタイムトライアルでの彼は何だったのだろう、と疑問を呈し合った。

ベルギーチームが再び集団の前にポジションを取ったとき、レースは落ち着いた。そして、驚いたことに、このペースがこの日の大部分を占めたのである。しかし選手たちの平和的態度は不審を呼ぶものではなかった。確かに、主催者が決めたアルデンヌでのコースは、実際には激しいアタック合戦に適したものだった。もしアルデンヌのステージがツールの第一週に行われていたら、こんなことにはならなかっただろう。だが、選手たちはすでに四〇〇〇キロも走ってきたのだ。逃げようという気持ちは失せていた。それ以外にも選手たちは、多くのジャーナリストたちよりも状況をよりリアルに見ていた。つまり彼らは、ツールはほぼ終わったとみなしていたのである。あとは幾つかの些細な点を調整するだけだった。しかし、落車やその他の予期せぬハプニングが生じなければ、結果は大筋において既に確定済みだった。

カレル・ファン・ヴェイネンダーレは作戦計画を十分に練っていたが、その目標はつましいものだった。ステージ優勝と総合二位への復帰、そしてチーム対抗で勝利を確実なものにすることである。そのためには、ステージの最終段階でアタックすれば十分なことだった。大規模な、同時に危険もはらむ攻撃を始めるのは、マイヨ・ジョーヌを奪う可能性が本格化しない限り、意味のないことだっただろう。そしてその可能性を信じるものはもはや誰もいなかった。

バルタリがツールで優勝することにまだ確信を持てなかった唯一の人物は、バルタリ自身だった。相変わらず一九四七年の最終ステージのことが頭から離れなかった。あの時のようにイタリアチームを孤立させないために、彼はかなりの金額を支払って、ベルギーチームのサポートを確保していた。そして、ベルギーチームのマッサーのギヨーム・ドリーセンス*が、細部の調整にふさわしいと考えた。そこまでしても、バルタリは最悪の妄想に囚われていた。この不信感が、ほとんど深刻な結果を引き起こしかねなかったハプニングを呼ぶことになった。

＊　1912～2006　元選手だったが、一九四七年から一九八四年まで様々なチームで監督、マッサーとして成功した。彼が治療した選手たちは、世界戦三勝のリック・ファン・ローイやエディ・メルクス、ロジェ・ド・フラーミンク、フレディ・マルテンスやヤン・ラースなどそう

そうたる名前が並ぶ。故国ベルギーのボールツメールベーク市には胸像も飾られているほどの有名人である。

それはアルデンヌ大賞と名付けられたポイントがかかっている最初の登りのマルテランジュで始まった。道路の両脇に観客たちがびっしりと押しかけ、選手たちも伴走車も、その隙間をかろうじて抜けられるような状態だった。集団の先頭を走っていたポール・ネリ、ファン・ダイク、ランブレヒト、そしてスホッテがこれを利用した。先導バイクが苦労して道をかき分けて行く中、集団から抜け出したのである。バルタリはそれを見たとき、完全に度を失ってしまった。一番恐れていたことが起こったと思ったのである。彼の目には、これは一九四七年のツール・ド・フランスで、ブランビッラとロンコーニが破れたときと寸分違わぬものだった。彼はゴデに、すぐに逃げた奴らのところまで、その車で自分のために道をかき分けていくように、と大声で要求した。レースディレクターの車に同乗していたグイド・ジアルディーニがバルタリの言葉を通訳した。最初、ゴデは完全にあきれ返った。しかし、バルタリが真剣なのに気がつくと、命じられた通りにした。

こんなハプニングはあったが、その後再びプロトンに平和が戻ってきた。選手たちはハンドルの上に手を置き、冗談を言い合った。このリラックスムードも、アルデンヌ大賞がかかる登りになると崩れる。しかし、この賞を本気で狙うような選手は、実際には片手で数える程度しかいなかった。そうした選手の一人にロビックがいた。彼はコート・デュ・フォルジュか[*1]モン・トゥで[*2]勝って、イゾアール峠（第13ステージ参照）やクロワ・ド・フェール峠（第14ステージ参照）での敗北を忘れさせたいと願っていた。心配の種はポール・ネリもそれを本気で狙っていることだった。これに対してバルタリは狙わないと言った。

＊1　全長一五三〇メートル、高低差一〇六メートル、平均斜度6.9％のリエージュ・バストーニュ・リエージュで有名な丘。現在スタン・オケルスの記念碑がある。
＊2　全長二九〇〇メートル、高低差一五五メートル、最大斜度12％のリエージュ・バストーニュ・リエージュで有名な丘。

リエージュから二五キロ離れたこの日最後の登りで、ついにベルギーチームによる待望のアタックが仕掛けられた。これによりラペビーはすぐに後退して行ったが、頂上をトップで通過したのはロビックで、それにネリが続いた。バルタリは回想録でこの時のことを思い出し、自分はオケルスと一緒に頂上に着き、オケルスが、五〇メートルほど遅れた総合二位のスホッテに構わず、先行する二人を追走したと言っている。しかし、これは決して間違ったアクションではない。つまりオケルスはステージ優勝を狙っていたのである。そして彼のかつてのチームメイトたちは、彼のことをずる賢い、とは言わないまでも、抜け目のない選手だとみなしていた。

しかし今回は彼の計画はうまくいかなかった。バルタリはすでに数日前から、二位争いではスホッテの味方になることを決めていた、と書いている。もちろんラペビーにも、ガリビエ峠で暖かいコーヒーをもらった（二二四頁参照）恩義があった。しかし、とバルタリは書いている、このフランス人はまだ若いし、今後もチャンスはたくさんあるだろう。バルタリが、表彰台で隣に立つのがスホッテの方が良いと考えた理由が本当にこれだとすれば、明らかに大きな勘違いである。ラペビーはこの時すでに三十二歳、ベルギー人よりも三歳年上だったのである。

これがただの勘違いだったのかどうかはどうでも良い。バルタリは実際にスホッテを待ち、一気に先行する三人に追いついた。この瞬間から、逃げグループは見事な協調関係を見せ、大きなリードを保ってアルデンヌの河岸へ到着した。バルタリは、スホッテが感謝の気持ちから彼のためにスプリントの時に前を引いてくれたと書いているが、これもまた誤解である。確かにバルタリはスホッテの後ろに位置したが、これは単にスホッテが自分で勝とうと思って先行したにすぎない。しかしこれは失敗だった。バルタリが軽やかに彼を追い抜き、大差でゴールラインを越えて行った。ロビックとオケルスが二位と三位になった。

三分後に痛みで顔をしかめながら、ラペビーがメイン集団とともにゴールインした。総合二位の座はスホッテに奪われてしまった。自国のチームを熱狂的に応援していたベルギーの観客にとって、これは大いに嬉しいことだった。バルタリにはやられたものの、それは決して恥ずべきことではなかった。ステージ七勝目を挙げて、実際彼は別格扱い（オーコンクール）になった。それに異議をとなえるのは一人だけ、そう、ロビックだけだった。調子が上がるとともに、彼の底抜けの自信が戻ってきた「みんな、おそらく、ジノが最強の選手だってもてはやすんだろうな。だけど、俺はゴールラインがどこだかわからなかったんだ。わかっていれば俺が勝ってたはずだ」

リエージュにやってきた二万人以上のイタリア人にとって、無論、もはや冷静でいることなどできなかった。ベルギーの観客たちはバルタリの勝利がどれほどの狂乱を生み出すかを、あきれる思いで見ていた。イタリア人たちは泣き、笑い、踊り、帽子を高く投げ上げ、互いに抱き合い、そして我らのチャンピオンの名前を喉がかれるまで連呼した。彼らの熱狂ぶりは、バルタリがウィニングランを終え、すでに姿を消した後も冷める様子は全くなかった。イタリア人たちのお祭りは一晩中続いた。数千人がバルタリの宿泊ホテルの前に集まり、深夜になるまでそこで歓声をあげ続けた。

「南国気質」とベルギーの新聞は書いた。しかし、この熱狂の理由はもっとずっと深いところにあった。イタリアは貧しい国だ。一八六〇年の統一後、百年間に一二〇〇万のイタリア人が、みずからの幸運を外国に求めて国をあとにした。そしてそのほとんどが帰国せずに、みずから選択した国に同化することを決断した。「私の祖国はわたしにパンをくれる国だ（ラ・ミア・パトリア・エ・クエラ・ケ・ミ・ダ・イル・パネ）」という原則に従ったのである。これは二つの世界大戦の間にフランスへ移住した何十万のイタリア人にとっても同じだった。彼らの多くには、生まれた国に対するシンパシーはほとんど残っていなかった。特に政治的な理由からファシスト政権を逃れてきた人たちはみんなそうだった。ヴィットリオ・セゲッツィによれば、イタリア人選手たちがさらされた敵意は、こうしたイタリア系フランス人によるものがとても多かったという。

一九四六年以後、新たに数十万のイタリア人が出稼ぎ労働者として国を後にした。戦前の移民とは異なり、たいてい、彼らの外国滞在はあくまで期間を区切ったものだった。だから、フランスやスイス、ベルギーで期間労働者として働いていた七五万のイタリア人は、契約期限が過ぎれば故郷へ戻れたのである。通常、彼らが就くのは「汚れ仕事」だった。たとえば鉱夫である。賃金は安く、住む場所もひどいものだった。当然地元の人々からは蔑まれた。スイスでは、いくつもの場所に「犬とイタリア人は立ち入り禁止」の看板が立てられた。誰もそれに抗議しなかった。イタリア人自身ですらそうだった。

彼らが日々聞かされていた悪態や、みずからに対する自虐的なウィットと同様に、このような屈辱的な看板も、彼らはじっと我慢しなければならなかった。しかし、いま、彼らの同国人が、自分たちを第三階級の住民として扱っている国で、地元の英雄たちを打ち負かしたのである。だから、イタリアチームのホテルの前で連呼される「バルタリ、バルタリ」の声には、たくさんの非常に深い意味が含まれていた。単に、スポーツに特有の愛国心だけではない。スタディオ紙のチーフディレクター、ルイジ・キエリチが書いたように、イタリア人たちはやっと、誰はばかることなく口を開いて、母国を誇ることができたのである。あらためて、ツールの影響力は、新聞のスポーツ面に書かれている狭い世界を越えて、大きく広がっていることがわかるのである。

スポーツイベントは、通常、結果が分からない時にたくさんの観客をひきつける。力の差が大きすぎて誰が勝つか見当がつくときでも、わざわざ観客になろうとする人々は、普通は少数である。試合では一度決着がついてしまえば、スタンドには空席が広がっていく。この法則がツール・ド・フランスでは当てはまらない。毎日沿道に詰めかけた何十万ものファンは、誰が勝つかを見るためにやって来たわけではない。まるで手に汗にぎる新聞の連載小説を読むように、毎日毎日レースの経過を追い求めてきたのである。そこに書かれた選手たちの生身の姿を、それがたとえ一瞬のことであっても、実際に目にしたかったのである。これが、ツールが終わりに近づいた時の方が、始まる時よりも観客数が多くなった理由である。選手たち自身も、最初はほとんど無名でも、この間には名を知られるようになっていった。

リエージュ～ルーベの第20ステージに対する人々の関心が、これまでのステージすべてを凌駕するほどだったのも、驚くべきことではない。ピエール・アブーはレキップ紙にこう書いた。ベルギーの風景や建築物の美しさについていろいろと耳にしていたのに、残念ながらそれが本当かどうか確かめることはできなかった。沿道の両側を埋め尽くし歓声を挙げ拍手する大量の人々しか見えなかったからだ。国境を越えてフランスに入ると、たしかにその興奮は収束したようだったが、しかし、相変わらず大変なものだった。伴走する関係者たちはゴール後、一日中小用を済ませられる場所がなくて困ったと口々に言いあった。

地元の英雄たちや、ベルギー人が最も大きな歓声を浴びると考えるのが普通だろう。しかし、ほとんどの人の目はジノ・バルタリに向けられていた。それは、休暇を取って沿道のいたるところに横断幕を広げた数千人のイタリア人出稼ぎ労働者たちだけではなかった。人々は、まるで有名な映画スターを見るためのように、バルタリを見に集まったとレキップ紙は書いている。そしてうれしいことに、このチャンスを人々はみんなつかんだのである。というのは、バルタリは一日中集団の一列目を、それもすぐそばをすり抜けていく伴走車やオートバイや沿道から前へせり出す観客たちを避けるために、たいていは道路の真ん中を走ったからである。

バルタリの不安は落車だけではなかった。相変わらずだまし討ちのようなやり方でツールの優勝を奪われてしまうのではないかと疑っていた。ステージが始まってすぐにロビックとテセールとデュポンが先導バイクのスリップストリームを利用して逃げようとした時、バルタリはまたしても烈火のごとく怒りをあらわにした。今回は、ゴデが自発的にこれに介入した。同じことが起きないように、一日中ガゼッタ・デル・スポルトの車を、先導オートバイと選手の間のバリケードがわりに走らせた。浴びせられる悪罵など気にもしなかった。すでにバルタリの勝利は国家的な問題になっていた。

観客だけでなく選手たちも、すべての注意力をバルタリに注いでいた。ベルギーチームが総合優勝の望みを放棄した今は、マイヨ・ジョーヌを着た彼が完全にプロトンの中心だった。ジャック・ゴデは、バルタリは「姿が見えない時でも、まさに彼の崇拝する神様のように偏在していた。彼はプロトンを操る糸を掴んでいて、マリオネットのようにそれを操っていた」と書いた。

バルタリの特例扱いがあまりに圧倒的だったので、地元を走るこのステージで勝ちたいと思ったエドヴァルド・クラビンスキなどは、自分の願いをバルタリに直接伝えず、彼のアシストのコッリエーリに取り次いでもらったほどだった。しかし、彼は失望しなければならなかった。イタリアチームはどんなアタックも許さないだろう。バルタリが自分のチームメイトの誰かにステージ優勝させたがっていたからである。マスコミは、バルタリがツールでのステージ優勝の記録を破ろうとしているのではないか、と話題を盛り上げた。それは八勝で、シャルル・ペリシエが記録保持者（のちに一九七〇年にエディ・メルクスが、七六年にフレディ・マルテンスが八勝する）だった。しかしコッリエーリによれば、バルタリは記録には興味がなかったという。自分のために働いたグレガーリ（アシスト）に報いることのほうがずっと重要だった。そのためには自分が手を貸すつもりだったし、ほとんどのアタックをみずからつぶしにいった。

しかし、そのためには特に活発に動き回る必要はなかった。このステージでも選手たちは非常に平和的だったからである。彼らが動くのは賞がかかっているポイントだけだった。前日と同様、このステージもベルギー地域での賞金は高額だった。ナムールの城砦を最初に通過した選手は一〇万フランを手に入れた。この額はステージ優勝賞金の五倍である。この金を財布に収めることができたのはヴァルト・ファン・ダイクだった。ロビックが二位になった。その他のほとんどの賞も、同様にベルギー人選手たちが獲得した。

選手たちが必死に戦うべく、主催者は今回もコースに障害物を設置した。メス～リエージュの第19ステージではアルデンヌの丘だったが、今回は北の悪路である。最後の六〇キロは石畳を走り抜けるのである。この石畳はパリ～ルーベのコースでもあった。ゴデは、ツールに勝つような選手なら、クライマーには不慣れなこの区間で力を試されても乗り切れるはずだと素朴に信じていた。そして、バルタリはそれを見事なテクニックで乗り切った。

　バルタリが「北の地獄」を最後に走ったのは一九三八年のツール・ド・フランスでのことだった。しかし、彼にとって石畳（パヴェ）はまったく苦にならなかった。バルタリの最大のライバルにして、彼の最大の崇拝者だったブリック・スホッテの表現を借りれば、ジノは「石畳に君臨するプリンス」だった。マイヨ・ジョーヌはメイン集団の先頭で石畳を軽やかに駆け抜け、アンドレ・ルデュックも、パリ～ルーベに出場すれば勝てると請け合うほどだった。他の多くの選手たちはこの悪路に苦戦していた。プロトンはあっという間にばらばらになった。たくさんのパンクと機材トラブルが起きた。一番被害をこうむったのがアンドレ・ブリューレだった。ハンドルが折れて、総合一〇位の座から滑り落ちた。

　バルタリのグレガーリ（アシスト）たちはキャプテンほど石畳に精通していなかった。ルーベまで二〇キロになった時、先頭集団にはもう残っていなかった。クラビンスキとゴーティエとオケルスがこのチャンスを利用してアタックした。この時点まで、バルタリは逃げが試みられるとみずからつぶしに動いていたが、チームメイトが集団に残っていないのを確認すると、彼らを行かせた。一分のリードを保って、彼らは有名なルーベの自転車競技場へ入り、スプリントでゴーティエが優勝した。クラビンスキと同じく地元出身のアルフォンス・デフレーセ（1922～2011（1944-52）一勝）が、ゴール直前に追走集団から飛び出して四位でゴールラインを通過した。三〇秒足らずでプロトンがやってきて、バルタリが先頭から飛び出した。彼はラペビー、ジゲ、ロビックのアタックをことごとくいなしたが、最後の瞬間にヤン・エンゲルスにさされた。

七勝もしているバルタリが、このように五位争いのスプリントに加わるのはかなり不思議な感じを与えた。ほとんどのジャーナリストはそれを気まぐれと考えた。だが、バルタリが理由もなくスプリントなどしないことを、彼らは相変わらず理解していなかった。ルーベでスプリントしたのもそうだった。つまりこれは総仕上げだったのだ。翌日はいずれにせよメイン集団のままパリに到着するだろうと思われた。そうなったときには、バルタリはトップでゴールインしたいと思ったのだ。ツールが最終ゴールするパルク・デ・プランスはルーベのトラックと共通点が多かった。そこでバルタリはこの機会に、自分にとって一番危険なライバルが誰かを調べてやろうと考えたのである。もしパリで勝てたら、このツール総合優勝をさらに輝かしいものにすることだろう。そして、ツール出場はこれを最後にすると固く決めていたバルタリにとって、そうなれば理想的な別れの挨拶になるだろう。

「凱旋パレードか、それとも一九四七年のような最後の争いか?」ツールが再びパリへ向かう日、七月二十五日のレキップ紙にはこのような見出しが躍った。いうなれば、読者にまだ少し、レースそのものへの関心を引き起こそうという無駄なあがきだった。ゴデも、再びマイヨ・ジョーヌ争いが白熱するのを、フランスはあと十一ヶ月待たなければならないと認めていた。それにもかかわらず、バルタリはまだ一抹の不安に苦しめられていた。レキップが一九四七年の最終ステージを思い出させたことで、彼の神経は苛立った。「たとえ何が起ころうと、おれはツールに勝ったのだ」と、スタート前に、彼にインタビューに来た記者たちに強弁した。「もしなにか不正が行われたら、おれはすぐに降りて、『ここにあるのが優勝者の自転車だ』と言ってやる。そこに他の奴を坐らせたいなら、やればいい!」

ビンダが前夜に届いた匿名の手紙の話をした時、バルタリの苛立ちはさらに高まった。そこには、バルタリはレース中に撃ち殺されると書いてあったのである。ビンダはすぐにそれを主催者に伝え、主催者はこの脅迫を非常に深刻にとらえた。マイヨ・ジョーヌの安全を確保するために、英国諜報機関のメンバーまで雇われて、オートバイで選手たちと伴走車の間に混じることになった。

不正な謀(はかりごと)に対するバルタリの不安はとどまるところを知らなかった。だが、バルタリの強さは明らかだったから、もし最後の瞬間に誰かが彼を追い抜いたりしたら、それも疑わしい状況でそんなことが起きたのなら、ツールの信用は地に落ちたことだろう。バルタリのライバルたちだって、マイヨ・ジョーヌを窮地に陥れようなどとは考えていなかった。スタート時にはかなりのリラックスムードが広がっていた。それはゴデがいなかったせいかもしれない。三人目の子供が生まれたという知らせを受けて、前夜のうちに彼はパリへ戻っていたのである。

レースディレクターが旅立ってしまったと聞くと、選手たちは遠足に向かう子供のようになった。最終日が始まり、みんなが喜んでいたし、パルク・デ・プランス競技場への厳かな入場を楽しみにしている様子だった。楽しげにおしゃべりし、冗談を言い合っていた。普段は気難しい表情のルネ・ヴィエットですら微笑んでいるのがわかった。

四四人の「生き残り」たちはみんなめかしこんでいた。ツールの主催者から真新しいマイヨを支給されていたのである。ガゼッタ・デッロ・スポルトのジョヴァンニ・ボッリーニ記者の伝えるところでは、選手たちは明らかに、それ以前の日々に比べてずっと長い時間をかけてスタート前の身支度を整えた。それはプロトンがパレード走行の準備をしているかのようだった。事実、最初の二、三〇キロはほとんどレースと呼べるものではなかった。平均速度は三〇キロ以下で、誰ひとりとして、この素晴らしい雰囲気をアタックによって台無しにしようとはしなかった。カメラマンにとっては、主役たちをカメラに収める好機だった。バルタリ、ボベ、ラペビー、スホッテがメイン集団の先頭で何度もポーズを取り、互いに握手しあい、飲み物を分け合った。

最初にメイン集団からの逃げが試みられたのは、ゴール前六〇キロになってからだった。イニシアティヴをとったのは、今回のツールではほとんど良いところのなかったロビックで、パリでの勝利で少しでも汚名を返上したかったのである。それにラザリデスが乗ったが、イタリアチームからも二人が追いついた。この逃げをつぶすには、それだけで十分だった。それに続くアタックはどれも、同様にバルタリのグレガーリ(アシスト)によって効率よく芽を摘み取られた。これこそイタリアチームの得意とするところで、この点ではフランス人やベルギー人たちよりもずっと経験豊かだった。初めてイタリアAチームは各国のマスコミから称讃された。

このツール最後のアタックが決まるのは、パリチームのティエタールによるものだった。そこに即座にリュシアン・テセールと、バルタリのチームメイトのコッリエーリとフェルーリオの二人が加わった。その前の逃げと同様、イタリア人たちは、たとえ一瞬たりとも、先頭を引くことを拒否した。それでもフランス人二人はやめなかった。メイン集団はこの逃げを捕まえようとはしなかった。フランスナショナルチームもイタリアチームも逃げに一人ずつ加わっていたし、ベルギーチームはもっぱらバルタリの意向に従っていた。新聞は、バルタリがシャルル・ペリシエの記録に並ぶことを第一に考えていて、ほとんどの選手たちもまたそれを信じていると、断定的に書きたてていた。

パリまで二五キロの地点でプロトンはサン・ジェルマン・アン・ライエへ向かった。この集落はすでに第一ステージで通過していて、これによって選手たちはフランス一周の輪を閉じたわけである。バルタリはレキップ紙のアルベール・ドゥ・ウェッテル記者にむかってにっこり笑いながら、もう大丈夫だと言った。パリまではもうすぐになり、一九四七年のようなアタックはもうあり得なかった。他にも彼はおそらく、神様が彼を事故から守ってくれると信じていただろう。これまでもすでに三回、彼は危うく事故に見舞われるところだったのである。最初の二回は道路を横切った犬にぶつかりそうになり、もう一回は伴走車にあやうく引っ掛けられるところだった。繰り返し、運命の試練を乗り越え、もう襲い掛かってくることはないだろう。

サン・ジェルマン・アン・ライエのすぐ後に、この日一番の登り坂クール・ヴォランがひかえていた。ここでバルタリがローザンヌへのステージと同様に、一気に逃げグループに追いつくため、エネルギッシュにアタックするのではないかと、すべての人が待ち構えていた。ロビックとブリューレはすでに準備を整えていたが、しかし肩すかしだった。バルタリはメイン集団から飛び出すそぶりも見せなかった。コッリエーリがステージ二勝目を狙うことを認めたのである。ルームメイトのスプリント力を知っていたからである。それはテセールとて同じことだった。彼は、ティエタールが変速機のトラブルもあって、ペースについていけないほどの勢いで登り坂を登ったのだが、「シチリアの矢」を振り切ることはできなかった。

ルイジ・キエリチはスタディオ紙に、テセールがコッリエーリに、もし勝利を譲ってくれたら一〇〇万フランやると約束したと書いた。しかし、テセールによれば、それは完全な作り話であるという。彼はそのように申し入れたところでうまくいかないことは十分すぎるほどわかっていた。しかしそうはいっても、もし街道に集まった百万もの観客が、しぶとく彼の後ろについてくる厄介なイタリア人の道をふさいでくれたらと、心の底では願っていた。テセールにとって残念なことに、パリの観客たちはとてもフェアだった。逃げる二人は一緒に超満員のパルク・デ・プランスに到着し、耳を聾せんばかりの大歓声に迎えられた。ゴールラインの横には巨大なテレビカメラが置かれ、輪郭のはっきりしない映像ではあっても、テレビを所有している八百人のパリっ子たちは、コッリエーリが難なくテセールを追い抜いて、ゴールラインをトップで通過するのを見たのだった。二人の後一分以上経って、メイン集団がやってきたが、最後の数キロでその人数はかなり減っていた。そしてセゲッツィが集団のトップでゴールし、その後にレミイ、オケルス、ジゲ、バルタリと続いた。

バルタリが自転車から降りた時、その様子はいつものように不機嫌そうに見えた。しかしその顔が破顔一笑するまで長くかからなかった。彼は喜んでいたが、何よりもホッとしていた。「俺は世界一美しいレースで勝ったんだ」と、彼は押し寄せる記者たちに向かって言った、「これは永遠に歴史に残るんだ。もう自転車競技を止めてもいいぐらいだ」。

最終走者がゴールに到着するまで、まだしばし時間があった。その後バルタリは表彰台に呼ばれ、表彰式が始まった。最初に勝者に新品のマイヨ・ジョーヌが手渡された。彼が身につけていたマイヨはツール主催者の所有物だった。他の選手たちがレース中に着ていた衣類もすべてそうだった。続いてバルタリは「ツール・ド・フランス一九四八」と書かれた飾り帯をたすき掛けされた。第一ステージのゴール、トルヴィルですでに見知っていたフランスの歌手で女優のリーヌ・ルノー（1928～　）が巨大な花束を手渡し、三週間半ぶりに彼に祝福のキスをした。ウィニングランの間、バルタリは大歓声を浴び続けた。特にパルク・デ・プランスに押しかけた何千人もの同国人たちの歓声はすごかった。しかしまた、イタリア人が勝ったことに我慢できない観衆のブーイングも聞こえていた。バルタリの後、ブリック・スホッテが総合二位の表彰を受けた。彼もまた歓呼の声を浴びたが、もちろんラペビーとボベが浴びた歓声には及ぶべくもなかった。

　総合五位のキルヒェンが表彰とトラックの周回を終えた後、チーム対抗の表彰になった。最初にベルギーチームが国別対抗カップの勝者として登壇し、二位になったフランスチームが続いた。それぞれの名前が呼ばれ、ボベに対してはまたしても嵐のような歓声があがったが、ロビックに対してはひどいブーイングが起きた。彼は悄然として引っ込み、スタジアムの静かな一角で人知れずすすり泣いた。プロトンで最も敢闘精神にあふれた選手として表彰されたヴィエットも大いに歓声を浴びたが、悔し涙を抑えることはできなかった。彼にとって、これはツールからの最終的な別れだったのである。彼はこのレースで有名になり、そして、ついにこのレースに勝つことができなかった。

　公式の表彰だけでなく、他にもたくさんの賞があった。バルタリはベストクライマー、ベストスプリンター、ベストダウンヒラーの各賞と駆け引きの最優秀賞を獲得し、ランブレヒトが最優秀ルーラー賞、カピュは最も不運な選手賞、クラビンスキが最優秀アタッカー賞を、そして、コッリエーリが最優秀アシスト賞を得た。セゲッツィは総合順位最下位の選手として特別賞を得、若手チーム（カデッティ）のヴィットリオ・マーニは完走した選手の中で最も若い選手とされて、トラックを周回することを許された。しかし、これは主催者の完全なミスだった。多くのイタリアの新聞が彼は二十歳だと繰り返し書いたが、実際はすでに三十歳だった。しかしマーニはその誤解を解く気はなかった。プロ自転車選手として、彼はまだ一勝もあげたことはなかった。キャリアの中で初めて超満員のスタジアムで歓声を浴びて、彼は雲にも上る気分だった。

　パルク・デ・プランスでの表彰式はほとんどの選手にとっては、この後も続く一連のお祝いの始まりに過ぎなかった。ベルギー人選手たちはその晩に故郷へ戻り、そこで数日にわたって花束をもらい続けることになった。デ・ロイテルとヤンセンはロッテルダムの祝賀会に呼ばれた。ポーランド国籍を持つクラビンスキは故国の大使館に招待された。彼は自分にとって最も重要なことを教えてもらおうと思った。それより二週間前にワルシャワから公式書類が郵送されていた。彼にわかる限りのポーランド語で読む限り、[*]自分がポーランドチャンピオンと認められたのだと思ったが、残念なことに、彼はその書類を紛失してしまった。だから、自分が赤と白のポーランドチャンピオンマイヨを身に着けてよいのか、はっきりしていなかったのである。

＊　クラビンスキは国籍こそポーランドだが、長年フランスに在住していたため、ポーランド語が少しおぼつかなかったようである。

イタリア人選手たちの予定表はいっぱいだった。彼らはまずはホテルに戻らなければならなかった。その後レキップの社屋の祝賀会に招待されていた。続いて、有名レストラン、ピエ・ドゥ・コションでイタリア総領事のギュスティ・デル・ジアルディーノ伯爵との晩餐会に出席することになっていた。しかし、パルク・デ・プランスに押し掛けた何千ものイタリア人たちが、チームの全員に祝福の言葉をかけたがったため、選手たちは時間に追われていた。とうとうバルタリとコッリエーリは逃げ出して、マイヨのままホテル・デュ・ルーヴルへ走って行こうとした。しかし、スタジアムの前で熱狂する群衆に取り囲まれてしまった。この人の群れの間を抜けていくことはできそうもなかった。ありがたいことに、一人の警官が彼らを助けて、さらに空の市営バスを呼び止め、あっけにとられながらも従順な運転手に、二人のイタリア人を、自転車と一緒にできるだけ早くホテルへ連れて行くよう命じた。

それにもかかわらず、バルタリはピエ・ドゥ・コションに遅刻した。その前に彼はラジオでインタビューを受け、さらにノートルダム寺院へ行ったからである。そこで祈りをささげ、表彰式でもらったふたつの花束の一つを聖母マリアに捧げた。もう一つの花束はアンリ・デグランジュの墓に捧げるつもりだったが、ツール・ド・フランスの創設者はパリではなくリヴィエラ近郊のポール・グリモー村に埋葬されていることを教えられて、がっかりすることになった。そこで、その花束はかの地に持っていくことを条件に、ゴデに託された。短い手紙には次のようにあった「一九三八年、私を大変高く評価してくださったアンリ・デグランジュ氏のことを思い出すとき、私の胸は感謝の気持ちでいっぱいになります。天国から私のことを見守り、今回もまた同じように高い評価を与えてくださることを願っています。ジノ・バルタリ」

ピエ・ドゥ・コションでの晩餐会は夜が更けるまで続いた。列席していたすべての名士たちがスピーチし、バルタリも一言求められた。会が終了したあと、選手たちは、自分たちがホテルまで乗ってきたビンダの車と機材車に乗り込んだ。そこでバルタリは「夢見るフィレンツェ（ソーニャ・フィレンツェ）」を歌い始め、みんなを驚かせた。この歌はイタリアの作曲家セザール・チェザリーニによる故郷の町の讃歌である。

フィレンツェよ、今宵、お前は美しい
炎のように瞬きながら
空に輝く
星のマントに覆われて……

ゆっくりと車は大通りを走っていく。ジノは一節、また一節と歌い継ぐ。あちらこちらで人々が立ち止まり、歓声を挙げ、叫ぶ。

「おい、バルタリだ！」

四週間前には、彼は不機嫌な様子でパリにやってきた。しかし、今は最高の気分でパリに別れを告げるのである。

パリでの最後の晩に、バルタリはフィレンツェの美しさを歌った。しかし、彼が故郷の町に帰るまでにはまだ二週間かかったのである。翌日早朝、彼はベッドから起こされて、ある小さなセレモニーに参加しなければならなかった。夜のうちにゴデがレキップ紙のオフィスで大急ぎで、アンリ・デグランジュを顕彰するプレートをつけさせていた。そこにバルタリはあの勝者の花束を捧げ、一分間の黙禱の後別れを告げた。晩にはバルタリとコッリエーリはベルギーのベルヘンで最初のクリテリウムレースに招待された。残念なことに、そこでバルタリはツールの勝者の証しマイヨ・ジョーヌを着ることはできなかった。パルク・デ・プランスで盗まれてしまったのである。

八月六日にバルタリとチームメイトたちはイタリアへ帰った。六週間前には数百人しか見送りに来なかったミラノ駅は群衆でごった返していた。「祖国の救世主たち」は、狂乱状態と言ってもよいような熱狂ぶりで迎えられた。バルタリはこの勝利で、海外にいるイタリア人だけでなく、すべてのイタリア人に新たな自尊心を与えた。五〇年後、バルタリの遺体が安置された教会前広場に集まった人々のうちの一人はこう語った、「われわれが貧しく卑屈になっていたとき、彼がわれわれの尊厳を取り戻してくれたのだ」。

ミラノ到着はイタリア全土を巡る長い凱旋行進の始まりだった。いたるところでツール・ド・フランスの英雄たちは称えられた。ローマではデ・ガスペリ首相とルイージ・エイナウディ大統領*に迎えられた。他にも、バルタリは教皇のプライベートな謁見を許され、世俗と宗教の両分野で最高位にある人物から顕彰された。

* 1874～1961 イタリアの経済学者、政治家。一九四八年から五五年までイタリア共和国大統領。

それにもかかわらず、バルタリの勝利をそれほど喜ばなかったイタリア人たちもいた。まずはファウスト・コッピである。突然彼は第二列へ引き戻されてしまった。なによりも、彼のライバルがフランスで成し遂げたことはコッピでも越えることはできないだろうと、多くの人が信じた。ビンダもあるインタビューでこう言っている、「たとえファウストでも、われわれが耐えたことをすべて耐え抜くことはできなかっただろう。彼にはそのための対応力がない。ああいうひどい気象条件には耐えられないだろう」。

コッピは即座にビンダの誤りを指摘したかったことだろう。しかし、その機会は少なくとも一年待たなければならなかった。この間に彼はこの誤解を正すための準備に集中した。通常彼はフェアな態度と鷹揚さにおいて模範的な人物だったが、今はもうそれに構っていられなかった。八月八日、小クラシックレースのトレ・ヴァッリ・ヴァレジーネ（一九一九年以来開催されているイタリアのワンデーレース）で両者が会いまみえたとき、コッピがバルタリに対して宣戦布告したことがはっきりした。コッピはなんとしてでも勝ちたかったが、自分が本調子ではないことがわかった時、一〇数キロもバルタリに先頭を引かせた挙句、自転車競技の不文律を破ってスプリントで勝利を挙げてしまった。

両者の軋轢の頂点は、十二日後にオランダのファルケンブルフで行われた世界選手権である。当初コッピは個人追い抜きにしか出場しないと公言していた。しかしバルタリがツール・ド・フランスで優勝した後、ロードレースにも出場することを決めた。勝つためではなく、バルタリに勝たせないためである。最初から彼はライバルの後ろにつきっきりだった。バルタリはトレ・ヴァッリ・ヴァレジーネを繰り返して、コッピにやすやすと勝利を授けるつもりはなかったから、二人はけん制し合うことになった。メイン集団からは次々とアタックが開始されたが、どちらもそれを無視した。先頭グループから十五分以上遅れたとき、両者はものすごい非難のブーイングの中で自転車を降りた。

バルタリはいつものように平然としていたが、コッピの方は涙を抑えることができなかった。回想録の中でバルタリは、この不愉快な出来事のそもそもの原因は、コッピのスポンサーのビアンキにあったと主張している。この自転車メーカーはバルタリのスポンサー、レニアーノの最大のライバルだった。そして、ツール終了後の数週間で、レニアーノの自転車が普段よりも四万台も売り上げを伸ばしたことが我慢ならなかったのだ。ここに世界チャンピオンの称号が加われば、売り上げの新記録は間違いないだろう。この商売上の危機を避けるために、ビアンキはチームキャプテンに、ライバルを可能な限り邪魔するよう命じた、というわけである。

二人のカンピオニッシモの振る舞いはファルケンブルフでだけでなく、イタリア本国でも大変な憤激を引き起こした。世界選手権では選手たちはその国の代表である。観衆たちはこの出来事を国家の名誉を侮辱するものだとみなした。ミラノで祖国の救世主として、お祭り騒ぎで迎えられてからまだ四週間もたたぬうちに、バルタリは同じ町のトラックレースでブーイングにさらされ、裏切り者と罵られたのである。イタリア車連は、ライバル二人を二ヶ月の出場停止に処した。

何もすることのなくなった時間を利用して、バルタリは、コッピやフィオレンツォ・マーニ、コットゥール、スホッテ、キューブラー、ボベと一緒に傑作喜劇映画「ジロ・ディ・イタリアのトト」*に出演した。他にもおそらくお金のことを考えていただろう。まず、この出場停止でもらいそこなった出走報酬の数十万リラのことを、そして同時にこのツール・ド・フランスの勝利のお蔭でレニアーノが得た大収益のことも考えたに違いない。これが、一九四九年は自分のブランドで自分のチームを作ることを決意させた。チクリ・バルタリである。これは間違いなく非常識なことだった。これまでに何度も、彼には商才がまるで欠けていることがはっきりしていたからである。しかしそれ以上に、この新しい職責が要求する多くの時間やエネルギーや注意力が、バルタリの自転車選手としてのパフォーマンスに悪影響を及ぼす可能性が高かった。

＊ トトは当時のイタリアで非常に有名な喜劇役者で、彼が主演したシリーズがいくつもある。この映画ではトトは自転車に乗ることもできない大学教授だが、教え子の娘の歓心を得るために、悪魔と契約して、ジロ・ディ・イタリアでコッピやバルタリらを打ち負かすという内容。なお、インターネットの YouTube で見ることができる。

バルタリが自分自身のスポンサーになったことで、何れにしても一九四九年には再びツール・ド・フランスに参加せざるをえなくなった。一九四八年にこれほどつらい経験をしたにもかかわらず、彼はコッピとともにチームキャプテンの地位を分け合うことを承諾しなければならなかった。コッピの方はジロでセンセーショナルなやり方でバルタリを破っていた。[*] しかしバルタリは、フランス一周でその仇を討つことができると信じていた。今回もイゾアール峠で打って出る計画だった。実際、この登りの麓ではコッピに対して一分半のリードを保っていた。しかし、前年と全く同様に、補給食の入ったサコッシュを受け取れなかった。

＊　一九四九年のジロはコッピがバルタリに二〇分以上の差をつけて優勝した。特にセストリエール峠へ向かう第17ステージの単独アタックは伝説と化している。二二一頁参照。

今回の原因は彼の側にミスがあったわけではなく、助監督のトラゲッラによるサボタージュだった。彼は通常はビアンキの監督だった。トラゲッラはビンダから補給を手渡す役割を任されていた。しかし、自分のチームのエースのライバルがツール・ド・フランスの勝利に向けて順調に歩を進めているのを見て、それをサポートする気になれなくなった。彼は身を隠し、コッピがやってきた時に再び姿を現した。バルタリに残された道は、コッピを待って、何か食べる物をもらうしかなかった。こうしてツール・ド・フランス史上最も伝説的なエピソードの一つが始まった。いくらかためらいを見せたのちに、二人のカンピオニッシモはお互いの対抗心を封印することにした。バルタリがパンクした時、コッピは彼を待った。賞も分け合った。コッピは山岳賞をトップで通過し、この日が誕生日だったバルタリがステージ勝利を挙げて、同時にマイヨ・ジョーヌを手に入れたのである。翌日も、バルタリがパンクした時、コッピに先へ行けと合図するまでは、模範的な協調体制を見せた。そしてタイムトライアルステージで、コッピはみずからの勝利を決定的なものにした。

一九五〇年、イゾアール峠はまたしてもコースに組み込まれていた。しかし、今回は残念なことに、バルタリはこのお気に入りの峠を通過することはなかった。コッピがジロで落車して骨盤骨折を負ったことで、この年はバルタリが再びイタリアチームの不動のキャプテンだった。ピレネーのステージの後、彼は理想的な順位に収まっていた。マイヨ・ジョーヌのフィオレンツォ・マーニまで四分弱の遅れだった。このチームメイトに対して、バルタリは前年アルプスで三〇分の差をつけていたから、新たな勝利に向かって着実に進んでいるように思われた。それなのに、彼はレースを放棄したのだ。

前年のアオスタへ向かうステージで、イタリア人の観衆たちが、ロビックをはじめとするフランス人選手たちに対して、かなり悪質な妨害行為を行っていたことと、今三回連続でイタリア人がツールを勝ってしまうかもしれないという恐れが、観客たちの復讐心をかきたてた。一日中、バルタリとそのチームメイトはヤジを飛ばされ、唾を吐きかけられ、石を投げつけられた。フランス人ファンの悪質な振舞いは、のちにフランス外相のロベール・シューマン（一九五〇年には外務大臣を務め、特に独仏の和解に務めた）が公式にイタリア外相に遺憾の意を述べねばならないほどひどいものだった。アスパン峠の頂上で観客によって落車させられたバルタリは、それ以上走り続けることを拒否した。ほとんどすべてのチームメイトが彼と同じ考えだった。ましてやバルタリが、彼らがリタイアすることによってもらえなくなる三〇〇万リラを自腹で支払うと約束した以上、なおさらだった。かくして、イタリア車連は、参加していた二つのイタリアチームをレースから引き揚げることを決定した。そこにはマイヨ・ジョーヌを脱がねばならず、怒りをあらわにしていたマーニも含まれていた。

一九五〇年のリタイアとともに、バルタリはツール・ド・フランスに勝利する最後のチャンスを棒に振った。一九五一年と一九五二年、彼は四位になったが、総合争いではほとんど大した役割を演じられなかった。一九五三年は三十九歳になっていたバルタリにとって、最後のツール・ド・フランス参戦となった。彼はもう一度イゾアール峠で輝くことを夢見ていた。しかしパンクによって四分も遅れた。それは五年前にボベのクランクが壊れた地点の近くで起きた。今回涙を流したのはバルタリだった。それはおそらく彼のキャリアで最初にして最後のことだった。そしてその間にボベが一人逃げを決めて、ツール初勝利の礎を築いていた。

バルタリは一九五四年末まで選手生活を続けた。結局のところ、彼には商才がないことがはっきりした。すべての資産をあっという間に失ってしまったのである。八十四歳になるまで、彼はしばしばレース会場に姿を見せていた。特にジロでは毎年その姿が見られた。「毎日毎日、僕たちがしたミスを教えるために」と、二度の世界チャンピオンに輝いたジャンニ・ブーニョは言っている。バルタリは二〇〇〇年に亡くなった。イタリア中のスポーツイベントは、一分間の黙禱とともに、彼のことを偲んだ。かつて「祖国の救世主」と呼ばれた男の葬儀に、政府の関係者は誰も参列しなかった。バルタリは生まれた町ポンテ・ア・エマで永遠の眠りについている。

ボベは一九四八年のツールで二番目に偉大なヒーローだった。だが、彼もバルタリと同じように、その名声から得られたものはわずかだった。当時の医学界ではまだ、ペニシリン投与は何日も続けなければ効果がないことが知られていなかったため、彼は次々とできるおでき（フルンケル）に苦しまなければならなかった。パリでの彼の体重は六九キロ。スタート時よりも四キロ減っていた。彼の父親が即座に自転車競技などやめるようにと命じるほど疲労困憊していた。むろんボベはその命令をきかなかった。しかし何日間にもわたるポストツールのクリテリウムレース出場契約を履行できる状態にはなかった。彼は身体をあまりに酷使しすぎたので、完全に回復するのに一年以上かかった。

一九四九年のツール・ド・フランスではフランスナショナルチームのキャプテンを任されたが、ピレネーに着く前にリタイアしなければならなかった。一九五〇年は、バルタリがリタイアした後、最有力候補と見なされたが、アルプスの前でフェルディ・キューブラーとスタン・オケルスの奇襲を受け引き離されてしまった。イゾアール峠を越えるステージは優勝したが、総合三位どまりだった。一九五三年にボベはやっと――一九四八年に多くの選手やジャーナリストが予言したように――最初のツール・ド・フランス総合優勝を果たすことになる。一九五九年、三十四歳になったボベは、最後のツール・ド・フランスをこのツール最高峰のイズラン峠（二七七〇メートル。過去ツールでは七回登場している（二〇一七年現在））の頂上でリタイアして終えた。そこで彼は、ジャーナリストとしてツールに帯同していたバルタリに自分の自転車を渡したのだった。彼は一九八三年に亡くなり、生まれ故郷のサン＝メンヌ・ル・グランに眠っている。

＊　バルタリがリタイアした第13ステージの後のボベの順位はキューブラーに遅れること一分足らずだったが、次のステージで、キューブラーとオケルスに一〇分以上遅れた。

ロビックはパリに到着した翌日に手を骨折した。それにもかかわらず、多くのポストツール・クリテリウムに参加し、徐々に再び人気者になっていく。一九四九年、彼はフランスナショナルチームに選抜されず、一九四七年と同様西フランスチームで走った。ピレネーのステージで勝利を挙げ、アルプスではかなり慎ましやかとはいえ、コッピとバルタリの最大のライバルになった。結局総合四位で、パリのパルク・デ・プランスでは、二年前と同じぐらい熱烈な声援を受けた。

ボベと同じくロビックも一九五九年に最後のツールを走った。イズラン峠への登りではボベと一緒にメイン集団のはるか後方を走ったが、ボベとは違ってこのステージを完走した。しかし二日後にタイムオーバーになり、ツールを後にした。一九八〇年十月、彼はヨープ・ズーテメルク（1946～（1970-87）二三三勝、ツール総合一勝、世界選一勝、蘭選手権二勝）の家でブランビッラと再会し、そこでついに和解した。その後帰宅の途上で、おそらく居眠り運転でトラックに正面衝突した。即死だった。彼の墓はパリのオルリー空港に近いヴィスーにある。

ポルト峠での脅威の追走という伝説（二三八頁参照）のお蔭で、アポ・ラザリデスはボベと並んで一九四九年はフランスナショナルチームのキャプテンのポストを得た。そしてツールを総合九位で終えた。しかしツール・ド・フランスに勝つためにはさまざまな点で不十分であることもはっきりした。その後はもうトップテンに入ることはなかった。彼は一九五五年に引退し、一九九八年にこの世を去った。

ルネ・ヴィエットはこのツール・ド・フランスが終わった後、前言を撤回して（二九九頁参照）儲けの多いクリテリウムにいくつも参戦した。さらに、もう絶対にツール・ド・フランスには出ないと公言していたにもかかわらず、一九四九年にも、教え子のラザリデスの最も重要なアシスト役と称して参加した。彼は二八位になり、その後で引退することを決めた。ところが一九五一年、ヴィエットはもう一度カムバックを試みたが、さすがにこれは失敗した。[*] 彼は一九八八年に亡くなっている。

＊ ヴィエットは一九五〇年に自ら監督兼任で現役を続け、最後は自らの名前を冠したチームで五三年まで現役選手として走り続けたが、ツールに参戦することはもうなかった。

ギイ・ラペビーはそのキャリアの大部分をトラック競技に費やした。一九四九年にはフランスナショナルチームに選抜されて出場したが、前年度ほど気合が充実していなかった。結局、彼にとっては、誰かに何かを証明してみせる必要性がなくなってしまっていたのである。ボルドーへのステージで優勝した後、彼はこれで自分の責任を果たしたと信じた。そして、膝が痛いと偽ってリタイアした。一九五二年にようやく再びツール・ド・フランスに参戦したが、今回もパリまで完走することは叶わなかった。

アンドレ・ブリューレは一九四九年、モロッコ一周レース（一九三七年以来行われている十ステージ前後のステージレース）に優勝した。この年、彼はツール・ド・スイスでも四位になった上、ステージも一勝していた。だが、彼はフランスナショナルチームに選ばれなかった。そして、それは一九五〇年も同じだった（どちらもイール・ド・フランス・北東地方チームで出場）。この年は、彼は以前にも増して無秩序な走り方をした。それどころか、ボベがマイヨ・ジョーヌを奪うための最後の試みをした時には、キューブラーのアシストのようなことすらした。その結果、彼はもう二度とツール・ド・フランスに出場することはなかった。これは多かれ少なかれ、彼のキャリアの終了を意味した。*

＊ 実際にはブリューレは一九六一年まで現役選手だったが、五一年以後の戦績はそれまでと比べて驚くほどつましいものになっている。

ブリック・スホッテはファルケンブルフの世界選手権で、コッピとバルタリの激しい対抗意識から恩恵を得て、見事タイトルを取った。その時二位と三位になったのはラザリデスとテセールだった。ベルギーのジャーナリズムは一九四八年の成績から、スホッテにツール総合優勝者の可能性を見たが、本人は二位になったのは、少なからぬ部分は悪天候のお蔭であることを自覚していた。彼はさらに二回、一九四九年と一九五〇年にツールに参戦しているが、三三位と二三位に終わった。しかし、クラシックレースやその他のワンデーレースでは、長い期間にわたって、この時代最高の選手の一人だった。彼が一九五〇年に二度目の世界チャンピオンになったのも不思議なことではない。スホッテは四十歳になるまでプロ選手として競技を続けた。

レイモン・インパニスは、その後、もうツールで優勝候補とみなされることはなかった。彼自身の言では、一番良かったのは一九五〇年だったというが、スタン・オケルスのアシストとして走ったため、総合順位は八位どまりだった。彼の最大の成果はクラシックレースで得られたものである。ツール・デ・フランドル、パリ〜ルーベ、フレッシュ・ワロンヌで優勝し、彼が最も好きだったヘント〜ヴェフエルへムでは二度勝っている。一九六三年、インパニスは三年ぶりに最後のツール・ド・フランスに参戦する。三十七歳になっていた彼だったが、そのプロ生活の間に自転車競技は劇的に変わった。一九四八年、平均時速三三、四キロは衝撃的な速さだったが、この間に記録は三七キロ以上になっていた。それでもパリまでなんとかたどり着いたのは、そのキャリアの中で、本当に大切なこと、苦しみ抜くとはどういうことかを学んでいたお蔭だった。[*]

＊　この最後のツールを、インパニスは優勝したアンクティルに二時間以上遅れた総合六六位で完走した。

ロヒェル・ランブレヒトは、一九四九年はベルギーナショナルチームに選抜された。彼はステージ一勝を挙げ、マイヨ・ジョーヌも着たが、最終的な総合順位は一一位に終わった。一九五〇年が最後のツールになり、一三位になっている。彼は一九七九年にこの世を去った。

ジャン・キルヒェンはあと二回ツールに参戦したが、オランダ・ルクセンブルクの混合チームではなく、ルクセンブルク単独チームで走れたことは嬉しかったことだろう。一九四九年には一三位に、翌一九五〇年には五位になっている。彼は、引退後は徹底して自転車に乗らなくなった。自分の自転車製造工房で作られた新型モデルにさえ、自分で跨がろうとはしなかった。

ジョヴァンニ・コッリエーリはそのキャリアを終えるまで、バルタリに忠実に付き従った。彼はさらに四回ツールに参加し、一九五〇年にもステージ優勝をしている。その後、彼はプラートでバーを開き、もう出身地のシチリア島へ戻ることはなかった。

エドヴァルド・クラビンスキは、この後公式にポーランドチャンピオンと認められた。ファルケンブルフの世界選手権にも参加したが、タイムオーバーで失格になっている。

モーリス・アルシャンボーは、この後フランスナショナルチームの監督になることはなかった。一九四九年はジョルジェ・キュヴリエ（1896〜?（1923-29））が指揮をとったが、前任者と同様、大した成果はあげられなかった。

カレル・ファン・ヴェイネンダーレも同様にチーム監督を引退したが、フランスの同業者とは違って、かなりの称讃を浴びての引退だった。彼の後を継いだのはかつてのツール・ド・フランスの覇者シルフエーレ・マース（1909〜66（1932-48）二九勝、ツール総合二勝）だった。

ピート・ムスコプス（二五二頁参照）はオランダ人選手たちにアドバイスするために、変速機と格闘する必要は無くなった。彼はヨリス・ファン・デン・ベルフと同様、ツール・ド・フランスに戻ってくることはなかったからだ。

アルフレド・ビンダは、一九六二年にナショナルチーム制が終わるまでイタリアチームの監督を続け、その後はワークスチームの監督としてツールで指揮棒を振るった。

ジャック・ゴデは八十歳までツール・ド・フランスのレースディレクターを務めた。彼は二〇〇一年に九十六歳で亡くなった。死の少し前、彼は二人のオランダ人から一九四八年のツールについて詳しいインタビューを受けた。彼は、このレースのことを改めて思い出させてもらって、例えようもないほどの喜びを感じたと語った。「これが自分の心の中でいつでもきわめて特別の場所を占めているレースだったのだから」。

参加チーム、参加選手

ベルギー

1　ノルベルト・カレンス
2　アンドレ・デクレルク
3　レイモン・インパニス
4　フローレント・マティウ
5　ルネ・メルテンス
6　スタン・オケルス
7　アルベルト・ラモン
8　エミール・ロヒールス
9　ブリック・スホッテ
10　ヴァルト・ファン・ダイク
監督　カレル・ファン・ヴェイネンダーレ

オランダ・ルクセンブルク

11　コル・バッケル
12　ヘンク・デ・ホーホ
13　ヴィム・デ・ロイテル
14　ベルナルド・フランケン
15　イェフケ・ヤンセン
16　フランス・パウエルス
17　ヘンリ・アッカーマン
18　ルネ・ビーファー（ルクセンブルク）
19　ヴィリー・ケンプ（ルクセンブルク）
20　ジャン・キルヒェン（ルクセンブルク）
監督　ヨリス・ファン・デン・ベルフ

インターナショナルチーム

21　ジョルジュ・エシュリマン（スイス）
22　ロジェ・エシュリマン（スイス）
23　ピエール・ブランビッラ（イタリア）
24　フェルモ・カメッリーニ（イタリア）
25　ヴィクトール・ジョリ（ベルギー）
26　エドゥアルド・クラビンスキ（ポーランド）
27　ロヒエル・ランブレヒト（ベルギー）
28　ポール・ネリ（イタリア）
29　ジノ・シャルディース（イタリア）
30　ジュゼッペ・タッカ（イタリア）
監督　アヴァンティ・マルティネッティ

イタリア

31　ジノ・バルタリ
32　アントニオ・ベヴィラッカ
33　セラフィーノ・ビアジオーニ
34　ジョバンニ・コッリエーリ
35　ジョルダーノ・コットゥール
36　グイド・デ・サンティ
37　エジディオ・フェルーリオ
38　ブルーノ・パスクィーニ
39　ヴィンチェンツォ・ロセッロ
40　プリモ・ヴォルピ
監督　アルフレド・ビンダ

フランス

41 ルイゾン・ボベ
42 ルイ・カピュ
43 カミーユ・ダンギヨーム
44 エデュアール・ファシュレトネール
45 エミール・イデェ
46 アポ・ラザリデス
47 ポール・ジゲ
48 ジャン・ロビック
49 リュシアン・テセール
50 ルネ・ヴィエット
監督 モーリス・アルシャンボー

ベルギーB

51 マルセル・デュポン
52 ヤン・エンゲルス
53 レオン・ジョモー
54 リュシアン・マテイス
55 モーリッツ・メールスマン
56 モーリス・モラン
57 アンリ・レンデルス
58 フローレント・ロンデーレ
59 アンドレ・ロセール
60 アドルフ・フェルスフューレン
監督 ポール・ファンデルフェルデ

イタリアB

61 オレステ・コンテ
62 エンツォ・コッピーニ
63 ウンベルト・ドレイ
64 マリオ・ファツィオ
65 アッティリオ・ランベルティーニ
66 ヴィットリオ・マーニ
67 アルド・ロンコーニ
68 ヴィルジリオ・サリンベーニ
69 ヴィットリオ・セゲッツィ
70 ネッロ・スフォラッキ
監督 プリモ・モーリ

南西部、中部

71 ロベール・デバ
72 ラファエル・ジェミニアニ
73 ギイ・ラペビー
74 ロジェ・レヴェク
75 アルフレド・マコリグ
76 アンリ・マッサ
77 ポール・マイエ
78 ダニエル・オルツ
79 ジャック・プラ
80 ジョルジュ・ラモーリュックス
監督 アルセーヌ・アランクール

イール・ド・フランス、北東部

81 ピエール・バラタン
82 ユルバン・カフィ
83 ジャン・デ・グリバルディ
84 モーリス・デ・ミュール
85 ルイ・デプレ
86 アルフォンス・デュヴィリース
87 フランソワ・エラリイ
88 セザール・マルセラック
89 エデュアール・ミュラー
90 ダニエル・テュアイエ
監督 マルセル・ビド

西部

91 ロベール・ボナヴェントゥール
92 マルセル・カルパンティエ
93 ロジェ・シュパン
94 ピエール・コーガン
95 ジャン＝マリー・ゴアスマ
96 レイモン・ゲジャン
97 イヴァン・マリー
98 フランソワ・ペルソン
99 ロジェ・モンテ
100 エロイ・タッサン
監督 イヴ・プティ＝ブルトン

パリ

101 アンドレ・ブリューレ
102 ロベール・シャパット
103 モーリス・ディオ
104 レイモン・グソー
105 ジャン・ルーク
106 リュシアン・ルーク
107 ジャック・マリネリ
108 ロベール・ミニャ
109 クレベール・ピオ
110 ルイ・ティエタール
監督 ジュール・プリュニエ

南東部

111 マリウス・ボネ
112 ベルナール・ゴーティエ
113 ジョルジュ・マルタン
114 モーリス・ルーズ
115 ピエール・モリネリス
116 ヴィクトール・ペルナック
117 ラウル・レミイ
118 ジャン・レイ
119 アメデー・ロラン
120 アブデル・カダール・ザーフ
監督 マリウス・ギラーマン

訳者あとがき

本書は二〇〇三年に出た *Wij waren allemaal goden. De Tour van 1948* の翻訳である。翻訳にあたってはクリストフ・ベーニヒによるドイツ語訳の *Wir alle waren Götter* を用いた。著者のベンヨ・マソは一九四四年にデン・ハーグで生まれたオランダの社会学者で、十一世紀から十三世紀の中世ヨーロッパの宮廷文化の研究で博士号を取得している。一方で自転車競技にも強い関心を持ち、社会学的、歴史的な視点から、本書を含めて二冊の本を出版していて、そのどちらもが、「自転車ファンのベンヨ・マソと社会学者のベンヨ・マソの合作」と称され、自転車競技の古典的書物とみなされている。

今世紀に入って、競技用自転車の性能はほぼ完成形に近づいているように思われる。競技としてのレベルも、無線機の使用が認められ、チーム内での役割分担の徹底により、勝つための方程式が確立されているように見える。アシスト役の選手は自分の調子がいいからといって勝手にアタックすることはないし、監督の言うことは絶対だ。さらに最近ではパワーメーターを使用して自分の能力を数値化し、それを見ながら走るということも行われている。

だから、現在のレースになれた目で七〇年前の自転車レースを眺めた時、その人間臭さに驚くことだろう。本書はバルタリとボベの争いを中心としているようでありながら、実は真の主役はフランスチームではないかとすら思える。監督の言うことなど一顧だにせず、機嫌が悪いときちんと走らないし、嫌いなチームメイトのためには働かないという選手たちの自由奔放な魅力が満載である。

現在のソフィスティケイトされた美しいロードレースとは違って、七〇年前は機材もルールも道路状況も現在とはまるで違った、もっと野蛮で非人道的な冒険だったのである。その一方で、バルタリが優勝することがイタリアの政治的混乱を鎮めることになるような、現在では想像もつかない社会的影響力も持っていたわけである。

自転車競技も一つの文化であり、過去があって現在がある。過去の積み重ねによって現在がある。何も自転車競技に限ったことではないが、過去を知れば現在がより分かりやすくなる。スポーツをただの刹那的な娯楽、その場限りの憂さ晴らしと考えるのではなく、一つの文化の流れと考えてみることは大切なことだと思う。

蛇足ながら、読者の皆さんは、次から次に現れる見慣れぬカタカナの名前に戸惑うかもしれない。そこで、ぜひ巻末の選手一覧表を参照しながら、今ではすでにほとんどが鬼籍に入っている、一九四八年のツール・ド・フランスに出場した選手たちに思いを馳せていただけたら、と思う。

最後に、未知谷の飯島徹氏には、構成や叙述のすべてにわたって適切で丁寧なアドバイスをいただいた。心より感謝申し上げたい。

二〇一七年十月

安家達也

Benjo Maso

1944年オランダのデン・ハーグ生まれ。オランダの翻訳家・社会学者。酪農関係の書物や中世ヨーロッパの宮廷恋愛の起源などの専門書の他に5冊の自転車競技についての著作がある。

あんけ たつや

1956年、東京生まれ
中央大学・青山学院大学非常勤講師
著書に『ツール100話』『ツール伝説の峠』『ジロ・ディ・イタリア 峠と歴史』など、訳書にハンス・ヘニー・ヤーン『岸べなき流れ』、ヴォルフラム・リントナー『ロード競技トレーニング』など。

Wij waren allemaal goden. De Tour van 1948

俺たちはみんな神さまだった

2017年12月 8 日初版印刷
2017年12月20日初版発行

著者　ベンヨ・マソ
訳者　安家達也
発行者　飯島徹
発行所　未知谷
東京都千代田区猿楽町2丁目5-9　〒101-0064
Tel. 03-5281-3751 / Fax. 03-5281-3752
［振替］ 00130-4-653627
組版　柏木薫
印刷所　ディグ
製本所　難波製本

Publisher Michitani Co. Ltd., Tokyo
Printed in Japan
ISBN978-4-89642-540-6　C0098

安家達也の仕事

ツール100話

ツール・ド・フランス100年の歴史

自転車競技場で行なわれる6日間レースを、屋外に連れ出すことでステージレースが生まれ、ツールは100年の歴史を作り得た。前史から各年のエピソードを綴り、その全体像を示す好著。少し過去を知ると、今のツールがもっと面白くなる。 320頁2500円

ツール 伝説の峠

峠はドラマを生み人々の記憶を伝えてきた——ツール・ド・フランスの定番峠21とグランペール（山岳王）23人の肖像。14のルートマップと21のプロフィールマップでツールの峠がぐっと身近に。観戦の楽しさも自ずと増してくる必携書!! 288頁2400円

ジロ・ディ・イタリア 峠と歴史

2009年5月GIROは100周年を迎えた。ジラルデンゴ、バルタリ、コッピ、ゴォルからブーニョ、パンターニ、シモーニ、バッソまで、時空を越えて読み解くGIROの歴史とエピソード。自転車ロードレースをもっと知りたい全てのファンへ。 288頁2500円

未知谷

安家達也の仕事

ロード競技トレーニング

ホビーレーサーからトップアスリートまで

W. リントナー 著　安家達也 訳　写真提供・砂田弓弦

品切

著者は旧東独時代にロード競技を世界のトップレベルに押し上げ、ツァベル、ウルリッヒなど、プロの世界でも成果を上げ続ける敏腕コーチ。心拍数に基礎を置いた科学的トレーニングのノウハウを紹介したトレーニングマニュアルのバイブル！　320頁2500円

トレーニング日誌

W. リントナー 著　安家達也 訳　今中大介 監修

世界を席巻するリントナーのハートレートトレーニング理論に基づいた練習記録帳。運動競技のトレーニングとは自らの身体をコントロールすること。個々のデータを記入することで「記録→計画→実行」とトレーニングの全貌を把握できる一冊。　A5判176頁1000円

未知谷